LE SOLDAT CHAMANE 7

Danse de terreur

Du même auteur
aux Éditions J'ai lu

L'assassin royal :
1 – L'apprenti assassin, *J'ai lu* 5632
2 – L'assassin du roi, *J'ai lu* 6036
3 – La nef du crépuscule, *J'ai lu* 6117
4 – Le poison de la vengeance, *J'ai lu* 6268
5 – La voie magique, *J'ai lu* 6363
6 – La reine solitaire, *J'ai lu* 6489
7 – Le prophète blanc, *J'ai lu* 7361
8 – La secte maudite, *J'ai lu* 7513
9 – Les secrets de Castelcerf, *J'ai lu* 7629
10 – Serments et deuils, *J'ai lu* 7875
11 – Le dragon des glaces, *J'ai lu 8173*
12 – L'homme noir, *J'ai lu 8397*
13 – Adieux et retrouvailles, *J'ai lu 8472*

Les aventuriers de la mer :
1 – Le vaisseau magique, *J'ai lu* 6736
2 – Le navire aux esclaves, *J'ai lu* 6863
3 – La conquête de la liberté, *J'ai lu* 6975
4 – Brumes et tempêtes, *J'ai lu* 7749
5 – Prisons d'eau et de bois, *J'ai lu* 8090
6 – L'éveil des eaux dormantes, *J'ai lu* 8334
7 – Le Seigneur des Trois Règnes, *J'ai lu* 8573
8 – Ombres et flammes, *J'ai lu* 8646
9 – Les marches du trône, *J'ai lu* 8842

Le soldat chamane :
1 – La déchirure, *J'ai lu* 8617
2 – Le cavalier rêveur, *J'ai lu* 8645
3 – Le fils rejeté, *J'ai lu* 8814
4 – La magie de la peur, *J'ai lu* 9044
5 – Le choix du soldat *J'ai lu* 9195
6 – Le renégat, *J'ai lu* 9349

Sous le nom de Megan Lindholm
Ki et Vandien :
1 – Le vol des harpies, *J'ai lu* 8203
2 – Les Ventchanteuses, *J'ai lu* 8445
3 – La porte du Limbreth, *J'ai lu 8647*
4 – Les roues du destin, *J'ai lu 8799*

ROBIN HOBB

LE SOLDAT CHAMANE 7

Danse de terreur

Traduit de l'américain
par Arnaud Mousnier-Lompré

Titre original :

RENEGADE'S MAGIC,

SOLDIER SON, BOOK III
(deuxième partie)

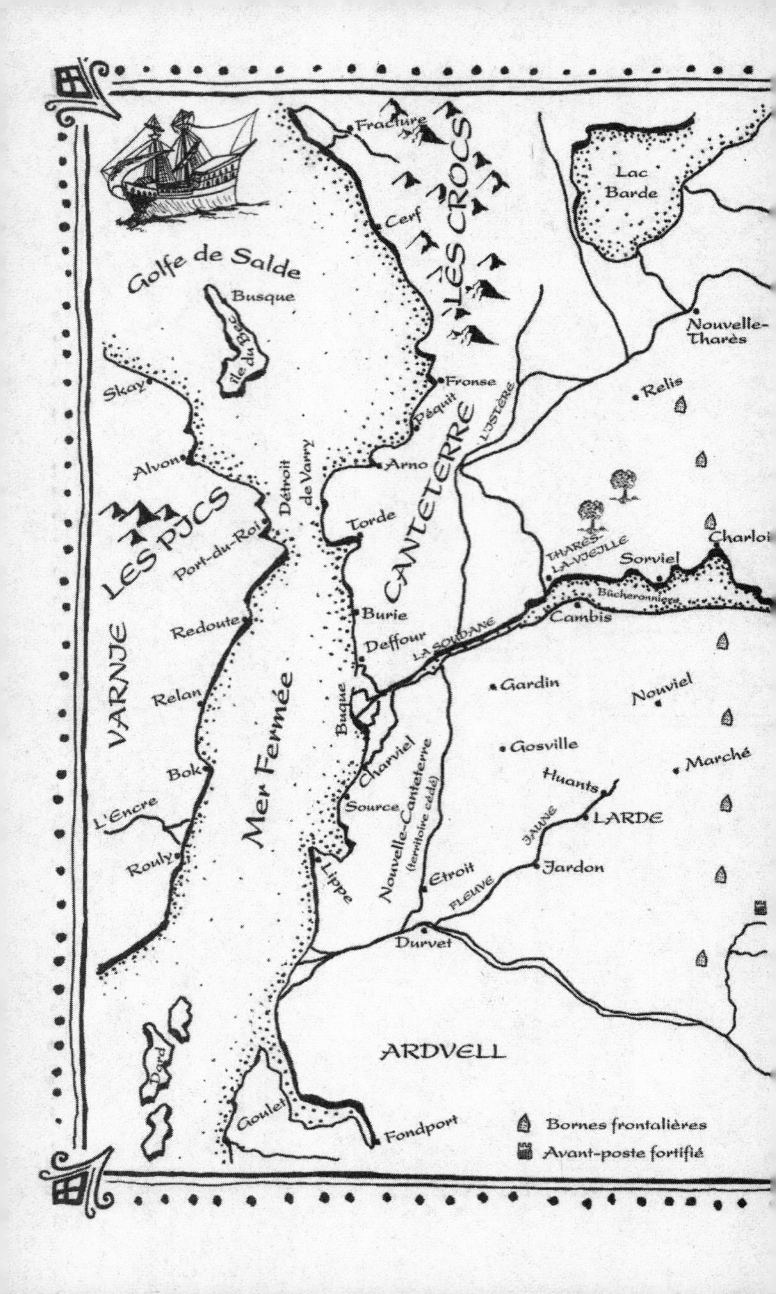

Golfe de Salde
Busque
île du Bec
Fracture
LES CROCS
Cerf
Lac Barde
Nouvelle-Tharès
Relis
Fronse
Péquit
L'ISTÈRE
CANTETERRE
Skay
Alvon
Arno
Détroit de Varry
LES PICS
Port-du-Roi
Torde
THARÈS-LA-VIEILLE
Sorviel
Charloi
Bûcheronnières
Cambis
Redoute
Burie
Deffour
LA SOUDANE
VARNJE
Relan
Gardin
Nouviel
Mer Fermée
Buque
Charviel
Gosville
Marché
Bok
Huants
Nouvelle-Canteterre (territoire cédé)
L'Encre
Source
LARDE
JAUNE
Jardon
Rouly
Lippe
Etroit
FLEUVE
Durvet
ARDVELL
Dard
Goulet
Fondport
Bornes frontalières
Avant-poste fortifié

Les Terres-vierges
Monts Suffoc
Lasviel
Sobel
Lac de Mendes
Garde du Lac
-Part
Comptoir de commerce
Le Fort
rres du Centre
LA MENDIT
Mendit
Hallier
Grandval
Dars
Coude-Frannier
Atroit
ERNIE
Guetis
CHAÎNE DE LA BARRIÈRE
MER SÈCHE
(plaines de sel)
Sources Perdues
Sud
s du Sud
DÉSERT ROUGE
Eaux-Amères
MONTS BIGARRÉS
LES CHAOS

1

L'invitation

Traversant une plage de sable gris, il gagna un affleurement de roche sombre, puis, de là et sans hésiter, une zone de pierres arrondies entre lesquelles la marée, en se retirant, laissait des flaques. Le maigre soleil de l'automne n'avait guère réchauffé l'eau, mais elle était certainement moins froide que celle des vagues qui déferlaient à grand bruit sur la grève.

Il s'assit lourdement sur un trône de pierre et, avec un grognement d'effort, ôta ses bottes neuves puis ses chaussettes en laine. Mes pieds ne m'avaient jamais paru si éloignés que lorsqu'il se pencha sur son énorme ventre pour les atteindre, en retenant son souffle à cause de ses poumons comprimés. Il jeta négligemment bottes et chaussettes de côté, se redressa avec un gémissement de soulagement, puis inspira profondément et plongea lentement les pieds dans l'eau.

Dans le bassin bordé d'algues grouillait une vie inconnue et mystérieuse. À l'irruption des orteils de Fils-de-Soldat, les fleurs du fond se fermèrent brusquement et se retirèrent dans leurs racines ; je n'avais jamais vu pareil phénomène et restai surpris, mais mon double éclata d'un rire ravi et enfonça les pieds dans l'eau glacée. Il les retira aussitôt sous l'effet du froid, avec un hoquet de saisissement, puis il les replongea et les ressortit à nouveau ; après quelques minutes de ce manège, l'eau ne lui parut plus aussi glaciale, et il put y tremper complètement les pieds. Il demeura un moment immobile à contempler la mer mouvante, puis il dit tout haut : « Nous pourrions devenir très puissants. »

Je me fis tout petit, comme un lapin tapi dans les broussailles qui s'efforce d'être invisible.

« Si tu te ralliais à moi de ton plein gré, maintenant, je crois que nul ne pourrait s'opposer à nous ; et sache que, si tu refuses, tu finiras quand même par te fondre en moi : bribe par bribe, tu t'éroderas et tu te dissoudras dans ma conscience. Que seras-tu dans un an, dans cinq ans, Jamère ? Un souvenir insatisfait au fond de mon esprit ? Une vague amertume quand je verrai des enfants ? Une mare de solitude quand quelque chose me rappellera ta sœur ou tes amis ? Qu'auras-tu gagné ? Rien. Alors viens, fonds-toi en moi.

— Non. » Je lui envoyai violemment cette pensée.

« Comme tu voudras », répondit-il sans rancune. Il tourna la tête et regarda les échoppes du marché, puis, narines dilatées, il savoura profondément l'air salé et les capiteuses odeurs de cuisine qu'il transportait ; salivant à l'avance, il se laissa aller à rêver de porc rôti si tendre qu'il tombait tout seul de la broche, de volaille à la peau croustillante, saupoudrée de sel de mer et farcie d'oignons, de chaussons aux pommes remplis de noix et dégouttant de beurre fondu. Il poussa un soupir d'aise, abîmé dans le plaisir de l'attente, plongé dans les délices de la faim. Il mangerait bientôt ; il mangerait avec ravissement, dégusterait chaque bouchée en sachant qu'outre le goût et l'arôme elle lui donnait du pouvoir, augmentait son bien-être et ses réserves de force. Il envisageait son repas prochain avec une satisfaction simple et joyeuse que, je crois, je n'avais jamais ressentie lors d'aucune expérience ; un instant, j'éprouvai une jalousie brûlante, puis ma petite émotion disparut, submergée par son soudain bonheur.

Son attente touchait à sa fin. Sur la plage, accompagné de deux jeunes hommes, Likari approchait ; il les distançait impatiemment, revenait à leur hauteur et bondissait comme un chien qu'on emmène enfin en promenade. Il avait dû bien mener son troc : il arborait un curieux bonnet rayé de rouge et de blanc, avec une fine pointe au bout de laquelle des grelots tintaient au gré de ses cabrioles. Ses accompagnateurs portaient entre eux comme un brancard une planche garnie de saladiers, de gobelets et de plats couverts ; à ce spectacle, Fils-de-Soldat avala sa salive et ne put réprimer un sourire. Derrière les porteurs, d'un pas plus solennel que Likari, venait Olikéa ; elle avait vendu ses vêtements gerniens et se drapait désormais dans une longue et ample robe rouge vif serrée à la taille par une solide ceinture de cuir à clous brillants, et, à chacun de ses pas, l'ourlet de sa toge laissait entrevoir des bottes noires bordées d'argent. Trois serviteurs la suivaient, chargés de ses achats. Fils-de-Soldat regarda avec plaisir la procession approcher.

Il n'était pas le seul à l'attendre : de grandes mouettes grises, en apercevant la nourriture, se mirent à tournoyer dans le ciel, les ailes inclinées, tandis que leurs miaulements rauques résonnaient dans l'air ; l'une d'elles, plus audacieuse que ses congénères, piqua dans l'espoir de dérober quelque bribe savoureuse des saladiers, mais Olikéa poussa un cri et la chassa.

Likari aperçut mon double et se précipita, tout sourires ; il se laissa tomber à ses pieds et déclara, hors d'haleine : « Nous t'apportons un festin, Opulent ! »

Il n'exagérait pas. Le temps que les hommes à la planche parvinssent jusqu'à nous, il avait disposé des pierres pour qu'ils y déposent leur charge, après quoi ils s'en écartèrent. Entre-temps, Olikéa était arrivée ; elle les paya puis les congédia d'un geste large en leur disant de revenir plus tard récupérer la vaisselle de leur maître ; les autres serviteurs posèrent leurs fardeaux à leur tour, et l'Ocellionne leur donna congé, avec pour instruction de se représenter ultérieurement afin de nous aider à rapporter nos emplettes à notre camp, et de prévoir un animal de bât pour les tonnelets d'huile. Elle ne garda qu'un seul homme, à qui elle ordonna d'empêcher les mouettes de nous déranger pendant que nous nous restaurions. Tandis que les autres s'en allaient à pas lourds le long de la plage, Olikéa s'assit gracieusement près de notre table de fortune. Fils-de-Soldat n'avait d'yeux que pour les plats fumants et le grand flacon de verre, rempli d'un vin rouge sombre, mais un tourbillon de pensées dansait dans mon esprit. J'avais toujours cru qu'au-delà des montagnes notre roi ne trouverait que des tribus primitives, or voici que je participais à un pique-nique rustique, servi dans de la vaisselle en verre et en céramique, et apporté par des domestiques aux ordres d'un maître qui dirigeait une échoppe de restauration. Je m'en voulais d'avoir si mal estimé les Ocellions et leurs partenaires commerciaux ; la culture et la civilisation de ce côté-ci des montagnes étaient peut-être très différentes de celles de la Gernie, mais je m'apercevais peu à peu qu'elles n'en étaient pas moins complexes et organisées. Mon aveuglement provenait à l'évidence de mon préjugé à l'égard de la technologie ; ces gens, qui allaient nus dans la forêt et menaient une vie de simplicité en été, jouissaient des avantages d'une civilisation tout autre en hiver ; ils avaient manifestement suivi une autre voie que nous, mais, en les présupposant inférieurs et primitifs, en croyant qu'ils avaient un besoin vital des bienfaits de la culture gernienne, je ne faisais que démontrer mon ignorance.

Mes réflexions ne détournaient nullement Fils-de-Soldat de son repas, au contraire. À mesure qu'on découvrait les plats et que les arômes montaient à ses narines, le bonheur qu'il éprouvait à ces délices anticipées me submergeait ; sa jouissance sensorielle culbutait mes pensées, auxquelles je finis par renoncer pour partager son extase.

Il y avait bien longtemps que je n'avais pas mangé sans me sentir coupable. Avant que la magie ne m'infecte, à l'École, mes repas ne servaient qu'à me restaurer ; la chère était simple, convenablement préparée et bonne à sa façon, mais sans nulle recherche gastronomique. On nous servait une cuisine insipide et comestible au pire, goûteuse dans le meilleur des cas. Avant cela, chez moi puis chez mon oncle, la table était de bonne qualité, et je me rappelais vaguement l'avoir appréciée, voire savourée d'avance.

Mais jamais je n'avais pris place devant un festin somptueux élaboré spécialement pour moi, et jamais je n'y avais immergé tous mes sens comme le faisait Fils-de-Soldat. J'ignorais le nom des plats, et nombre d'ingrédients m'étaient inconnus, mais cela n'avait aucune importance. Il y avait d'abord un service de viande, avec de fines bouchées cuites dans une sauce rougeâtre qu'on répandit à la louche sur des grains noirs et charnus qui, étuvés, ajoutaient une note de noisette au plat. On le présenta à Fils-de-Soldat accompagné de fruits dorés coupés en tranches, baignant dans leur jus et généreusement saupoudrés de petites baies roses que je ne pus identifier ; les fruits étaient sucrés, les baies aigres, et il y avait une touche de menthe dans le sirop. Avec cela, on me versa un grand verre de vin de forêt, du moins Fils-de-Soldat l'identifia-t-il ainsi.

Et il s'agissait seulement du premier plat.

Je connaissais certains mets : le pain d'orge sortant du four et odorant, l'épaisse soupe de pois, la volaille rôtie avec sa farce à l'oignon que mon double avait sentie, le gâteau de haut goût et pourtant simple, à base de sucre, d'œufs, de farine dorée, de pommes émincées cuites avec des épices et du miel sauvage, et de petits œufs de caille durs. Likari ôta la coquille tachetée de ces derniers et les trempa dans une poudre d'épices avant de les donner à Fils-de-Soldat ; chacun d'eux était un petit concentré de bonheur, piquant et savoureux.

Avec un gémissement de plaisir, Fils-de-Soldat desserra sa ceinture blanche et attendit qu'on lui préparât le dernier plat. Il avait dévoré sans penser, sans s'inquiéter des conséquences de l'ingestion d'une telle quantité de nourriture ni du jugement des autres sur son appétit ou sa gourmandise. Pourtant, je n'y voyais pas de la gloutonnerie : il avait mangé comme un enfant, en prenant plaisir aux textures et aux goûts.

Je l'enviais tant que je le haïssais.

Le temps qu'il vînt à bout de son repas, le soleil glissait derrière les montagnes, et la mer, revenue insidieusement, commençait à lécher les rochers ; elle recouvrait déjà les mares qu'elle avait laissées, et on eût dit qu'à chaque vague l'océan se rapprochait. Je connaissais le phénomène des marées par les livres que j'avais lus, mais je n'y avais jamais assisté, et le spectacle de cette eau qui ne cessait de monter régulièrement m'emplissait d'un étrange malaise. Jusqu'où pouvait-elle envahir la terre ? Fils-de-Soldat ne partageait pas mon inquiétude ; Olikéa, occupée à scruter la plage derrière nous, ne prêtait nulle attention à la mer, et Likari, rassasié bien avant mon double, avait quitté la table pour jouer au bord de l'eau ; à chaque vague qui arrivait, il courait le long de son liséré d'écume et s'en éclaboussait.

Fils-de-Soldat parcourut les plats et les flacons vides d'un œil satisfait, puis il bâilla à s'en décrocher la mâchoire. « Il est bientôt l'heure de partir, dit-il à l'Ocellionne. La marée monte.

— Restons encore un peu – ah ! Les voici ! » Le brusque sourire qui illumina le visage d'Olikéa me laissa perplexe. Fils-de-Soldat suivit son regard : des gens se dirigeaient vers nous avec des lanternes, dont la lumière dansait au rythme de leurs pas. Je crus qu'il s'agissait des serviteurs qui venaient récupérer la vaisselle de leur maître, mais je vis l'Ocellionne lisser sa coiffure et se redresser sur son siège, et je reconnus l'attitude d'une femme qui attend des visiteurs importants ; mon double s'en rendait-il compte ? Je l'ignorais.

Comme les lanternes s'approchaient, je constatai qu'elles pendaient au bout de longues perches tenues par deux adolescents qui escortaient une jeune femme aux formes amples ; un garçon de douze ou treize ans marchait derrière elle avec une boîte en bois entre les mains. Nous les regardions venir vers nous, et Olikéa fronça les sourcils. « Elle sort à peine de l'enfance, dit-elle, mécontente, et elle poursuivit plus bas : Ce n'est pas ce à quoi je m'attendais. Laisse-moi lui parler. »

Fils-de-Soldat ne répondit pas ; ni lui ni elle ne s'étaient levés, mais Likari revint près de nous en courant pour observer avec curiosité la procession. Mon double partageait sans doute avec moi la profonde satisfaction que procure un estomac plein, et il songeait plus à une bonne nuit de sommeil qu'à autre chose. Il continua de regarder approcher les émissaires sans se lever ni les saluer ; Olikéa aussi demeura silencieuse, sans bouger.

« Qui est-ce ? demanda l'enfant.

— Chut ! Sauf erreur, ils sont envoyés par Kinrove. Likari, ne leur dis rien ; moi seule dois parler. » Son verre contenait encore quelques gorgées de vin ; elle le tint d'une main tout en se penchant sur la « table » pour m'interroger : « Es-tu rassasié, Opulent ? Es-tu bien nourri ?

— Oui.

— Alors je pense que nos affaires sont terminées ici ; demain, nous nous rendrons chez moi, où tu trouveras tout ce qu'il faut pour ton confort. » Elle s'exprimait d'une voix claire qu'entendaient certainement les nouveaux venus ; elle les regarda puis reporta son attention sur moi comme si elle se désintéressait d'eux.

Ils s'arrêtèrent non loin de nous ; la jeune femme toussota puis lança : « Olikéa, nourricière de l'Opulent jhernien ! Nous venons apporter un message et des présents, mais nous ne voulons pas interrompre un repas. Pouvons-nous approcher ? »

Olikéa but une petite gorgée de vin et parut réfléchir gravement à la question ; enfin, elle répondit : « Mon Opulent se dit rassasié ; vous pouvez approcher. »

Les porteurs de lanternes s'avancèrent, firent halte près de notre table improvisée et coincèrent leurs perches dans les rochers ; la lumière des lampes dansa sur nous en bondissant. Les cages d'osier qui enfermaient la flamme jetaient d'étranges ombres sur nous. La jeune femme rondelette s'approcha, toute vêtue de blanc immaculé ; plusieurs dizaines d'épingles en ivoire maintenaient en place ses cheveux noirs et lisses tirés en arrière. C'était une Ocellionne, mais, à cause de l'éclairage mouvant des lampes, on distinguait mal ses marques. Elle leva les mains et les plaqua sur sa poitrine pour exhiber sur ses doigts plus d'une dizaine de bagues aux pierres scintillantes, puis elle nous salua solennellement de la tête, agita les mains, geste ocellion indiquant la soumission, puis déclara : « Kinrove a appris qu'il y a un nouvel Opulent au Troc, un homme que nul n'a jamais vu auparavant et venu d'un peuple depuis longtemps considéré comme notre ennemi. C'est une surprise pour tous, et elle suscite chez l'Opulent des Opulents le désir de le connaître. On m'envoie donc remettre à l'Opulent inconnu une invitation à venir ce soir au camp de Kinrove et de ses nourriciers, à accepter son hospitalité et à échanger d'éventuelles nouvelles. Sa nourricière est aussi invitée, naturellement. Ceux de Kinrove lui offrent ces cadeaux dans l'espoir qu'elle y prendra plaisir et persuadera son Opulent de nous accompagner. »

Sur un signe d'elle, le jeune homme s'avança dans la lumière, et je vis qu'il avait le visage rond et le ventre lourd ; ses bras et ses jambes paraissaient mous et dodus, et non musclés comme ceux d'un homme. Il se dirigea vers Olikéa et s'agenouilla lentement devant elle. Elle ne dit rien, et, à gestes ampoulés, il entreprit d'ouvrir le coffret qu'il apportait. Cela fait, la jeune femme s'approcha à son tour et tira de la boîte un voile en dentelle bordé de clochettes tintinnabulantes ; elle le déplia devant Olikéa, l'agita pour le faire sonner, puis le replia et l'offrit à l'Ocellionne. Celle-ci l'accepta d'un air grave mais garda le silence.

La jeune femme se pencha de nouveau sur le coffret dont elle sortit des bracelets tout simples ; je les crus d'abord en métal, mais, à leur doux claquement lorsqu'ils s'entrechoquèrent, je compris qu'ils étaient en bois, un bois si sombre qu'on eût dit de la pierre. Il y en avait six, que la nouvelle venue offrit aussi à Olikéa ; ma nourricière, sans se lever, tendit les bras pour que la jeune femme glisse trois bracelets sur chacun d'eux.

Le dernier trésor était enveloppé dans un lacs de roseau très finement tissé ; l'envoyée de Kinrove le tira du coffret, dégaina un petit poignard de bronze d'un fourreau à sa hanche et trancha la résille. Une odeur adorable s'en dégagea ; Fils-de-Soldat identifia un parfum d'amandes, de gingembre, de miel et de rhum, ou d'un produit très proche. La jeune femme tendit le gâteau à Olikéa avec ces mots : « On les prépare une fois l'an, et on les laisse macérer une année dans l'alcool ; il s'agit d'une confection très spéciale, destinée à la seule dégustation de Kinrove. Il envoie une de ces pâtisseries au nouvel Opulent et à sa nourricière à titre de cadeau de bienvenue. »

Le gâteau qu'elle remit à Olikéa avait le diamètre d'une assiette et un doigt d'épaisseur ; sans baisser les yeux, ma nourricière rompit en deux la confection brun sombre, m'en tendit une moitié puis se rassit. Elle prit une bouchée de la galette moelleuse, la mâcha, l'avala lentement, puis elle en prit une deuxième, puis une troisième ; après qu'elle l'eut avalée, elle se tourna vers moi et dit à mi-voix : « Ce mets ne présente apparemment pas de danger, et il a du goût, Opulent. Peut-être y prendras-tu quelque plaisir. »

Fils-de-Soldat demeura impavide. Il mordit dans le gâteau au parfum ineffable et, lorsqu'il se mit à mâcher, une symphonie de saveurs se répandit sur sa langue et emplit ses narines ; de toute ma vie, je n'avais jamais rien mangé d'aussi délicieux. Le sucré se mêlait à l'épicé en apaisant la puissance capiteuse de l'alcool, et les amandes réduites en poudre produisaient une texture d'une finesse extrême ; la pâte semblait fondre littéralement dans ma bouche, et, après que je l'eus avalée, son goût demeura et envahit mon nez d'un parfum délectable.

Quand elle vit que Fils-de-Soldat avait fini sa bouchée, Olikéa demanda d'un ton de feinte inquiétude : « Était-ce acceptable, Opulent ? J'espère que ce gâteau ne t'a pas offensé. »

Tout d'abord, il garda le silence, puis, quand il répondit, ce fut avec des mots soigneusement pesés. « Assurément, Kinrove apprécie ce genre de friandises et pensait que je m'en réjouirais aussi ; c'est un geste aimable de sa part. »

Ce remerciement en demi-teinte parut ébranler la jeune fille. Elle avait scruté de près les expressions de ses interlocuteurs, et elle s'attendait certainement à ce qu'ils se répandissent en éloges ; leur manque d'enthousiasme la laissait perplexe, tout comme moi. Je trouvais leur attitude peu gracieuse, et la grossièreté de mon double m'embarrassait. Olikéa, en revanche, ne s'en étonnait manifestement pas. Elle se tourna vers l'émissaire et dit : « Mon Opulent n'est pas offensé par ce cadeau ; il sait qu'il avait valeur de signe d'amitié. »

L'adolescent et la jeune femme échangèrent un regard, tandis que les porteurs de lanterne changeaient de pied d'appui puis s'immobilisaient, silencieux. J'écoutai le vent du soir qui se levait en faisant bruire le sable de la plage ; derrière nous, la marée montante s'approchait. Je vis d'autres lampes se diriger vers nous en provenance du Troc, sans doute les serviteurs qui venaient débarrasser notre table et les hommes chargés de transporter nos achats.

J'eus l'impression que le silence s'éternisait avant que la jeune femme répondît : « Voulez-vous nous accompagner jusqu'au campement de Kinrove ? Il a une chère abondante, succulente et variée à partager, un bain d'eau chaude, des huiles parfumées et des hommes qui ont le don de les appliquer, et des lits moelleux avec des couvertures confortables pour la nuit. »

Olikéa resta quelques instants sans bouger, puis elle se tourna vers moi et me demanda à mi-voix : « Ces choses plairaient-elles à l'Opulent ? »

Fils-de-Soldat réfléchit. Au-dehors, il paraissait calme, mais je perçus l'énergie qui courut soudain en lui. « Je puis obliger Kinrove », dit-il enfin, comme s'il accordait une faveur au lieu d'accepter une invitation courtoise.

Encore une fois, les jeunes émissaires échangèrent un regard, et, au bout d'un moment, la jeune femme reprit : « Nous allons retourner auprès de lui, dans ce cas, pour l'informer de votre venue. Nous vous laisserons un porteur de lanterne pour vous montrer le chemin.

— À votre guise », répondit Olikéa, et, comme s'ils n'existaient plus, elle se détourna pour ne regarder que moi, puis elle leva son verre et finit son vin ; elle paraissait se préparer à un événement difficile.

Les envoyés de Kinrove s'écartèrent un peu, conférèrent entre eux à mi-voix puis s'en allèrent. Un des porteurs de lanterne demeura à quelque distance de nous afin de respecter notre intimité.

« Alors, nous allons au campement de l'Opulent ? demanda enfin Likari, incapable de supporter plus longtemps le silence des deux adultes.

— Chut, petit étourdi ! » Olikéa poursuivit plus bas : « Évidemment ! C'est une aubaine inespérée. Sais-tu combien de temps Jodoli a dû attendre avant que Kinrove ne l'envoie chercher ? Plus de trois ans ! Jamère, lui, est invité le premier jour de sa première visite au Troc ; ça ne s'est jamais vu. »

L'enfant bondit en l'air et claqua les talons. « Eh bien, allons-y ! »

Le froncement de sourcils que lui adressa Olikéa aurait fait cailler une jatte de lait. « Assis ! fit-elle sèchement. Et ne bouge plus, ne dis plus un mot sans ma permission, sinon tu passeras la nuit ici à attendre notre retour. Ce n'est pas le moment de se ridiculiser ni d'avoir l'air trop empressé ; restons sur nos gardes : Kinrove est un homme redoutable. Ce qu'il désire, il le prend, ne l'oublie jamais. Nous n'avons aucune raison de lui accorder notre affection ni notre confiance ; en outre, il s'efforce de gagner l'amitié de Jamère, mais il commence par une insulte voilée. Jamère est un Opulent, Likari, mais Kinrove lui envoie des messagers à peine sortis de l'enfance, même pas ses nourriciers de basse caste, pour lui porter son invitation. Et ils parlent de Kinrove comme de l'Opulent des Opulents, comme s'il fallait accepter le fait sans discussion. Il ne cherche qu'à s'affirmer comme supérieur à Jamère. »

Likari, assis sur ses talons, nous regarda tour à tour, sa mère et moi, et plissa le front. « Mais tout le monde dit que Kinrove est le plus gros de tous les Opulents vivants, peut-être même de tous les temps ; on le respecte et on reconnaît son pouvoir.

— Mais ça peut changer ! » s'exclama Olikéa, et elle sourit ; alors, l'espace d'un instant, elle eut l'air d'une femme qui médite sa vengeance. « Regarde Jamère. Il mange sans effort, par plaisir, sans même se forcer, et il grossit vite ; songe au peu de temps qui s'est écoulé depuis que sa peau faisait des plis sur lui et qu'il avait à peine l'énergie de se déplacer, et vois le poids qu'il a repris. La magie l'a béni ; il est déjà plus vaste que de nombreux Opulents d'autres clans. Tu as sûrement remarqué la façon dont Jodoli l'observe : il sait très bien que Jamère le dépassera dans moins d'un an. Si notre clan le préfère, si on lui fournit les meilleurs aliments qui nourrissent sa magie, je pense qu'en deux années il pourra égaler Kinrove, voire le surpasser.

» Nous ne nous rendrons donc pas chez Kinrove en agitant les doigts avec humilité ni en rampant ; non, nous allons lui montrer qu'il a désormais un rival, et exiger son respect. Jamère doit se conduire en concurrent s'il veut passer pour tel : il ne doit pas donner l'impression de trop convoiter les cadeaux de Kinrove, mais au contraire les accepter comme naturels, voire insuffisants.

— Mais… mais la cuisine, les bains, les massages, les lits moelleux ! » L'enfant s'exprimait dans un murmure empreint d'envie, et sa bouche resta entrouverte, suppliante.

« Nous irons et nous profiterons de tout, mais nous ne nous montrerons pas surpris de ces largesses, et nous ne leur manifesterons qu'un intérêt poli », dit Fils-de-Soldat.

Olikéa parut soudain un peu moins satisfaite. « Je ne suis pas sûre que nous devions emmener Likari ; il est trop jeune pour ce genre d'entreprise, et il y a des dangers au campement de Kinrove, des spectacles que je préférerais lui éviter. Il vaudrait peut-être mieux qu'il reste ici ; quand les serviteurs arriveront pour débarrasser la table…

— Likari nous accompagnera ; il fera partie de mes nourriciers, et on le traitera comme tel, avec honneur et respect.

— Mais que penseront les gens de toi, si l'on voit un si jeune enfant occuper auprès de toi une position aussi importante ? objecta Olikéa.

— Ils réfléchiront, répondit sèchement Fils-de-Soldat ; ils se diront que je suis un Opulent qui sort des sentiers battus, qui voit l'avenir autrement et qui peut entraîner le Peuple dans une nouvelle direction. Il n'est pas trop tôt pour qu'ils s'habituent à cette idée. »

Le ton qu'il avait employé mit fin à la conversation. Olikéa se laissa un peu aller en arrière sur la pierre qui lui servait de siège et me regarda comme si elle ne m'avait jamais vu. Peut-être se rendait-elle compte à présent que ce n'était plus Jamère qui lui répondait, même si elle lui donnait ce nom.

Les serviteurs arrivèrent près de nous, et nous nous levâmes, mais sans hâte, en nous étirant et en échangeant des commentaires appréciateurs sur le repas. Olikéa donna des directives extrêmement précises aux hommes chargés de transporter nos achats ; suivant ses instructions précédentes, ils avaient amené un animal de bât, créature étrange à mes yeux, brun grisâtre, avec des sortes d'orteils au lieu de sabots, une apparence décharnée par rapport à un cheval, une tête aux traits tombants et à l'expression triste, et de longues oreilles molles. J'entendis l'Ocellionne le désigner sous le nom de « quaya ». Quand elle se fut assurée que les hommes avaient fixé nos affaires à sa convenance, elle les quitta pour s'approcher du porte-lanterne.

« Tu peux nous guider maintenant », lui dit-elle.

Il nous regarda d'un air indécis, comme s'il ne savait pas s'il devait se montrer hautain ou humble. En me rapprochant de lui, je me rendis compte que, malgré sa taille, c'était encore un adolescent ; Fils-de-Soldat fronça les sourcils : Olikéa avait raison, Kinrove cherchait à m'insulter légèrement en n'envoyant aucun adulte me remettre son invitation.

Nos porteurs avaient leurs propres lampes, aussi Olikéa consentit-elle à ce que l'envoyé de l'Opulent marchât devant nous, mais à bonne distance, sans doute afin qu'elle pût converser librement avec l'enfant et moi sans crainte d'être entendue.

Le jeune homme se mit en route à une allure mesurée, habitué peut-être au pas nonchalant d'un Opulent ; nous le suivîmes et, en quittant le sable mou de la plage, nous nous engageâmes sur une piste étonnamment bonne, plane et assez large pour une carriole.

« Tu ne me remercies pas ? » demanda Olikéa après que nous eûmes parcouru une petite distance. Likari marchait derrière nous, passionné par le quaya et son conducteur, ce qui nous laissait un peu d'intimité.

Au ton qu'employait l'Ocellionne, elle attendait manifestement que je lui témoigne ma reconnaissance pour son astuce. « Et de quoi devrais-je donc te remercier ? répliqua Fils-de-Soldat.

— D'avoir obligé Kinrove à te remarquer aussi promptement. »

Un picotement de surprise parcourut mon double. « C'était mon but, d'attirer son attention ; je ne suis venu faire du troc que pour cette raison.

— Et pas du tout parce que tu risquais de te retrouver à claquer des dents de froid dès l'arrivée des pluies d'hiver, naturellement ! » Puis, abandonnant son ton sarcastique, elle poursuivit : « Tu aurais pu apporter ce que tu voulais à échanger, Kinrove n'aurait pas baissé les yeux sur toi. Ce n'est pas ce qui nous a servi de monnaie ni ce que nous avons vendu qui nous a valu cette rapide invitation, mais ce que nous avons refusé de troquer. »

Il n'eut pas à réfléchir longtemps. « La figurine d'ivoire ; l'amulette de fertilité. »

Je distinguai le petit sourire suffisant d'Olikéa dans la pénombre. « Kinrove a six nourriciers. Six. Mais il n'y en a qu'un seul qui le suive depuis ses débuts d'Opulent ; cette femme a dû travailler dur pour demeurer sa favorite et conserver pour elle ses attentions. Mais Galéa vieillit et elle ne lui a jamais donné de descendance ;

si elle n'accueille pas bientôt l'enfant qu'il désire, il se tournera vers une autre nourricière dans l'espoir qu'elle le servira mieux. Elle doit absolument tomber enceinte si elle veut garder sa faveur ; il y va de son avenir. »

Fils-de-Soldat digéra lentement cette information. « Donc Kinrove nous a invités, non parce qu'il souhaite faire ma connaissance, mais pour que sa nourricière te persuade de lui remettre l'Enfant d'Ivoire.

— Croit-elle ! s'exclama joyeusement Olikéa.

— Je ne veux pas me séparer de cet objet, dit-il d'un ton ferme. J'y attache beaucoup d'importance. »

Elle le regarda dans la lumière indécise et dansante de la lanterne ; il croisa son regard puis se détourna. « Aimerais-tu que je porte ton enfant ? » demanda-t-elle, manifestement ravie.

Sous le coup de la surprise, Fils-de-Soldat répondit d'un ton peut-être plus cassant qu'il ne l'eût voulu : « Ce que je n'aimerais pas, ce serait de vendre un objet auquel Lisana tenait plus qu'à tout ; elle lui attribuait un grand prix, et je veux le garder pour honorer sa mémoire. »

Olikéa fit cinq ou six pas sans rien dire puis déclara, acerbe : « Tu aurais plus à gagner à apprécier les efforts d'une femme qui se trouve près de toi qu'à préférer tes souvenirs d'une autre qui n'est plus qu'un arbre aujourd'hui. »

Je perçus la peine que dissimulait son aigreur, mais Fils-de-Soldat n'entendit que le manque de respect envers Lisana et les autres arbres des anciens.

« Ah ! Tu dois te démener pour te sentir importante, maintenant que tu sais que tu n'auras jamais d'arbre à toi, dit-il avec rudesse.

— Parce que tu crois devenir un jour important, toi ? rétorqua-t-elle, furieuse. N'oublie pas qu'un Opulent dépend de ses nourriciers ; tu devrais peut-être chercher à tisser des liens avec eux, à mériter leur loyauté, afin que, l'heure venue, il y ait quelqu'un pour te transporter jusqu'à un jeune arbre, t'y attacher correctement et veiller sur toi en attendant qu'il t'accepte. »

Un Ocellion ne pouvait pas proférer menace plus terrible à un Opulent, et je sentis se répercuter dans notre âme commune l'effarement de mon double à ces paroles. N'en eût-il été que de moi, j'eusse sans doute cherché à amadouer Olikéa, autant pour apaiser la profonde blessure que je lui avais infligée que pour assurer mon bien-être futur ; mais Fils-de-Soldat dit seulement : « Tu n'es pas mon unique nourricier, Olikéa. »

Ils se turent. Dans la nuit qui se refermait sur nous, il devenait difficile de voir où nous mettions les pieds. Nous longions la plage, mais notre chemin nous en écartait de plus en plus, et le ressac ne nous parvenait plus que comme un murmure étouffé. La piste gravit une côte douce au milieu d'une large prairie, et ils n'échangèrent toujours pas un mot.

C'est dans ce climat tendu que nous parvînmes aux abords du campement de Kinrove. J'avais imaginé une sorte de bivouac avec des tentes et des feux pour préparer la cuisine mais, passé le sommet d'une petite colline, le spectacle qui s'offrit à nous évoquait bien plus le cantonnement provisoire d'une armée en déplacement, véritable bourg dont des torches piquetaient le périmètre et où les rues rectilignes s'entrecroisaient entre les robustes pavillons. Je constatai aussi que la petite ville se trouvait encore à bonne distance de nous ; même si le terrain descendait, l'obscurité devenait de plus en plus profonde, et j'avais déjà les jambes lasses d'avoir passé la journée debout. Je perçus la contrariété de Fils-de-Soldat tandis qu'une musique lointaine, curieusement assourdie, nous parvenait.

Quelques pas plus loin, la contrariété se mua soudain en une vague de vertige suivie par une brusque nausée. Avec un gémissement, il s'arrêta, chancelant. Étrangement, le porteur de lanterne qui nous précédait avait fait halte lui aussi ; tout en respirant à longues goulées pour surmonter ses haut-le-cœur, il leva sa lampe, l'agita lentement par trois fois au-dessus de sa tête, la reposa et attendit. Une déferlante d'étourdissement roula en Fils-de-Soldat puis, aussi vite qu'elle était venue, elle s'évanouit ; il inspira profondément, soulagé, et, à ses côtés, Olikéa en fit autant. Tandis qu'il se remettait, une question me traversa l'esprit, une question qui me parut d'une importance vitale, et que je m'efforçai d'imposer à mon double. « Il garde ses frontières ; pourquoi ? Que redoute-t-il ? »

J'ignore s'il m'entendit ; en tout cas, il ne répondit pas.

En revanche, le porte-lanterne s'adressa directement à nous pour la première fois.

« Les gardiens de Kinrove nous laissent entrer ; Kinrove, Opulent des Opulents, va nous mener à son pavillon en marche-vite. »

2

Kinrove

Je n'eus pas le temps de me demander contre qui ou quoi Kinrove cherchait à se protéger : apprendre que son pouvoir lui permettait de transporter tout notre groupe en marche-vite jusqu'à lui sur une si grande distance avait quelque chose d'effrayant. Mais le porteur de lanterne dit seulement « Suivez-moi » et se mit en marche. Nous lui emboîtâmes le pas, la nuit devint floue, et, en une seule enjambée, nous nous retrouvâmes devant un majestueux pavillon. Devant la munificence qui s'offrait à moi, j'en oubliai presque l'étalage de puissance auquel je venais d'assister : des rangées de torches illuminaient la tente de Kinrove et l'espace qui l'entourait, la musique que j'avais entendue au loin résonnait à présent tout autour de moi, une poussière fine flottait dans l'air imprégné d'une odeur de tabac brûlé, et des foules de gens affairés allaient et venaient. Cette brusque agression contre mes sens me désorienta quelques instants, et je m'efforçai de comprendre la scène au milieu de laquelle je me trouvais.

De robustes pièces de bois soutenaient les parois en cuir du pavillon ornées de motifs ocre, rouges et noirs, étranges à mes yeux de Gernien mais familiers à ceux de Fils-de-Soldat. La musique provenait d'un orchestre d'une dizaine de personnes installées sur une scène surélevée ; elles soufflaient dans des trompes et frappaient sur des tambours, mais n'en tiraient nulle mélodie, seulement un rythme ; et les gens dont les allées et venues m'avaient laissé perplexe étaient en réalité des danseurs en procession, chacun la main posée sur l'épaule de celui qui le précédait, qui formaient une chaîne sans fin autour du pavillon de Kinrove et égrenaient un chapelet sinueux entre les tentes du camp. De nombreux danseurs avaient à la bouche une courte pipe en bois à large fourneau. Fils-de-Soldat, les paupières battantes, les regarda passer devant lui.

Il y avait de tout parmi eux, hommes et femmes, jeunes et vieux, certains vêtus de riches parures chatoyantes, d'autres en haillons, et femmes et jeunes filles prédominaient. À force de heurter le sol, leurs pieds nus avaient réduit la terre battue en poudre fine. Ils dansaient lourdement, et chacun de leurs pas éveillait un écho sourd ; leurs talons suivaient le rythme de la musique et soulevaient la poussière qui flottait tout autour de nous. Quelques participants paraissaient reposés, mais la plupart étaient épuisés et émaciés.

Ce furent leurs traits qui me frappèrent : j'ignorais le thème de leur danse, mais ils affichaient tous une expression de peur ; ils avaient les yeux blancs et révulsés, les dents découvertes, et certains pleuraient ou avaient pleuré, comme l'attestait la poussière collée aux sillons humides sur leurs joues. Ils ne chantaient pas mais poussaient des soupirs gémissants en contrepoint lugubre aux tambours incessants et aux bêlements des trompes ; quand ils tiraient sur leur pipe, ils inhalaient profondément la fumée puis la recrachaient par le nez. Sans prêter nulle attention à notre présence, ils poursuivaient leur procession rythmique et infinie empreinte de détresse.

Pendant un long moment, nous les regardâmes défiler ; Likari nous rejoignit et se serra contre moi, manifestement ébloui et apeuré à la fois. Blême, Olikéa tendit la main, saisit son fils par l'épaule et le tira vers elle comme pour le mettre à l'abri d'un danger. Fils-de-Soldat, tapotant distraitement la tête de l'enfant, cherchait des yeux l'homme qui nous avait guidés ; il avait disparu en laissant mon double, sa compagne, Likari et les porteurs avec leur quanya au milieu de cette cohue organisée. Submergés de bruit et de poussière, nous patientâmes jusqu'au point où l'agacement commença de s'emparer de Fils-de-Soldat ; alors qu'il se tournait vers Olikéa pour se plaindre, le pendant du grand pavillon s'écarta et la jeune femme rondelette qui nous avait rendu visite sur la plage apparut.

« Ainsi, vous êtes venus ! déclara-t-elle d'un ton où l'on sentait un léger étonnement. Bienvenue dans le clan de Kinrove et dans notre campement du Troc. Quelqu'un va conduire vos porteurs là où ils pourront entreposer vos affaires pendant votre visite. Kinrove m'a demandé de vous inviter à pénétrer dans son pavillon et à vous y rafraîchir. »

Et, d'un geste des deux mains, elle indiqua la tente. Fils-de-Soldat lui adressa un hochement de tête sec, monta sur la plate-forme de bois qui servait de plancher au pavillon et dut se baisser pour franchir l'entrée. Olikéa et Likari le suivirent. Lorsque l'épais rabat de cuir retomba derrière nous, les bruits de l'extérieur s'étouffèrent, et je me rendis compte alors à quel point ils étaient irritants.

Les parois de cuir enfermaient un volume de belle taille ; il y faisait chaud, presque trop, et la foule présente donnait un sentiment d'oppression. Curieusement, j'y retrouvai la même impression étrange que j'éprouvais naguère dans les appartements du colonel Lièvrin à Guetis, celle d'avoir été transporté ailleurs, en une autre époque, loin des forêts, des prairies et de la plage.

Le plancher disparaissait sous des tapis de roseau entretissés de motifs qui reprenaient ceux de l'extérieur de la tente ; des bandes de tissu en écorce, décorés de plumes et de perles de verre multicolores, pendaient des ombres du plafond ; des lampes de verre suspendues éclairaient la salle et chassaient la pénombre dans les tapisseries qui drapaient les angles. Une longue table chargée de victuailles prenait toute une paroi ; il y avait plusieurs sièges semblables à des trônes, bien rembourrés et manifestement conçus pour supporter le poids et la corpulence d'un Opulent, et je découvris avec surprise que Jodoli occupait l'un d'eux, et une femme, jeune mais très grosse, un autre. Elle fumait une pipe en ivoire superbement sculptée, et, quand elle remarqua mon regard posé sur elle, elle entrouvrit les lèvres et souffla dédaigneusement un jet de fumée dans ma direction.

Du côté de la tente opposé à la grande table, des serviteurs vidaient de larges cruches d'eau bouillante dans une immense baignoire en cuivre ; la vapeur parfumée embaumait l'air. D'autres serviteurs allaient et venaient, apportaient des plats fumants, emportaient des soupières vides ou remplissaient des verres.

Mais toute cette agitation ne formait que le cadre du spectacle central. Sur une estrade au milieu du pavillon, dans un hamac rembourré, reposait Kinrove, énorme, adipeux ; les bourrelets de chair s'accumulaient sur lui au point que sa charpente osseuse, qui le définissait autrefois comme un homme, se trouvait ensevelie et réduite au silence. Son corps débordait littéralement : son ventre gisait sur ses genoux, sa tête et son menton s'abîmaient dans les rondeurs de ses épaules. Une ample robe verte le couvrait mais ne dissimulait nullement sa bouffissure, et la soulignait plutôt ; de larges rayures d'or suivaient ses contours et les répétaient. En Gernie, il eût suscité à la fois la dérision et la curiosité ; j'avais vu un homme moitié moins imposant s'exhiber sous l'intitulé « L'Homme le plus gros du monde » sous une tente de foire, et il attirait les regards incrédules et les moqueries des visiteurs. Chez les Ocellions, Kinrove faisait l'objet d'un respect qui confinait à l'adoration.

Il régnait sur la tente ; il posa sur nous un regard perçant, et l'on sentait de la force, non de l'indolence, dans la main qu'il leva pour nous faire signe d'approcher, d'un geste curieusement empreint de grâce. Il portait son obésité comme un autre eût arboré des bijoux ou les insignes de son grade, et il s'en servait pour imposer son autorité. Le pavillon n'avait d'autre but que centrer notre attention sur sa corpulence, et la mise en scène atteignait son objectif : j'étais abasourdi. Des nourriciers allaient et venaient autour de lui, lui apportaient à boire et à manger, retiraient ses plats vides, lui essuyaient les mains avec des serviettes humides, lui massaient les pieds et les jambes ; sur un guéridon près de lui étaient disposés des pipes ouvragées et de lourds pots à tabac en verre. Le visage des serviteurs exprimait la déférence, voire l'affection ; je ne vis aucun signe de mécontentement ni d'un autre sentiment que la dévotion.

Avec un choc, je reconnus cette attitude. Quand j'étais enfant, mes parents avaient rendu visite à une autre famille de la nouvelle noblesse ; elle occupait un domaine en amont du nôtre, à deux jours de voyage, et je me rappelais le ton sévère avec lequel mon père m'avait expliqué qu'il fallait manifester un profond respect au seigneur Skert car il avait consenti de grands sacrifices pour son roi ; dès lors, je m'attendais à me trouver devant un géant à la carrure musculeuse, avec une barbe foisonnante et une voix tonnante, mais on m'avait présenté un homme qui n'avait plus l'usage de ses jambes, qu'il fallait pousser de pièce en pièce dans un fauteuil roulant, et dont des cicatrices de brûlure avaient lissé et déformé la peau sur tout un côté du visage et du cou. Pourtant, malgré ses marques et son infirmité, il avait le maintien d'un soldat, et, au cours de notre séjour, je m'étais aperçu qu'il portait ses balafres comme autant de médailles ; loin d'en éprouver de la honte ou de l'humiliation, il les regardait comme faisant partie de ses états de service et les arborait comme tels.

Kinrove se comportait de même, bien que l'énormité de son corps dût le gêner ; malgré l'huile parfumée dont on lui oignait les pieds et les mollets, ses jambes noirâtres et enflées paraissaient douloureuses.

Quand il nous vit, il agita légèrement la main et ouvrit la paume pour nous prier d'entrer, puis il inclina la tête ; encore une fois, la grâce de ses gestes me frappa : il y avait en eux une économie de mouvement qui me paraissait pleine de beauté. « Vous voici ! J'ai appris ton arrivée chez nous, Fils-de-Soldat formé par Lisana. » Il s'interrompit, pencha légèrement la tête et reprit d'un ton cauteleux : « Et je souhaite aussi la bienvenue à Jamère des sans-taches. »

Sans me laisser le temps de répondre à cet étrange accueil, il poursuivit en s'adressant à la foule, forcé de reprendre son souffle entre chaque phrase : « Nous avons entendu parler de toi. Jodoli nous a raconté dans quelles circonstances Olikéa t'a trouvé et t'a secouru ; il nous a aussi narré (et son sourire s'élargit) ta première joute de pouvoir avec lui ! Excellente histoire. » Il gloussa, et une vague de rire lui fit écho dans la salle.

Il reprit à nouveau son souffle. « Je me réjouis donc que tu aies accepté mon invitation. » Pause de respiration. « J'aime m'entretenir avec les Opulents du Peuple de temps en temps, entendre des nouvelles de la guerre, recevoir leurs remerciements et leur expliquer comment diriger leurs efforts pour m'aider au mieux. » Pause. « Jodoli m'a dit que tu étais un homme considérable avant que tu ne consumes une grande partie de ta magie dans une tentative… disons "irréfléchie" plutôt que "vaine" pour barrer la route aux Jherniens. »

Je sentis l'afflux de sang qui fit rougir Fils-de-Soldat. *C'est ta faute ! C'est à cause de toi qu'on m'humilie !* Pendant qu'il me jetait violemment cette pensée, il sourit à Kinrove et répondit : « Je ne regarde pas mon œuvre comme vaine si elle a pu protéger nos arbres des ancêtres une saison de plus ; je ferai tout ce qu'il faudra pour assurer leur sécurité en attendant qu'on trouve une solution définitive.

— Ainsi, tu feras tout pour chasser les envahisseurs de notre terre ; tant mieux. La magie est exigeante, particulièrement envers ton clan familial cette année. J'ai demandé à Jodoli de venir, en tant qu'Opulent des tiens, pour lui parler de la magie qui a besoin de danseurs en plus ; imagine ma surprise quand il m'a révélé que son clan avait, non pas un, mais deux Opulents à présent. Naturellement, je ne pouvais que t'envoyer chercher. Quel être étrange tu es à mes yeux, Opulent qui as grandi parmi les intrus ! Jodoli voit en toi la clé de la solution ultime : c'est ce que lui aurait dit la magie en rêve, et elle me l'a soufflé aussi. Qu'as-tu à répondre, Jamère des sans-taches ? Connaîtrais-tu un moyen que nous n'avons pas essayé, Fils-de-Soldat ? As-tu une solution pour refouler les Jherniens hors de nos frontières et restaurer la paix et la prospérité de notre peuple ? Peut-être grâce à une nouvelle danse à laquelle nous n'avons pas songé ? »

Il s'arrêtait souvent de parler pour reprendre son souffle, et, à cause de ces interruptions, j'avais peine à savoir s'il avait fini ou non de parler. En tout cas, je percevais une menace dans sa question ; par deux fois, il m'avait appelé par mes deux noms. Je me fis tout petit au fond de Fils-de-Soldat : cet Opulent ocellion qui s'adressait directement à moi m'inquiétait ; il lisait trop clairement en nous.

Kinrove sourit. Il ne bougea pas, mais je sentis qu'il se penchait en avant et qu'il voyait non seulement Fils-de-Soldat mais aussi moi, Jamère, dissimulé en lui. Il tendit deux doigts vers nous, comme des ciseaux ouverts, et les referma ; ce geste paraissait empreint de magie. « Une réunion crée un chemin », dit-il, et l'impression de danger que j'éprouvais s'accrut. Son regard devint plus perçant. « Un homme ne peut pas danser si son pied gauche veut aller dans un sens et son pied droit dans un autre. La danse naît quand un homme est en harmonie avec lui-même.

— Je connais un moyen de chasser les Gerniens ! »

Sous le coup de l'émotion, la voix se brisait ; c'était celle de la jeune Opulente assise dans un fauteuil en face de Jodoli. Elle se leva en écartant les bras, et sa robe jaune vif et noir s'évasa autour d'elle, amplifiant sa considérable corpulence, attitude certainement destinée à la faire paraître plus grosse encore. Je me réjouis qu'elle détournât ainsi l'attention de moi, bien que je sentisse l'agacement de Fils-de-Soldat de voir interrompre le défi qui l'opposait à Kinrove. Près de moi, Olikéa reprit son souffle, mais je n'aurais su dire si elle était soulagée ou contrariée.

L'Opulente inspira profondément, replia les bras et posa les mains sur son ample poitrine ; le tissu coloré s'agita de nouveau quand elle lança : « Parle-moi, Kinrove ! Ou plutôt, écoute ! J'ai une solution, et je viens t'en entretenir ! Tu renâclais à me laisser entrer chez toi, et, depuis mon arrivée, tu ne m'as pas laissé l'occasion de me faire entendre. Tu perds ton temps en repas, en vains plaisirs et en bavardages sans intérêt ; tu me fais attendre comme si je n'avais aucune importance, alors que, je t'en ai prévenu, je t'apporte la parole non seulement de mon clan, mais aussi des insatisfaits de nombreux autres clans. Tout à coup, celui-ci apparaît (elle me désigna d'un geste dédaigneux), et tu m'oublies complètement. Pourquoi te fatiguer à lui parler alors que je suis là ? Il est des sans-taches ; il vient de l'ennemi. Quelqu'un l'a marqué comme s'il appartenait au Peuple, mais comment serait-ce possible ? La vermine donne de la vermine et n'engendre pas des cerfs. Si tu veux nous donner une démonstration de ton pouvoir ce soir, tue-le ; débarrasse-toi de lui, Kinrove. Il fait ce que font toujours les Gerniens : ils viennent, prennent ce qui est à nous et s'en servent pour le mal. Il a usurpé notre magie, et ça ne nous a rien rapporté. Si tu veux une solution définitive, commence par l'éliminer et ensuite écoute-moi ! »

Elle me regarda alors, et je sentis, comme Fils-de-Soldat, l'onde de choc de son pouvoir. Il avait eu le temps de bander ses muscles, ce qui lui évita de reculer sous la force du coup, mais l'intention de la jeune femme n'en demeurait pas moins claire : elle voulait le jeter à terre et l'humilier devant tout le monde, sinon le blesser physiquement. Jamais encore, je crois, je n'avais perçu à ce point la haine qui émanait du regard d'un autre être humain.

« Assez ! » Quand Kinrove prononça ce mot, j'éprouvai ce que les soldats de Guetis avaient ressenti lorsque je les avais arrêtés avant qu'ils ne me tuent ; c'était un ordre étayé par une magie à laquelle Fils-de-Soldat ne pouvait résister. Je n'avais pas eu conscience que mon double rassemblait la sienne pour en frapper la jeune femme, peut-être de façon intuitive ou instinctive plus que préméditée ; quoi qu'il en fût, en cet instant, il baissa la garde comme une main ankylosée lâche une arme. Devant moi, la jeune femme tressaillit comme sous l'effet d'une brusque douche d'eau froide ; elle prit une grande inspiration hachée puis recula d'un pas tandis que ses deux nourriciers se précipitaient pour l'aider à se rasseoir. Je vis qu'elle tremblait et que la fureur l'habitait ; elle avait les dents dénudées en un rictus de colère, à moins qu'elle ne les serrât pour les empêcher de claquer. Tout en la regardant, je songeais que, si j'avais eu le choix, je ne l'aurais pas prise pour ennemie.

Fils-de-Soldat se remit et déclara d'un ton de défi que je n'aurais pas osé adopter dans de pareilles circonstances : « Je ne suis pas venu pour me faire insulter ni agresser. » Il fit signe à Likari et Olikéa de le suivre et se dirigea vers la sortie.

Derrière nous, j'entendis des pas précipités et de vifs échanges à mi-voix ; nous parvenions au rabat de la tente quand Kinrove nous lança : « Ce n'est pas la rencontre que j'avais prévue, Jamère des sans-taches. Reviens, Fils-de-Soldat, que je te souhaite la bienvenue, et parlons ensemble. »

Mon double fit lentement demi-tour. Il remarqua une nourricière, plus âgée et vêtue plus somptueusement que les autres, au côté de Kinrove : sans doute Galéa. Elle tenait ses mains serrées devant elle dans une attitude à la fois d'impatience et d'espoir.

Fils-de-Soldat dit : « Je ne suis pas "Jamère des sans-taches". Je ne suis pas complètement Jamère, même si j'accepte de répondre à ce nom. Celui de Fils-de-Soldat est équivoque car il me désigne comme appartenant aux Gerniens. Les anciens m'ont reçu et Lisana m'a instruit ; j'ai quitté le peuple où je suis né, les terres où j'ai grandi, et j'ai voyagé longtemps pour venir à toi. Si tu ne souhaites pas m'accueillir, adresse-toi à la magie qui m'a appelé et a fait de moi un Opulent, dis-lui que tu en sais plus qu'elle et que je dois partir. » Il se tut, croisa lentement les bras et fit face à Kinrove, comme s'il le mettait au défi de commettre pareil blasphème.

L'autre rougit violemment et, près de moi, Likari poussa un petit gémissement de terreur, mais Fils-de-Soldat resta impassible, et Olikéa demeura orgueilleusement dressée à ses côtés ; leur querelle oubliée, ils faisaient front ensemble. Tout mouvement avait cessé sous le pavillon ; dehors, les coups sourds et les brames de la musique continuaient, tout comme le frottement des pieds des danseurs qui poursuivaient leur procession sans fin, bruit aussi éternel que le ressac des vagues sur la grève. Je savais qu'il s'agissait d'une forme de magie et je la sentais tirer sur mes sens ; j'eusse voulu qu'elle cessât pour me permettre de réfléchir plus clairement.

Kinrove dut faire un signe, car Galéa le quitta soudain pour s'approcher de nous. « Allons, nous commençons bien mal. Vois, Jamère du Peuple, le bain que Kinrove a fait préparer pour toi t'attend ainsi qu'à boire et à manger pour vous restaurer tous. Quand vous vous serez mis plus à votre aise, nous aurons les idées plus claires et nous pourrons mieux faire connaissance. Venez, venez. »

Ces derniers mots s'adressaient, non à nous, mais à quelques jeunes assistants qu'elle appelait du geste. Ils s'approchèrent avec prudence comme s'ils craignaient de se jeter dans une échauffourée, mais Galéa fronça le sourcil et ils se précipitèrent dans une envolée de robes aux couleurs vives et de mains tendues.

Dans les minutes qui suivirent, je me réjouis que Fils-de-Soldat occupât mon corps et non moi. Il demeura d'abord les bras croisés, le visage fermé, puis, comme s'il accordait un privilège aux jeunes gens, il ouvrit lentement les bras et les écarta. Olikéa l'imita ainsi que Likari. Certains serviteurs de Kinrove les déshabillèrent avec respect, tandis que deux autres, à pas pressés, déposaient derrière moi un trône afin que Fils-de-Soldat pût s'asseoir pendant qu'ils retiraient ses bottes et ses chaussettes. À l'écart, négligée, insultée, la jeune femme faisait grise mine, et une magie rageuse formait comme un halo autour d'elle. Ses nourriciers, deux hommes, lui parlaient à l'oreille et lui tapotaient l'épaule pour la calmer ; personne d'autre ne faisait attention à elle. Autour de nous, l'agitation et le bruit avaient soudain repris comme si une dangereuse situation de crise venait de se résoudre – ce qui était peut-être le cas. On nous conduisit à notre bain.

L'impression d'obéir à un rituel mettait peut-être les autres à l'aise mais, pour moi, l'expérience était étrange. Je n'avais jamais partagé un bain avec quiconque, surtout pas avec une femme et un petit garçon, ni pendant que des gens s'occupaient de moi, convaincus de devoir me frotter le dos, s'assurer que j'étais propre entre les doigts de pied et me soutenir les épaules tandis qu'un serviteur me massait la tête avec du savon parfumé puis me rinçait les cheveux. Olikéa dirigeait avec un soin jaloux toutes les attentions dont j'étais l'objet, et Likari se joignit bientôt à elle pour avertir les jeunes gens de ne pas me mettre de savon dans les yeux et de traiter avec douceur mes jambes et mes pieds égratignés par la marche en forêt. Une fois que Fils-de-Soldat eut quitté la baignoire et qu'on l'eut séché, l'Ocellionne et l'enfant reçurent les mêmes soins ; l'attitude empreinte de dignité d'Olikéa disait clairement que c'était son dû, mais Likari se tortilla comme un chiot joyeux en s'exclamant sur les fragrances merveilleuses des savons et des huiles.

Les assistants de Galéa m'entourèrent rapidement ; je m'en effrayai et tentai de prévenir Fils-de-Soldat de se tenir sur ses gardes en cas de perfidie, mais il ne m'écouta pas ou ne m'entendit pas et se laissa aller entre leurs mains. Trois femmes le séchaient avec soin en soulevant les plis de sa peau pour s'assurer qu'il ne restait d'humidité nulle part, tandis que d'autres me peignaient et me passaient de l'huile parfumée dans les cheveux ; on me massa les pieds, on les oignit, on soigna les nombreuses égratignures et abrasions de mes mollets dans lesquels deux jeunes femmes firent pénétrer un onguent gras et onctueux ; on me tailla et on me nettoya soigneusement les ongles, après quoi on m'apporta des pantoufles moelleuses et on me rendit ma robe. On installa une petite table près de mon fauteuil, et l'on y disposa tout un choix de tabacs bruns ; Olikéa les refusa d'un geste énergique de la tête et fit signe qu'on les remportât, au grand amusement des nourriciers de Kinrove. « Je ne le laisse pas fumer », dit-elle d'un ton ferme, et, tandis que certains assistants du maître des lieux acquiesçaient avec approbation, d'autres regardèrent Fils-de-Soldat et levèrent les yeux au ciel, compatissants. À l'évidence, ma nourricière veillait sur ma santé d'un œil intransigeant.

Pendant qu'on s'occupait ainsi de nous, l'activité se poursuivait dans le pavillon ; des émissaires entraient et sortaient mais, malgré tous ses efforts, Fils-de-Soldat n'entendait quasiment rien de leurs échanges. Certains ne paraissaient chercher qu'à obtenir les bonnes grâces de l'Opulent et lui apportaient tribut sous forme de denrées variées et d'objets somptueux ; une femme d'âge mûr venait lui demander une faveur, qui lui fut solennellement refusée, et elle s'en alla en pleurs et furieuse, escortée par plusieurs nourriciers de Kinrove. Devant cette scène, la jeune Opulente se renfrogna encore davantage, plus mécontente que jamais, et elle regarda Fils-de-Soldat se faire sécher et dorloter d'un air extrêmement réprobateur, les sourcils froncés, l'œil menaçant. Et les coups sourds de la musique et des danseurs continuaient comme les battements d'un cœur gigantesque ; j'aurais voulu qu'ils cessent, que le silence me submerge et m'apaise.

Mais c'était un vain espoir : nul à part moi ne paraissait prêter attention au vacarme constant. Une fois Fils-de-Soldat vêtu et réinstallé sur son trône, Kinrove daigna remarquer à nouveau sa présence ; il fit un signe à ses nourriciers, qui soulevèrent mon double avec son fauteuil et allèrent le déposer près du maître des lieux, là où ils pourraient converser à leur aise. Ils transportèrent également Jodoli et la jeune Opulente, mais je constatai qu'ils arrangeaient les sièges de façon à placer Jodoli entre elle et moi, et aussi qu'elle se trouvait un peu plus loin de l'estrade que nous deux. On disposa des coussins à mes pieds, et Olikéa et Likari s'y assirent. D'autres serviteurs apportèrent des tables chargées de victuailles, de vin et de verres, et les placèrent à portée de main de nos fauteuils. Toute l'opération avait été accomplie rapidement et sans heurt, mais Kinrove ne poussait pas l'hospitalité jusqu'à nous autoriser à monter sur son estrade ; il conservait sa position supérieure qui obligeait Fils-de-Soldat à lever la tête pour le regarder. Le message n'avait rien de subtil : il se considérait comme l'Opulent des Opulents et affirmait son droit de commander aux autres Opulents.

Mais l'odeur des plats apaisait la rancœur et la fatigue de Fils-de-Soldat, et je restai abasourdi devant le réveil brutal de son appétit. À côté de la qualité de la cuisine que nous offrait Kinrove, le festin que nous avions fait plus tôt paraissait très rustique. L'apprêt et les épices employés m'étaient inconnus, tout comme la manière de présenter les mets, mais il n'y avait pas à chicaner sur le résultat. Les arômes réveillèrent chez Fils-de-Soldat de somptueux souvenirs de l'époque où Lisana faisait chaque jour des repas aussi fastueux ; par cette prodigalité d'attentions et cette anticipation des désirs, les Ocellions manifestaient leur respect aux Opulents. Depuis des années, Kinrove était le plus grand de tous, mais Jodoli et ses semblables attendaient le même hommage de leur clan à mesure qu'ils croissaient en corpulence et en puissance, et ils savouraient aujourd'hui un avant-goût de ce qu'ils pouvaient espérer dans l'avenir ; l'expression radieuse de Likari trahissait son immense plaisir, tandis qu'Olikéa parcourait tout ce qui l'entourait d'un regard avide et engrangeait des souvenirs de cette magnifique soirée. Voilà à quoi elle aspirait ; elle voulait vivre comme Galéa, avoir des serviteurs aux petits soins avec elle et se voir accorder le respect dû à la nourricière favorite d'un Opulent.

On ne parlait guère : bavarder eût pénalisé la dégustation. Olikéa affirma son droit à servir Fils-de-Soldat, et s'en acquitta de façon si assidue que j'avais rarement la bouche vide. Firada, elle, s'occupait de Jodoli, et, apparemment en rivalité avec sa sœur cadette, se montrait encore plus attentive avec son Opulent qu'Olikéa avec moi. Je compris bientôt qu'elles se faisaient concurrence, en effet, non sur la manière de présenter des aliments mais sur la quantité que nous pouvions ingérer. Fils-de-Soldat était rassasié et plus que rassasié, mais l'Ocellionne le pressait de manger encore, l'incitait à goûter un morceau de ceci ou une autre bouchée de cela. Le comportement qui m'avait valu l'opprobre général au mariage de mon frère moins de deux années plus tôt passait ici pour le comble des bonnes manières : non seulement Fils-de-Soldat honorait-il Kinrove en appréciant la chère qu'on lui servait mais encore il rehaussait sa position en continuant de la déguster bien après que Jodoli avait détourné le visage des sollicitations de Firada.

Ne restait comme rivale que la jeune Opulente qui avait exprimé le désir de me tuer. Entre deux bouchées, Fils-de-Soldat l'observait du coin de l'œil et s'efforçait d'entendre les rares paroles qu'elle prononçait ; j'appris ainsi qu'elle s'appelait Dasie et que son peuple vivait au nord du mien. Mon double fouilla dans les souvenirs que Lisana avait partagés avec lui ; en été, les deux clans n'avaient guère de rapports mais, en hiver, lorsqu'ils se rendaient sur la côte et chassaient sur les mêmes terres, leurs chemins se croisaient. Toutefois, nous avions en commun avec eux ce que tous les clans ont en commun : le val des arbres des ancêtres ; comme les nôtres, leurs Opulents y avaient trouvé leur sépulture et poursuivaient leur existence dans les kaembras. Les deux premiers arbres à tomber sous les coups des bûcherons étaient ceux de leurs anciens les plus vieux ; mon clan déplorait leur perte pour le Peuple, celui de Dasie pleurait des parents assassinés. Le fait que ces gens incarnés dans les arbres eussent péri des siècles plus tôt n'importait pas ; au contraire, la pérennité de leur conscience et de leur sagesse ne les rendait que plus précieux. Les Gerniens avaient tranché le lien le plus fort qui rattachait ces Ocellions à leur passé, et ceux-ci brûlaient de haine. La jeune femme observait Fils-de-Soldat qui mangeait, et je l'observais en retour. Elle avait deux nourriciers principaux, l'un de mon âge et l'autre d'une quarantaine d'années ; ils discutaient entre eux tout en la servant, et à plusieurs reprises mon double surprit le regard empreint d'une extrême aversion du plus jeune posé sur lui.

Je n'avais pas imaginé ainsi le déroulement de ma première rencontre avec Kinrove, et je me demandai encore une fois quelle stratégie il suivait en nous invitant. Je comprenais que sa nourricière espérât obtenir l'usage de la figurine de fertilité, mais, devant l'Opulent et l'autorité qui émanait de lui, je doutais que ce fût la seule raison de sa convocation. Il y avait une tension palpable entre lui et Dasie. Que faisait-elle là ? Qu'attendait-elle ? Je soupçonnais Kinrove de se livrer à des manœuvres politiques occultes, et cela m'inquiétait.

Je commençais à regretter que Fils-de-Soldat se fût restauré sur la plage : j'avais l'estomac désagréablement distendu, et il ne mangeait plus par plaisir mais surveillait Dasie afin de ne pas se laisser distancer d'une bouchée. Comme elle ralentissait, ses nourriciers se penchèrent et l'adjurèrent de continuer. Elle accepta un nouveau morceau.

C'est alors seulement que je me rendis compte du rôle d'Olikéa : elle présentait une belle portion à Fils-de-Soldat, mais en escamotait une bonne partie avant de la glisser dans sa bouche pour donner l'impression qu'il mangeait beaucoup plus que ce qu'il ingérait vraiment. Le rouge de la colère et de la défaite monta aux joues de Dasie, et elle se détourna brusquement de ses serviteurs. Ostensiblement, Olikéa offrit encore deux bouchées à Fils-de-Soldat avant de l'avertir d'une voix qui portait : « Il vaut mieux arrêter pour le moment, Opulent ; plus tard, je te le promets, je te trouverai encore à manger. »

Nous avions gagné. Mon double poussa un discret soupir de soulagement ; il avait mal au ventre mais, devant l'air boudeur de Dasie et la mine piteuse de Jodoli, il savait que le jeu en valait la chandelle : il avait affirmé sa suprématie. Il regarda Kinrove, dont le nourricier bourrait la pipe ; l'Opulent ne manifesta en rien qu'il eût conscience de ce qui venait de se passer, mais Fils-de-Soldat, très content de lui, avait la certitude qu'il n'en avait pas perdu une miette. Kinrove prit alors la parole.

« Nous nous sommes restaurés ensemble, et j'espère que ma chère vous a plu ; à présent, entamons la conversation, car je tiens à savoir comment se porte le Peuple, près d'ici et loin de nous. Jodoli m'a parlé du clan qu'il partage avec toi, Jamère, et ses mots m'ont accablé ; c'est une grande tristesse d'apprendre que d'autres arbres des ancêtres sont tombés. Et pourtant je savoure aussi mon triomphe ; beaucoup critiquent ma danse sous prétexte qu'elle coûte trop cher à notre peuple. Mais y a-t-il un prix trop élevé à payer pour préserver nos kaembras ? Si la danse s'interrompt et que les Gerniens investissent nos terres avec leurs lames de fer pour abattre nos bosquets des ancêtres, à quoi nous servira d'avoir survécu ? » Ses mains qui appuyaient chaque question étaient aussi éloquentes que ses paroles. « La feuille survit-elle à la branche ? La danse se poursuit pour protéger notre forêt ; sans elle, j'ai la conviction que tous nos ancêtres auraient déjà été massacrés. Sans ma danse, les Gerniens se trouveraient ici même et notre magie n'existerait plus. Le Peuple aurait cessé de vivre. Mais ma grande danse crée la peur qui les empêche d'avancer ; ma grande danse envoie sur eux l'épuisement et le désespoir ; contre elle, ils sont démunis et ne vaincront jamais. Elle seule nous sauve. »

Et il nous sourit à tous comme pour nous inviter à adhérer à ses propos. Jodoli acquiesça lentement de la tête, mais Dasie se borna à le regarder, les yeux plissés ; Fils-de-Soldat demeura impassible et vigilant, et je remarquai ce qu'il n'avait apparemment pas observé : Olikéa fixait sur Kinrove des yeux horrifiés. Ce dernier souriait encore mais il attendait toujours la réponse de mon double tout en s'efforçant de jauger sa valeur.

Fils-de-Soldat dit enfin : « Les intrus sont toujours chez nous, Opulent Kinrove, ils projettent toujours d'abattre les arbres et de bâtir une route qui les mènera jusqu'à nos terrains d'hivernage. Leurs marchandises envahissent le Troc, et on y échange du fer sans égard pour le bien-être de la magie ; nos semblables apportent parmi nous les aspects les plus dangereux des intrus. Nous ne vaincrons pas en nous bornant à les contenir. Je ne critique pas ta danse mais je ne pense pas qu'elle suffise à nous sauver. »

Près de moi, Olikéa sursauta quand Dasie déclara soudain : « Au moins, l'intrus dit la vérité ! La danse ne suffit pas, Kinrove ! Elle ne suffit pas à nous protéger ! Et en même temps elle est excessive ; elle exige un tribut trop lourd du Peuple. Du haut de ton trône, tu te proclames Opulent des Opulents ! Tu souris, tu prétends que tu nous as sauvés, que nos arbres se dressent toujours, comme si nous allions oublier ceux qui sont tombés, comme si nous allions oublier nos frères et sœurs qui dansent et dansent pour alimenter ta magie. Il y a six ans, avant que le pouvoir ne me désigne et que je devienne Opulente, sais-tu ce que j'étais, Kinrove ? Une enfant qui pleurait pour son clan ! Car, cette année-là, tu avais lancé la magie sur nous, sur ton propre peuple, pour ordonner à ceux qu'elle touchait de venir participer à ta danse. Seize membres de mon clan avaient répondu à ton appel – seize, deux vieillards, neuf jeunes femmes, quatre jeunes hommes et un enfant ; cet enfant, c'était mon frère, qui n'avait qu'un an de plus que moi. »

Elle s'interrompit, comme si elle attendait que Kinrove niât, mais il la regarda un long moment sans rien dire. Quand il se décida à répondre, il déclara d'un ton sans appel : « Chaque clan a envoyé des danseurs, et le tien n'a pas contribué plus que les autres. Il nous faut des danseurs pour la danse.

— Combien de ceux que tu as prélevés sur mon clan il y a six ans sont-ils encore vivants ? Combien dansent encore pour toi ? » Elle se tut, mais sans laisser à Kinrove l'occasion de répondre. Fils-de-Soldat l'écoutait attentivement, et je partageais son intérêt : nous approchions du cœur d'un mystère, je le pressentais. Olikéa se tenait derrière mon double, les mains posées sur ses épaules dans une attitude possessive. À mesure que Dasie parlait, elle avait lentement crispé les doigts, et elle tenait à présent le tissu de sa robe dans ses poings fermés. Il sentait sa tension au rythme de sa respiration et à sa manière de se tenir. À quoi cela rimait-il ?

« Je vais te le dire, Kinrove, reprit Dasie, car, avant de pénétrer dans ton superbe pavillon, j'ai pris le temps d'observer tes danseurs pendant qu'ils passaient devant moi par trois fois ; j'ai étudié chaque visage, et j'y ai vu, non de la joie, mais de la terreur ou du désespoir. Beaucoup avaient l'expression de ceux qui se savent promis à une mort prochaine ; quelques-uns te haïssent, Kinrove ; t'en rendais-tu compte ? Sors-tu jamais de ta tente pour regarder les yeux de ceux que tu as appelés ? As-tu oublié que tes danseurs font partie du Peuple ? »

On n'entendait plus un bruit dans la salle. Les serviteurs continuaient d'aller et venir, mais d'un pas plus lent, comme s'ils attendaient une réponse. L'importance de la question chantait silencieusement dans l'air, tandis que le son des tambours et des trompes et le bruissement incessant des danseurs paraissaient se renforcer.

D'un ton qui eût pu être plus ferme, Kinrove déclara : « C'est la magie qui appelle les danseurs ; je me borne à la diffuser. Chaque année, elle va dans un clan différent, elle convoque, et certains répondent à cette convocation ; je n'ai aucune influence sur le choix de ceux qu'elle désigne : je fais seulement ce qu'il faut faire. Quant à ceux qui répondent à l'appel et viennent chez nous, ils dansent pour nous tous. Cette levée n'a rien de déshonorant, et, à leur mort, on les enterre avec respect. Leur vie nous a bien servis.

— Une vie qu'ils n'ont pas vécue ! s'exclama Dasie. Surtout ceux qui ont obéi à l'appel alors qu'ils n'étaient que des enfants ! Leur existence s'arrête le jour où ils se rendent chez toi. Et que font-ils ensuite, Opulent ? Rient-ils, prennent-ils un compagnon ou une compagne, ont-ils des enfants, chassent-ils, bavardent-ils autour du feu avec leurs voisins ? Ont-ils une vie à eux ? NON ! Ils dansent ! Ils dansent éternellement, ils dansent jusqu'à ce qu'ils tombent d'épuisement, et on les traîne à l'écart de la chaîne, ils se reposent brièvement, on leur donne à manger des herbes et des aliments qui leur rendent leur énergie, puis on les ramène avec les autres. Ils dansent jusqu'à en perdre l'esprit, jusqu'à n'être plus que des corps en mouvement, que des fuseaux qui filent ta magie. Et puis ils meurent. Pourquoi attaches-tu si peu d'importance à leur mort ? Pourquoi a-t-elle tellement moins de valeur que celle de quelqu'un qui a renoncé à son enveloppe charnelle il y a cent ans ? »

Je perçus le frisson qui parcourut le dos de Fils-de-Soldat ; je savais les bouleversements que l'appel de la magie avait provoqués dans mon existence, et je songeai à tous les danseurs que j'avais vus avant d'entrer dans le pavillon. À quoi ressemblait la vie lorsqu'on servait la magie en dansant à l'infini ? Je savais de quelle façon le pouvoir avait imposé son autorité sur moi, et j'avais vu l'impact qu'il avait eu sur Faille ; mais s'il avait exigé que je danse en rond sans jamais m'arrêter ? Si j'avais su que toute mon existence se résumerait à cette danse ? Qu'eussé-je éprouvé à me réveiller chaque matin d'un bref sommeil en sachant que je danserais tout le jour jusqu'à ce que je m'écroule, exténué ? La peur que ces gens affichaient était-elle vraie ? Vivaient-ils dans la terreur ou le désespoir le plus noir afin de générer les vagues de magie qui déferlaient sur la Route du roi et dans les rues de Guetis ? J'étais incapable d'imaginer pareille existence, ni un chef prêt à condamner des gens à la vivre. Même les forçats qui travaillaient à la Route du roi savaient que leur peine cesserait un jour ; certains mouraient avant le terme de leur sentence, certes, mais ces décès n'étaient pas inévitables. Beaucoup atteignaient la date de leur libération et réalisaient même la promesse royale d'un arpent de terre et d'une maison bien à eux. Les danseurs de Kinrove, eux, devaient mourir à la tâche afin de protéger les arbres des ancêtres – et, apparemment, l'Opulent ne voyait nulle fin à leur danse, nulle solution définitive : pour tenir les intrus à distance, elle devait se poursuivre indéfiniment.

J'en restai horrifié : qu'un chef pût abuser ainsi de son peuple me révoltait. Je m'efforçai de pénétrer dans les pensées de mon double. « Je ne suis pas le seul à juger cette attitude monstrueuse. Regarde Dasie, Fils-de-Soldat ; c'est à cause d'elle et d'autres comme elle que Kinrove a dressé une barrière magique autour de son camp. Il a beau se proclamer Opulent des Opulents, tout le monde ne pense pas qu'il mérite ce titre. » Comme d'habitude, mon autre moitié n'accusa pas réception de mon message, et je me retirai pour ronger mon frein à part moi.

Enfin Kinrove répondit : « Je ne méprise pas mes danseurs, Dasie ; sans eux, je ne pourrais pas tisser la magie qui nous protège tous. Je les épuise uniquement parce que j'y suis contraint, comme je me tue moi-même à la tâche. Eux et moi participons d'une magie supérieure, au-delà de ta compréhension. Leur vie vaut-elle moins que celle de nos anciens ? Oui, en effet : chaque ancien était un Opulent en son temps, choisi non par l'homme mais par la magie, et, depuis l'époque où leur arbre l'a absorbé, ils ont encore accumulé du savoir. Ils sont les gardiens de notre passé et nous guident vers l'avenir, et ceux qui meurent pour les préserver doivent s'en sentir honorés ; nous leur rendons hommage durant leur vie et leur danse, nous leur apportons les meilleurs soins possibles… »

Dasie le coupa d'un ton furieux : « Mais tu ne leur rends par leur existence ! » Je sentais sa colère ; j'ignore si elle le faisait volontairement, mais elle émettait de la magie, et la rage jaillissait d'elle par vagues que Fils-de-Soldat percevait comme des rafales d'une chaleur désagréable sur sa peau. Les nourriciers de la jeune Opulente, penchés sur elle, lui tenaient des propos pressants à l'oreille, mais elle ne les écoutait pas. « Depuis des années tu te sers d'eux, Kinrove, et tu détournes à ton profit le pouvoir qu'ils créent ; tu t'es donné le titre d'"Opulent des Opulents" en t'appuyant sur leurs ossements. Tu prétends agir pour nous sauver des Jherniens, mais nous n'avons pas le temps de remplacer ceux dont tu nous dépouilles. Chaque année des danseurs meurent, et nous n'avons pas assez d'enfants pour prendre leur place. Tu es en train de tuer ton peuple sous prétexte de le sauver. »

Kinrove parut blessé et vexé. « Tu me critiques, Dasie, tu me demandes de m'y prendre autrement, mais, toi, que fais-tu pour protéger ton peuple et nos arbres des ancêtres ? Tu veux arrêter ma danse, mais qu'y substitueras-tu ? Tu es Opulente depuis quelques années à peine et tu veux nous apprendre comment chasser les intrus ? »

Sans se laisser intimider, elle avança d'un pas. « Je vais t'apprendre comment cesser de tuer notre peuple ! Laisse-le vivre chez lui, former des couples et avoir des enfants. Si, après avoir été Opulente pendant vingt ans, j'oublie cela comme tu sembles l'avoir oublié, j'espère qu'un jeune viendra me le rappeler. À quoi bon sauver les arbres de nos ancêtres s'ils n'ont plus de descendants pour les honorer et leur demander conseil ? Quant aux intrus, j'ai mon idée ; il faut les tuer. Les tuer, tuer ceux qui les suivent, et continuer à les tuer jusqu'à ce que plus aucun ne vienne chez nous.

— Tu n'es qu'une enfant. » Kinrove fit ce commentaire d'un ton catégorique qui en faisait une affirmation plus qu'une insulte. « Tu ne peux te souvenir de l'ancien temps parce que tu n'étais pas née. Nous avons tenté de nous servir de la magie contre les intrus, de l'infiltrer jusque chez eux, mais leur fer réduit nos efforts à néant ; dans leur village, notre pouvoir s'affaiblit, nos mages s'évertuent en vain à faire naître une flamme du bois, à ordonner à la terre de nous réconforter, à nous réchauffer. Nous avons découvert que la seule magie efficace à l'intérieur de leurs murs, c'est celle de la Danse de la Poussière, nul ne sait pourquoi ; toutefois, en elle-même, elle ne suffit pas : elle tue, mais les Gerniens font venir d'autres de leurs frères de l'ouest. Avant que tu ne deviennes Opulente, lorsqu'ils ont commencé à menacer nos forêts des ancêtres, nous avons essayé de les repousser comme nous avions vu d'autres lutter contre eux : nous avons pris les armes et nous sommes rués au combat, protégés par le pouvoir des Opulents qui nous accompagnaient. Mais ils ont tiré avec leurs fusils, et le fer a franchi la barrière de la magie pour déchirer notre chair, nos os et nos organes. Les Opulents qui croyaient abriter nos guerriers ont péri ce jour-là, et beaucoup de nos jeunes gens aussi. Beaucoup trop – une génération entière, Dasie. Veux-tu que nous parlions de tous les enfants qui n'ont jamais vu le jour parce qu'il n'y avait plus d'hommes pour les engendrer ? Tu dis qu'au cours des années ma danse a dévoré le Peuple, et tu dis vrai. Mais ceux qu'elle a dévorés au cours des années représentent moins que le nombre de guerriers qui ont péri ce jour-là. »

Dasie s'apprêtait à répondre quand Kinrove l'interrompit d'un geste sec ; j'ignore s'il se servit de la magie pour la réduire au silence ou si la seule force de sa personnalité suffit. Il se dégageait un pouvoir et une autorité naturels de ses moindres mouvements de la tête ou des mains. Un grand pouvoir. Je sentais une autre dimension en lui, une dimension qui m'échappait, mais son discours me détournait de mes interrogations.

« J'étais là, Dasie ; je les ai vus tomber, et parmi eux mon père et mes deux frères aînés. Je n'étais pas Opulent à cette époque, même si la magie avait déjà commencé à m'engraisser ; nul à part moi ne l'avait remarqué, et j'osais à peine y croire moi-même. Mais ce que j'ai vu ce jour-là m'a enseigné une leçon que je tiens pour vraie encore aujourd'hui : la magie ne peut pas nous servir d'arme à l'intérieur des murs des intrus ; le fer nous fait obstacle. En revanche, elle peut être la muraille qui repousse la marée montante des envahisseurs et nous garde à l'abri. Et, dès que ma taille m'a permis d'appliquer ce plan, je l'ai fait ; et, parce que je l'ai fait, tu as pu grandir dans une paix relative, dans ta forêt au milieu des montagnes. Tu veux faire la guerre aux intrus et à la mort ? Dasie, ta guerre, c'est moi ! »

L'émotion faisait trembler sa voix, et je restai saisi quand il détourna le regard de la jeune femme pour le poser sur moi. « N'as-tu rien à dire, Fils-de-Soldat-Jamère ? »

S'ensuivit un long silence. Je sentis mon double rassembler son courage, puis, d'un ton glacial, il prononça des mots qui me laissèrent pantois. « Kinrove, je pense que Dasie a raison. Tu pratiques certes une grande magie qui tient les envahisseurs à distance depuis des années, et le Peuple tout entier doit t'en être reconnaissant ; mais la muraille commence à s'effriter. Et voici un fait qui va t'effrayer, Kinrove : les intrus ignorent que nous sommes en guerre contre eux. Ils ne perçoivent même pas la magie de la Danse de la Poussière, et encore moins le pouvoir qui les accable de peur et de tristesse. J'ai été l'un d'eux et j'ai vécu parmi eux ; veux-tu savoir comment ils nous voient ? Comme des primitifs qui vivent dans la forêt à la manière des bêtes ; ils s'apitoient sur nous et nous méprisent ; ils veulent nous aider à devenir comme eux et croient que nous les en remercierons ; ils sont persuadés que nous aspirons à leur ressembler, et ils ne rêvent que de nous apprendre à oublier le Peuple et à imiter leur mode de vie.

» Ils ont la certitude qu'ils finiront par abattre tous nos arbres, qu'ils achèveront leur route et que nous oublierons que nous sommes le Peuple ; ils disent qu'ils feront du négoce avec nous et qu'ils viendront sur nos terres pour commercer avec les habitants de l'autre côté de l'eau salée. Notre Troc tombera entre leurs mains, une ville d'intrus se dressera à sa place, ils s'y presseront avec leur fer et leur tabac et, en une génération ou deux, nous ne serons plus le Peuple. Tu as ralenti leur progression, Kinrove, mais tu ne les as pas arrêtés. La

Danse a atteint ses limites ; il est temps de les combattre d'une manière compréhensible pour eux. »

L'Opulent paraissait ne pas en croire ses oreilles. Il leva ses poings crispés au-dessus de sa tête puis les abattit en hurlant : « Vous n'avez aucun souvenir ! Vous ne vous rappelez pas la dernière fois où nous les avons affrontés, le nombre des nôtres qui ont péri en ce seul jour ! Si nous suivons les recommandations de Dasie, le Peuple entier aura bientôt disparu, et il ne restera personne pour protéger nos arbres ni les pleurer quand ils tomberont ! Je ne m'attendais pas à cette réponse de ta part, Fils-de-Soldat-Jamère ! Cherches-tu encore à te dérober à ta mission ? Crois-tu que je n'ai pas pris les plantes qui me donnent les vrais rêves de la magie ? Je te connais ! Je sais qui tu es ! Pourquoi n'accomplis-tu pas ton devoir et n'obéis-tu pas au pouvoir ? C'est toi qui devais chasser pour toujours les intrus de nos terres ! Tous les Opulents le savent ! Jodoli le sait, et je sais qu'il t'en a parlé ; tu lui as même dit, je le sais aussi, que tu ignores ce que la magie veut de toi ! Si nous insistions, peut-être Dasie elle-même finirait-elle par avouer que la magie lui a annoncé dans un murmure la venue de quelqu'un qui repoussera les intrus loin de chez nous. »

Et il tourna si brusquement la tête vers elle que les reproches jusque-là adressés à moi parurent retomber sur elle ; mais, s'il espérait la voir fléchir, il en fut pour ses frais. Elle se frappa la poitrine du plat de la main.

« Il s'agit de moi, Opulent Kinrove, non de lui. C'est moi que la magie appelle, et ma solution débarrassera nos terres des intrus et rendra les danseurs à leurs familles, je le sais. Il n'est pas celui que tu attends ; il ne fait que nous gêner et nous égarer. Mais, puisque tu parais avoir succombé à son charme, écoute-le ; il dit que j'ai raison ; alors me prêteras-tu l'oreille ? M'aideras-tu à établir les plans qui nous délivreront des intrus à jamais ? »

Kinrove eut un geste dédaigneux. « Je t'écoute depuis ce soir, Dasie, et je n'entends que le discours d'une enfant sans expérience qui veut faire l'importante. Tu t'es tant démenée pour me parler que j'ai fini par céder et te laisser accéder à moi. Mais, toi-même, tu n'as prêté attention à rien de ce que nous avons dit ; tu veux seulement forcer les autres à t'écouter. Eh bien, nous t'avons écoutée ; maintenant, mieux vaut que tu t'en ailles. » Et il tendit le bras vers l'entrée de la tente, paume dressée, comme s'il poussait Dasie vers la sorte. Il s'exprimait d'un ton définitif.

« Je craignais ces mots de ta part », dit-elle, mais elle donnait davantage l'impression de les avoir espérés. « Je ne prends pas cette mesure de gaieté de cœur, Kinrove, car je sais qu'elle sèmera la discorde parmi nous, mais je dois te montrer que la voie que tu as choisie n'opère plus ; je dois te montrer que je sais comment chasser les intrus de nos terres. Et tout d'abord je dois te montrer ce qui se passerait s'ils parvenaient jusqu'ici. Comme ça ! »

J'ignore comment le signal fut transmis, peut-être par une magie que je ne connaissais pas, une marche-en-rêve quasi instantanée qui nous transporta dans l'esprit de quelqu'un, à moins qu'elle n'eût minuté son discours et amené les événements à se produire exactement comme elle l'entendait. Quoi qu'il en fût, je perçus ce qui se passait, et je vis les yeux de Kinrove s'agrandir sous le coup de la stupeur : les barrières magiques qui protégeaient son camp tombaient soudain en lambeaux ; je les sentis se déchirer et céder sous les coups de lames de fer.

3

Trahison

Fils-de-Soldat voyait la magie aussi clairement que si les événements se déroulaient sous ses yeux. Comme des dagues tranchant dans la soie, les épées avaient mis en pièces la barrière magique qui encerclait le camp de Kinrove, et le fer mortel convergeait vers le pavillon à une allure effrayante ; mon double en sentait déjà la brûlure sur sa peau. Kinrove jetait des regards atterrés. « On nous attaque ! cria-t-il à son entourage. Aux armes ! »

Mais il était déjà trop tard.

Une fois la barrière détruite, les partisans de Dasie avaient afflué en courant. Elle ne pouvait pas les amener tous sur place en marche-vite : elle ne possédait pas le pouvoir nécessaire ; quant à ceux qui portaient du fer, elle était incapable de les mouvoir. Mais elle n'avait pas besoin de beaucoup d'entre eux, et une demi-douzaine de guerriers armés surgirent soudain dans la tente avec des mouvements de félins en chasse dans la confusion générale. Ils prirent leurs positions, leurs épées à lame de cuivre jetant des éclairs sous la lumière des lampes.

Dasie avait bien planifié sa stratégie, et ses hommes connaissaient leur rôle sur le bout des doigts. Ils se ruèrent dans le pavillon et, en un clin d'œil, chaque Opulent se trouvait sous la menace d'une arme. Nourriciers et serviteurs poussaient des cris d'horreur, les gens s'efforçaient de fuir, les tables se renversaient, plats et aliments volaient en tous sens, et les gardes personnels de Kinrove s'évertuaient à rejoindre leur maître, gênés par la foule affolée. « Emparez-vous d'elle ! » leur cria Kinrove tout en tâchant de maîtriser l'homme et l'épée qui le menaçaient. Un jeune guerrier avec une arme de cuivre brillant s'élança vers Fils-de-Soldat ; Olikéa et Likari se plaquèrent contre moi, et, aussitôt, mon double invoqua sa magie pour les protéger.

Le guerrier réagit : il resserra sa prise puis appuya de tout son poids sur son épée, la pointe vers moi, comme s'il espérait que la muraille invisible contre laquelle il butait céderait l'espace d'un instant. L'effort que devait fournir Fils-de-Soldat faisait cogner son cœur dans sa poitrine : nous savions tous deux que, si son bouclier de magie lâchait, la lame se planterait tout droit dans sa poitrine. Envelopper Likari et Olikéa dans cet espace protégé exigeait de lui une dépense d'énergie considérable, et je sentais sa magie se consumer. Il jeta un bref coup d'œil à Kinrove.

Grâce à sa réserve supérieure de pouvoir, l'Opulent reprenait la maîtrise de la situation. L'index tendu puis le poing crispé, il avait jeté son assaillant à genoux, et l'homme, plongé dans une sorte de stupeur, s'acharnait à enfoncer son épée dans le plancher de la tente. Fils-de-Soldat porta le regard un peu plus loin. Comme nous, Jodoli et Firada se trouvaient à l'abri mais assiégés ; pour sa part, Dasie se servait de sa magie pour tenir à distance les combattants de Kinrove, le visage couvert de transpiration. Quatre hommes armés de grandes dagues de silex l'entouraient mais, malgré leurs efforts, ne parvenaient pas à l'atteindre ; ses nourriciers avaient dégainé leurs poignards et se tenaient dos à dos hors de son cercle protecteur, libres de leurs mouvements. Les gardes de Kinrove ne cherchaient pas à les affronter, et j'y vis le fruit de leur inexpérience : ils comptaient depuis trop longtemps sur le pouvoir de leur Opulent pour protéger ses proches.

« Venez vous emparer de cet homme et laissez-moi m'occuper d'elle ! » leur lança Kinrove ; son assaillant avait réussi à planter son épée dans le plancher, et, l'air égaré, s'efforçait de l'enfoncer davantage. Les gardes de l'Opulent, apparemment soulagés de la simplicité de la tâche, encerclèrent l'homme, et je redoutai de les voir le tuer sur place. Kinrove se tourna vers Dasie, qui soutint son regard. Lentement, il leva les mains, les paumes tournées vers elle, puis il se mit à les rapprocher l'une de l'autre comme s'il pressait un objet entre elles. J'entendis la jeune femme émettre un son étranglé comme si elle faisait un grand effort, et le mouvement de son adversaire ralentit puis s'arrêta. Sans se toucher, ils luttaient.

Malgré le danger auquel nous restions exposés, Dasie attirait irrésistiblement le regard de Fils-de-Soldat. Elle se mit soudain à trembler, et je crus que ses défenses allaient céder ; mais elle prit alors une grande inspiration, rejeta la tête en arrière et poussa un cri sauvage, comme si elle avait jeté toutes ses forces dans un coup unique. Kinrove recula, secoua violemment la tête puis courba le cou, haletant ; il parcourut la salle d'un regard frénétique pour se rendre compte de la situation mais ne donna pas d'ordre.

Dehors, d'autres hommes arrivaient dans un tonnerre de sabots ; mais, plus que le bruit des chevaux qui s'arrêtaient devant la tente, ce fut l'événement suivant qui laissa tout le monde stupéfait : la musique, ce vacarme omniprésent qui frappait mes oreilles depuis notre arrivée, perdit soudain son rythme puis se tut ; on entendit des cris éperdus et des exclamations de terreur et de colère, et brusquement un des lieutenants de Dasie arracha le rabat du pavillon et lança à sa maîtresse : « Nous avons arrêté la Danse, Opulente ! Nous nous occupons de rechercher ceux de notre clan qu'on nous a volés. Maîtrises-tu la situation sous la tente ?

— Oui ! répondit-elle. Poursuivez comme prévu. Ne vous battez que si on vous résiste, et même dans ce cas évitez de tuer si possible. La Danse a déjà bien assez causé de morts parmi le Peuple ; je ne tiens pas à avoir le sang des miens sur les mains. »

Le jeune homme ressortit, et Dasie s'adressa à nous d'une voix qui tremblait d'abord mais parut ensuite s'affirmer. « Vous l'avez entendu, je ne veux faire de mal à personne ; pour le moment, je désire seulement délivrer ceux à qui on a volé leur vie pour les faire danser aux ordres de Kinrove. Si chacun obéit à nos instructions, tout se passera bien et il n'y aura pas de blessés ; résistez, et Kinrove risque la mort. Mais je n'ai aucune envie d'en arriver à de telles extrémités ! Alors allez tous vous placer près des tables, s'il vous plaît ; allez-y, allez-y ! Oui, quand je dis “tous”, je parle aussi des nourriciers. Vos Opulents devront se débrouiller seuls quelque temps. »

Je l'observais par les yeux de Fils-de-Soldat, et je me rendais compte que la présence de fer la gênait ; elle dérangeait encore plus mon double, car la lourde lame se trouvait à moins d'un empan de son cœur, et l'homme qui la tenait souriait avec un regard de pierre. Pourtant, il dit à Olikéa « Va, obéis », puis, quand Likari s'agrippa à moi en pleurant, il le décrocha sans ménagement et ordonna durement à l'Ocellionne : « Emmène-le. » Elle prit l'enfant par l'épaule et l'entraîna à sa suite ; il jeta un regard derrière lui avec une expression de souffrance, mais Fils-de-Soldat ne put même pas lui adresser un signe de la tête : il sentait la présence du fer comme un picotement brûlant, comme si son corps était recouvert de fourmis rouges.

J'évaluai nos chances et partageai mes conclusions avec mon double. « S'il plonge sur toi, déplace-toi sur la droite, jette-toi par terre et roule ; tu gagneras peut-être ainsi quelques instants. À sa façon de tenir cette arme, il ne sait pas s'en servir. »

Je perçus sa réponse agacée : « Je ne vois pas l'intérêt de me faire tuer en me roulant sur le plancher plutôt qu'assis dans un fauteuil. Tais-toi ; ce n'est pas le moment de me distraire. » Il employait toute sa discipline à demeurer immobile et à ne pas réagir à la morsure du fer ; la sueur commençait à perler à son front. Il avait consumé de la magie pour se défendre, et déjà son organisme réclamait à manger ; mais il repoussa la faim qui le tenaillait.

Je me pliai à sa volonté, d'autant plus que je n'avais pas d'autre idée à lui soumettre. Dasie avait quitté son trône et arpentait la salle à grands pas, escortée de ses nourriciers ; elle tirait violemment sur sa pipe et soufflait la fumée par petites bouffées explosives, en écoutant sans doute comme moi le tapage à l'extérieur, mélange de cris de joie, de sanglots irrépressibles et de questions lancées par ses hommes, qui faisaient le tri parmi les danseurs à la recherche de leurs proches. Elle se dirigea vers moi et s'arrêta derrière le guerrier qui me menaçait de son épée ; je ne lus nulle bienveillance dans son regard. Un peu plus tôt, elle exhortait Kinrove à me tuer, et je ne voyais aucune raison de penser qu'elle avait changé d'avis ; même si elle avait affirmé ne pas vouloir faire couler le sang, j'ignorais si son pacifisme irait jusqu'à éviter de faire couler le mien.

Kinrove prit soudain la parole, les mains immobiles, la voix sans énergie. « Toi, tu n'es pas du clan de Dasie ; tu appartiens au clan des Palourdières. Que fais-tu ici, sous ses ordres ? »

Il posait la question au jeune homme qui le tenait en respect avec une épée. Je ne voyais pas le visage du guerrier, mais c'est d'un ton calme et posé qu'il répondit : « Je viens chercher mes sœurs ; j'aurais suivi n'importe quel Opulent qui m'en aurait donné l'occasion. »

Dasie se détourna brusquement de moi, se dirigea vers Kinrove à grands pas mais s'arrêta à l'écart de l'arme de fer. « J'ai tenté de t'avertir mais tu as refusé de m'écouter. Crois-tu que seul mon clan se languisse de ceux qu'il aime ? Non ; notre lassitude de ta magie vaine s'étend à de nombreux clans, et nous emmènerons nos proches avec nous en partant. Il ne te restera plus assez de danseurs, je pense, pour protéger ton pavillon, et encore moins pour pratiquer ta grande magie. Je te conseille, après notre départ, de laisser les autres rentrer chez eux ; ça te vaudra peut-être un peu de mansuétude de la part de ceux que tu as si longtemps trahis. Une fois que tu auras libéré ceux que tu as asservis, peut-être n'auras-tu plus besoin de la magie du Peuple pour te protéger de sa colère.

— Moi, trahir ? Et toi, Dasie ? Ton pouvoir et toi n'appartenez-vous pas à ton clan ? Pourtant, te voici ici, avec une bande de corniauds à ta solde, en train de te dresser contre le Peuple ! De quelle autorité agis-tu ? Ton clan t'a donné le jour ; tu devrais t'occuper en priorité de ses intérêts au lieu d'essayer de t'emparer d'un pouvoir que tu es incapable de manier. »

Elle s'esclaffa. « C'est ce que tu crois, Kinrove ? Tu crois que je veux t'arracher à ton estrade pour prendre ta place ? Je ne convoite pas ton pouvoir ; je n'ai aucune envie de devenir comme toi. Je ne me préoccupe que du Peuple, et pas seulement les gens de mon propre clan, mais tous ceux que tu as assujettis à ta Danse.

— Encore une fois, petite écervelée, ce n'est pas moi qui les ai appelés mais la magie ! Voudrais-tu défier sa volonté ?

— C'est ta magie que je défie ! Chacun de ceux que je sauverai recevra un petit collier de fer à porter, et tu ne pourras plus les rappeler. Montre-lui, Trède. »

Un des guerriers qui menaçaient Kinrove baissa son arme et, de sa main libre, ouvrit le col de sa chemise de cuir pour révéler la chaînette en métal autour de son cou. « Ton pouvoir ne peut me commander, Kinrove », dit-il à mi-voix.

Les yeux exorbités, l'intéressé rougit violemment. « Toi, une Opulente du Peuple, tu nous polluerais avec du fer ? Mesures-tu ce que tu fais en apportant ce métal ignoble parmi nous ? Te rends-tu compte qu'il va endommager ta magie et toute celle qui t'entoure ? »

Dasie leva les bras et remonta ses manches pour montrer ses bras pâles : la chair en pendait en grands plis lâches. « Je sais ce que me coûte le fer ! Depuis un mois, je vis avec lui ! Je subis sa brûlure tous les jours. Je sais aussi ce que coûte la magie : j'ai consumé quasiment toutes mes réserves rien que pour venir reprendre ce qui appartient à tous les membres du Peuple. Si tu réussis à me tuer avant que je m'en aille, je n'aurai quand même pas perdu mon temps, Kinrove, et mourir ne me dérange pas si mon clan garde de moi le souvenir de l'Opulente qui a choisi de se servir de sa magie pour délivrer les siens de ton emprise ! Même si j'ai dû recourir au fer pour ça.

— Tu crois libérer notre peuple ? » Avec peine, Kinrove se leva et se rapprocha du même coup des épées qui le tenaient en respect, puis il prit une longue inspiration ; seule sa colère, je pense, lui donnait la force de se dresser, car il se réduisait à vue d'œil. « Alors tu es égoïste et stupide : tu viens de le tuer. Tu as interrompu la Danse, et, sans les assauts incessants de la magie, les intrus ne tarderont pas à retrouver leur volonté. À ton avis, attendront-ils le printemps pour s'en prendre à nos arbres, pénétrer dans notre forêt, nous repérer et nous détruire ? Non ! Demain, leur fer commencera à mordre dans les troncs, nos ancêtres à tomber, et l'invasion de nos terres aura débuté !

— L'hiver les contiendra ! affirma Dasie. Voilà pourquoi j'ai choisi d'agir aujourd'hui. Le froid et la neige les paralyseront, ce qui nous laissera du temps – guère, mais un peu quand même ; assez pour nous rassembler, prendre les armes et lancer contre eux un assaut qu'ils reconnaissent comme tel. Combien d'années avons-nous passées à danser pour rien ? Les intrus ne sont pas partis, et ils ne partiront pas, Kinrove, tant que nous nous bornerons à leur envoyer peur et découragement, qu'ils ont appris à supporter et à combattre, et qui ne les ont pas refoulés. Ils s'en iront uniquement le jour où ils sauront que, s'ils restent, ils mourront ; voilà la danse qu'ils comprendront. »

J'observai avec étonnement des larmes qui brillaient dans les yeux de Kinrove, et il répondit d'une voix étranglée : « Tu as signé notre arrêt de mort, Dasie. Tu ne connais pas les Jherniens ; ils sont comme les fourmis rouges ou des guêpes furieuses : tu peux en tuer une, tu peux en tuer dix, tu peux en tuer cent, tant que la ruche existe, il en vient de nouvelles, toutes folles de rage. J'envoyais aux intrus une magie qu'ils ne comprenaient pas, et elle les a contenus pendant des années ; si tu comptes les éliminer avec des armes, oui, ce sera un conflit qu'ils comprendront – et, à ce genre de guerre, ils sont très, très forts. »

Dasie ne l'écoutait que distraitement : les protestations de son organisme avaient dû la submerger quelques instants. Je n'arrivais même pas à imaginer la quantité de magie qu'elle avait dû consumer pour réussir sa révolte ; je sais seulement que Fils-de-Soldat la regardait avec envie tandis qu'elle se dirigeait vers les tables garnies de nourriture. Elle se servit et mangea sans discrimination ni grâce, poussée par la nécessité de refaire ses réserves ; on eût dit un cheval qui boit après une longue journée de voyage. Elle adressa un geste brusque à un de ses nourriciers, qui s'empressa de lui bourrer une pipe puis de la tenir à sa disposition ; de temps en temps, elle la lui prenait des mains et en tirait de longues bouffées entre deux bouchées. Pendant un bon moment, un silence singulier régna dans la tente ; dehors, on entendait une cohue de voix, d'ordres et, de temps en temps, de cris de joie.

Fils-de-Soldat demeurait aussi immobile qu'un campagnol tapi dans l'herbe haute. Il jeta un coup d'œil à Jodoli : il dégoulinait de sueur et avait l'air malade, les yeux vitreux, la bouche entrouverte. Mon double reporta son regard sur Kinrove, qui pleurait à présent à chaudes larmes.

Dasie se détourna enfin de la table et nous parcourut des yeux. Elle tenait une tranche de pain brun sombre entre ses mains. « Que dois-je faire de toi ? demanda-t-elle à Kinrove. Je ne veux pas te tuer ; si tu acceptes de renoncer à ta folie, tu peux encore rendre de grands services à ton clan, je pense, et à moi encore plus si tu es prêt à m'aider. Mais j'ignore si je puis me fier à toi ; j'ai bien envisagé de te forcer à avaler une balle de fer ou de t'en loger une dans le corps, car il paraît que cela peut anéantir totalement la magie d'un Opulent, mais je ne tiens pas à t'infliger un sort pareil, ni à Jodoli. Néanmoins, il me faut m'assurer que vous ne complotez ni l'un ni l'autre derrière mon dos : si vous refusez de m'assister, je dois au moins avoir la certitude que vous ne contrarierez pas mes plans.

— Tu as détruit ma danse. » Kinrove prit une longue inspiration hachée. « Ma danse est brisée. J'aurai besoin de toute la magie que je pourrai récupérer pour protéger mon clan familial. Tu as condamné le Peuple à mort et je n'aurai pas le pouvoir de le sauver, mais je ferai tout ce qui est en mon pouvoir pour préserver au moins mon clan. » Il reprit péniblement son souffle puis, d'un air songeur, regarda sa nourricière, Galéa, qui se tenait les mains crispées l'une sur l'autre, les traits tendus par la terreur douloureuse qu'elle éprouvait pour lui. Il inspira de nouveau longuement. « Je ne te ferai pas obstacle, Dasie, murmura-t-il, et je ne laisserai personne de mon clan familial se mettre en travers de ton chemin ; je te le jure sur la magie.

— Rengainez vos armes », ordonna-t-elle à mi-voix aux hommes qui entouraient Kinrove, et ils obéirent. Elle jeta un bref regard à Galéa. « Tu peux t'occuper de ton Opulent », lui dit-elle, sur quoi la femme s'empara d'un saladier plein sur la table et se rendit auprès de son maître en courant ; d'autres nourriciers la suivirent et entourèrent Kinrove, essuyèrent son front couvert de transpiration avec des linges frais et humides, lui offrirent de l'eau, du vin et des mets délicats, tout en se perdant en exclamations horrifiées sur sa magie réduite par le fer.

Dasie s'était tournée vers Jodoli. « Et toi ? demanda-t-elle d'un ton sévère. Comptes-tu m'entraver dans l'accomplissement de mon devoir ? »

L'Opulent ne manquait pas d'amour-propre ni d'intelligence. Il avait courbé le cou, le menton posé sur la poitrine, et la sueur qui ruisselait sur son visage détrempait sa robe ; il releva la tête et regarda la jeune femme qui se dressait devant lui. Il avait les yeux horriblement injectés de sang. « Peux-tu croire, dit-il d'une voix sifflante, les promesses d'un homme faites sous la menace d'une épée ? »

Elle le dévisagea un moment sans répondre puis, sur un geste sec de sa part, son guerrier écarta la pointe de son épée de la poitrine de Jodoli ; celui-ci respira un peu plus librement mais garda le silence.

Dasie n'avait manifestement pas envie d'engager un bras de fer avec lui ; elle appela d'un signe irrité les nourriciers et les serviteurs qui se serraient le long du mur. « Venez lui apporter à manger et à boire ! » Elle se retourna vers Jodoli. « Au nom de la magie, je te demande de me dire la vérité : as-tu l'intention de contrarier mes plans ?

— Et comment m'y prendrais-je ? rétorqua-t-il. Je connais beaucoup mieux les Jherniens que toi, et, comme Kinrove, je pense que tu commets une folie. Tu donnes un coup de pied dans un nid de guêpes et tout le monde va se faire piquer. Je crois que je vais choisir la même voie que Kinrove : m'efforcer de protéger mon clan en espérant que le reste du Peuple saura se mettre à l'abri. »

Il était à la merci de la jeune femme, et pourtant il s'adressait à elle comme à un enfant égoïste. « Quand j'aurai chassé les intrus, répondit-elle, les dents serrées, je t'enverrai chercher, et tu viendras à moi pour me remercier et me supplier de te pardonner ton erreur. Lorsque j'appellerai tous nos guerriers à défendre notre terre, tu seras peut-être étonné du nombre de ceux de ton clan qui répondront ; beaucoup des nôtres en ont assez d'attendre que quelqu'un refoule l'ennemi et que rien ne se passe. »

Je pensais que Jodoli aurait le bon sens de se taire. À ses côtés, Firada porta une coupe à ses lèvres et il but avidement, sous le regard envieux de Fils-de-Soldat ; quand il eut fini, il reprit longuement son souffle puis, alors que Dasie se détournait, il déclara : « Ils sont toujours venus sur nos terres, Dasie ; leur présence chez nous n'a rien de nouveau. Va demander aux anciens si tu ne me crois pas ; rends-toi en marche-en-rêve auprès des plus vieux de ton clan et interroge-les. Les intrus son toujours venus au cœur de l'été commercer avec nous ; autrefois, avant qu'ils ne bâtissent le fort de Guetis, nous les laissions pénétrer dans les montagnes, et certains poussaient même jusqu'au Troc. Comment l'auraient-ils connu autrement ? C'est seulement quand ils ont voulu construire leur route dans notre val des ancêtres que nous avons dû les arrêter. Si tu les tues, si tu élimines tous ceux qui se trouvent au fort de Guetis, penses-tu vraiment qu'il n'en viendra pas d'autres ? As-tu une vision si infantile, si simpliste de la situation que tu t'imagines pouvoir les chasser définitivement en les tuant tous ? »

Un rictus de rage déformait les traits de Dasie. Elle se pencha vers lui, les yeux brûlant de colère. « J'en tuerai autant que je pourrai, et, si d'autres viennent, je les combattrai et je les tuerai ; et, si d'autres viennent encore, je les tuerai aussi. Ils ne sont pas en nombre infini, et leur afflux finira par cesser – ou alors je les aurai tous massacrés. » Elle leva les yeux vers moi. « Les éliminer n'a rien de si difficile, je vais te le montrer en commençant par celui-ci. »

Et elle se dirigea vers moi tel un lourd félin vers sa proie. L'épée de fer pointée sur ma poitrine paralysait toujours Fils-de-Soldat, moins par la menace qu'elle représentait que par le métal qui la composait. Mon dos et mes flancs ruisselaient de transpiration. Malgré les sensations d'étourdissement, de vertige et de nausée qui l'assaillaient, Fils-de-Soldat rassemblait sa magie pour résister au fer ; ses réserves baissaient dangereusement. Olikéa et Likari s'étaient écartés des nourriciers et des serviteurs toujours alignés le long du mur ; l'Ocellionne paraissait à la fois furieuse et apeurée. Comme Dasie s'approchait de moi d'un pas décidé, l'enfant échappa à sa mère et, avec un cri, vint s'interposer entre l'Opulente et moi ; il regarda l'épée, percevant l'impact que le fer avait sur moi, puis se retourna d'un bloc pour faire face à la jeune femme, haletant de terreur.

C'est à peine si elle lui accorda un coup d'œil. « Hors de mon chemin, petit.

— Non. Arrête ! C'est notre Opulent ! Je suis son nourricier et je ne te laisserai pas le tuer. Il faudra d'abord me passer sur le corps ! »

Il ne s'agissait pas d'une menace mais de l'affirmation d'une vérité connue de tous : n'importe quel nourricier donnerait sa vie pour protéger son Opulent.

Elle fit halte devant lui. « Écarte-toi, mon garçon. Il t'a trompé : il n'appartient pas à notre Peuple et il ne mérite pas ta loyauté, encore moins ta mort.

— C'est faux, dit Fils-de-Soldat, à bout de souffle.

— Tais-toi ! »

Sans l'écouter, il poursuivit : « Si tu me tues, tu vas à l'encontre de la magie qui t'a créée. » Il s'exprimait d'une voix hachée, quelques mots à la fois ; je sentais le goût du sang au fond de sa gorge. Il ne pourrait pas résister au fer encore très longtemps. « Tu es en train de rejeter un outil, une arme que la magie a fabriquée ; si tu me tues puis t'en vas affronter les intrus, tu conduiras tes guerriers au massacre, et ils tomberont par dizaines, par centaines. Les envahisseurs, furieux, reviendront par milliers, et, sans la danse de Kinrove pour les contenir, ils monteront comme l'eau d'un fleuve déchaîné pour submerger ta forêt sous un torrent de mort.

— Tais-toi !

— Tu nous menaces avec du fer ! Où as-tu appris ça ? Crois-tu qu'ils ne logeront pas dans ton corps des balles de fer qui détruiront ta magie ? Crois-tu que le Peuple survivra alors que les Nomades ont succombé ? Les intrus les ont vaincus à l'aide de leurs balles et de leur fer, et, si tu combats comme eux, tu connaîtras le même sort. »

La colère de Dasie avait monté à chaque phrase, et elle se hérissait comme un chat furieux : elle paraissait chercher ses mots, ou peut-être la bouffée meurtrière qui lui permettrait d'assassiner Fils-de-Soldat.

Celui-ci s'exprimait à mi-voix, dans un murmure qui s'affaiblissait en même temps que ses forces. « Mais je sais comment refouler les intrus, et c'est dans ce but que la magie m'a créé : seul un cerf sait comment vaincre un autre cerf dans un combat cor contre cor ; un phoque, si brave ou si fort soit-il, ne peut pas se battre ainsi. » Il reprit son souffle et avala péniblement sa salive. « Je sais comment retourner leurs propres méthodes contre eux. La danse de Kinrove ne peut les arrêter. » Haletant, il se tut un instant. « Tu ne pourras pas en tuer assez pour leur barrer la route. » Il s'interrompit de nouveau pour inspirer longuement. Le monde devenait noir à la périphérie de sa vision. « Mais je sais comment m'y prendre ; ne tue pas le seul Opulent qui détienne ce savoir… » Sa voix se perdait au loin et son cou ne soutenait plus sa tête ; l'obscurité se refermait sur nous. Je n'y voyais plus, et les sons me parvenaient d'une grande distance. Mes mains et mes pieds furent parcourus de fourmillements et disparurent. Fils-de-Soldat était inconscient, et je partis à la dérive dans les ténèbres, coupé des informations de mes sens.

Cette lamentation aiguë, c'était sans doute la voix de Likari, et une femme criait, peut-être Olikéa, ou bien Dasie, qui intimait l'ordre à Fils-de-Soldat de lui révéler son secret. Il sentait toujours le fer dangereusement près de lui. J'eusse voulu m'enfuir de cette enveloppe charnelle, aller chercher l'aide de Lisana, me rendre en marche-en-rêve auprès d'Epinie, faire n'importe quoi, mais sa magie comme sa force physique étaient si épuisées que je me trouvais pris au piège – pris au piège mais conscient tandis qu'il ignorait béatement la mort qui approchait. Tiraillé entre l'espoir et la terreur, j'attendais que la lame de fer plongeât dans ma poitrine ; je ne souhaitais pas la mort mais, dans les dernières secondes avant son évanouissement, Fils-de-Soldat avait brandi la seule menace qui me parût pire que la mort : le déshonneur. Il avait proposé à Dasie de trahir pour elle, de se servir de mes connaissances contre mes compatriotes.

La perception du temps se modifie quand on est privé de ses sens, mais non la conscience : j'eus l'impression de passer des années dans cet horrible état de suspens, déchiré entre l'espoir que mon double périrait et la crainte qu'il ne survécût et ne me condamnât à devenir un traître. Des heures s'écoulèrent, ou peut-être des jours ; je voulus faire une ultime tentative pour sauver mon honneur et récupérer mon corps, mais je ne savais pas du tout comment m'y prendre. Je ne sentais plus mes mains ni mes pieds et je ne pouvais ouvrir les yeux ; je ne percevais plus les battements de mon cœur ni ma respiration. Une pensée terrifiante me vint soudain : et si mon double était mort, mais sans m'emmener ? La part d'esprit qu'il occupait était peut-être partie, ma dépouille commençait déjà à se raidir, et je demeurais dans un état de non-vie qui n'était pas la mort. Si j'avais eu une bouche et des poumons, j'eusse hurlé d'horreur ; mais, à défaut, et à ma propre surprise, je me mis à prier.

Je priai non le dieu de bonté mais le dieu de la mort et de l'équilibre, le dieu qui exigeait de moi une mort ou une vie. « Viens me prendre ! lançai-je, suppliant. Prends-moi, mort ou vif, et rassasie-toi ; je me donne à toi de mon plein gré. »

Il n'y eut pas de réponse ; dans mes ténèbres sans limites, je me demandai si j'avais commis un blasphème contre le dieu de bonté et si c'était cela, l'athéisme.

Combien de temps je passai dans cet état, je l'ignorerai toujours ; en revanche, je sais que je perçus la présence de Fils-de-Soldat avec moi avant même qu'il ne se réveillât. Il se matérialisa autour de moi, et, l'espace d'un bref instant, je me sentis capable de l'engloutir afin de redevenir entier selon mes propres conditions. Je gardai une immobilité absolue, craignant qu'il ne résistât si j'attirais son attention. Lentement, les perceptions de mon corps commencèrent à me revenir : la tête me tournait et la migraine me cognait les tempes ; je n'y voyais toujours pas, et les sons s'aggloméraient en un rugissement informe semblable au bruit du ressac que j'avais entendu plus tôt. Mes mains et mes pieds me piquaient bizarrement ; je sentis mes doigts, agités de tics nerveux, frotter contre le tissu de ma robe, sensation la plus capiteuse, après la longue privation dont j'avais été victime, que j'eusse jamais éprouvée. J'appuyai ma main contre la trame en savourant son contact, mais à cet instant Fils-de-Soldat prit conscience de moi et, par un moyen qui me demeura inconnu, il m'arracha la maîtrise de mes muscles.

« Tu n'as pas le droit ! m'exclamai-je, révolté, tandis que nous flottions ensemble, prisonniers de notre chair. Je suis né avec ce corps et il m'appartient ! Tu veux t'en servir pour faire de moi un traître à mon peuple ! Comment oses-tu ? Je ne te comprends pas ! Comment peut-on être à ce point dépourvu d'honneur, à ce point déloyal ? »

Sa réponse me laissa pantois. « Crois-tu que je ne me rappelle pas mon enfance dans l'Intérieur ? Crois-tu que je ne sois pas né avec ce corps, tout comme toi ? Tu n'imagines tout de même pas que je suis apparu brusquement lorsque Lisana s'est emparée de toi ? Non, j'avais toujours fait partie de toi ; elle m'a seulement séparé de toi pour me donner ma propre existence, ma propre volonté, mes propres expériences, ma propre éducation. Mais elle ne m'a pas tiré du néant. Crois-tu que je ne me rappelle pas père, sa "discipline" et ses exigences à l'infini ? Enfermé dès ma naissance dans ce rôle de "fils militaire", coupé de tout afin qu'il puisse me convaincre qu'aucun autre destin ne m'attendait ? Comment peut-on oublier une vie pareille ? Comment y arrives-tu ? Pourquoi demeures-tu sa marionnette, le petit soldat docile en quoi les tiens t'ont transformé ? Tu dis ne pas me comprendre parce que je regimbe devant ce qui m'a été infligé, mais, moi, je ne te comprends pas parce que tu n'aspires, dirait-on, qu'à retrouver cet état de servitude. Tu te veux le pion d'un roi qui ne t'a jamais vu, quelque injustice ou abomination que tu doives commettre en son nom. »

L'espace d'un instant, je restai sans voix, abasourdi par son aigreur et sa colère, et sidéré qu'il m'accuse de vouloir agir comme le pantin, l'instrument d'un tyran. Puis l'indignation reprit le dessus. « Et toi, en quoi es-tu différent ? Si Dasie te prend au mot, tu tueras des gens qui t'ont toujours traité avec bonté. En quoi Epinie ou Spic méritent-ils ta fureur ? En quoi les forçats méritent-ils d'affronter tes assauts et d'être refoulés à l'ouest ? Où est la vertu là-dedans ?

— Les Ocellions occupaient ces terres avant vous ! Et leur forêt se dressait bien avant votre fort ! Ce pays leur appartient, et il faut en chasser les intrus. Je ne fais que prendre le parti de ceux qui se trouvaient ici les premiers.

— Dans ce cas, je devrais peut-être prendre celui des Kidonas ; ne possédaient-ils pas les piémonts avant que les Ocellions ne descendent s'y installer ? Les Ocellions n'étaient-ils pas alors les "intrus" chez les Kidonas ? Jusqu'où faut-il remonter, Fils-de-Soldat, pour juger qui de nous deux a raison ?

— Il revient à lui. Vite, de l'eau, mais pas trop ! »

Je reconnus la voix d'Olikéa près de mon oreille, et je me rendis compte que j'étais allongé sur le dos, la tête appuyée sur ses cuisses moelleuses ; je sentais la chaleur et la bonne odeur de son corps. Soudain, on me souleva la tête, et un liquide vint mouiller mes lèvres. Fils-de-Soldat les entrouvrit, une humidité sucrée envahit ma bouche, et je ne fus tout à coup plus que faim et soif ; privé de pensée, mon double se mit à boire avidement et identifia rapidement un jus de fruit. Il finit le verre, reprit son souffle en hoquetant puis prononça un mot : « Encore. »

Olikéa me répondit : « Du calme, prends ton temps. » Puis elle s'adressa à quelqu'un d'autre, sans doute Likari : « Remplis son verre, vite ! » Fils-de-Soldat avait ouvert les yeux, mais les formes et les couleurs tournoyaient et se mêlaient au lieu de se résoudre en images logiques, et il les referma. Le verre revint en même temps que mon sens de l'odorat, et j'identifiai un jus de pomme sirupeux, chaud et épicé, que mon double but plus lentement cette fois ; cela me fit du bien, mais l'épuisement dominait encore mon organisme. Rien ne paraissait y fonctionner normalement, outre l'horrible faim qui me dévorait ; j'avais frôlé la mort au plus près.

« Peut-il parler ? » La voix qui exigeait une réponse appartenait à Dasie.

« Tu as failli le tuer ! Crois-tu vraiment qu'il puisse s'exprimer après avoir subi de tels dégâts ? Regarde-le donc ! La peau fait des plis sur sa figure ; il me faudra des semaines de travail avant qu'il puisse manger uniquement pour le plaisir, et je ne parle même pas de pratiquer la magie. »

Fils-de-Soldat toussa puis s'éclaircit la gorge. Avec un immense effort, il prit une inspiration, et il lui fallut plus que de la volonté pour déclarer : « Je puis parler. » Il rouvrit les yeux ; ténèbres et lumière dansèrent et se mélangèrent, des ombres se formèrent, et soudain le visage de Dasie apparut au-dessus de lui. Il ferma les paupières et se détourna, pris de nausée au souvenir du fer.

« Tu prétends que la magie t'a créé dans un but précis, que, parce que tu as fait partie des intrus, tu connais un moyen les chasser ; tu dis qu'il ne s'agit pas de la danse de Kinrove ni d'une guerre comme je la veux, semblable à la leur. Mais quelle autre solution existe-t-il ? Réponds-moi tout de suite, si ce n'était pas une ruse pour m'empêcher de te tuer. »

J'avais l'impression qu'il ne restait rien du liquide qu'avait bu Fils-de-Soldat. Likari revenait en courant avec un verre plein ; j'en sentis le parfum, et Fils-de-Soldat ne put retenir mon regard de se tourner vers lui. Mais, le bras tendu, Dasie barrait la route à l'enfant, et les pensées de mon double se réduisaient au breuvage salvateur auquel il n'avait pas accès.

« Parle ! » lança la jeune femme d'un ton autoritaire, et je sentis renaître chez mon autre moi une parcelle de colère.

Il voulut s'éclaircir la gorge mais en vain, et il dit d'une voix rauque : « Si… une ruse… stupide de… cesser maintenant. »

La rage envahit les yeux de Dasie ; elle l'avait poussé trop loin. « Dans ce cas, il ne me reste qu'à te tuer. »

Il toussa ; il avait la gorge enflammée, comme s'il avait été malade pendant des semaines. « C'est ta... solution à tout : tuer. Mieux vaut te débarrasser de moi. Tu n'as aucune patience... pour la stratégie.

— Quelle stratégie ? »

Il secoua la tête puis leva imperceptiblement la main et, les lèvres closes, désigna d'un doigt tremblant le verre que tenait Likari.

Dasie poussa un grognement dédaigneux. « Très bien ; puisque tu sembles avoir pour "stratégie" de te taire tant que je ne te laisserai pas te restaurer, je t'y autorise, parce que je peux te tuer dès que le besoin s'en fait sentir. Tu attendras ; pour le moment, j'ai autre chose à faire. »

Elle se redressa et parcourut la tente du regard ; en cet instant, elle m'évoqua davantage un officier évaluant une situation qu'un mage ocellion. Elle s'adressa à ses nourriciers : « Apportez-moi à boire et à manger, j'en ai besoin. Le fer m'est nécessaire, mais sa proximité me vide de mes forces. Qu'on range toutes les épées sauf deux, et qu'un homme armé reste ici à distance calculée de Kinrove, de façon que ce dernier perçoive la présence du métal sans en être affecté ; même consigne pour l'Opulent intrus. Quant à lui (elle désigna Jodoli), il peut s'en aller dès que ses nourriciers l'auront apprêté pour voyager. Je vais à présent parler aux danseurs ; ceux de notre clan familial reviendront avec nous sur nos terrains d'hivernage, et ceux qui ont des proches parmi nos guerriers pourront repartir avec eux. Mais je veux que tous ceux qui ont été réduits en esclavage par la magie et contraints de danser sachent qu'ils sont désormais libres et que, s'ils ont besoin d'aide pour retourner dans leurs clans respectifs, nous la leur fournirons. »

Olikéa porta un morceau de pain moelleux à ma bouche ; elle l'avait préalablement trempé dans l'huile et le miel. Tandis que Fils-de-Soldat mastiquait, je savourai le sucre qui remplissait mes réserves d'énergie.

Un jeune guerrier se tenait près d'un des nourriciers pendant que Dasie donnait ses ordres, attendant manifestement de parler à cette dernière. Quand elle se tut, il s'inclina et déclara : « Opulente, nous avons déjà appris la nouvelle à tous les danseurs ; nous leur avons dit qu'ils étaient libres de partir et que, s'ils ont besoin d'aide, nous la leur apporterons. Mais certains… »

Kinrove l'interrompit. « Certains resteront avec moi et reprendront la danse, parce qu'ils ont senti ce qu'ils faisaient et compris qu'ils accomplissaient le dessein de la magie. »

Le guerrier esquissa un nouveau salut. « En effet, Opulente.

— Tu as manipulé leur esprit ! s'exclama Dasie d'un ton accusateur à l'adresse de l'Opulent

— La magie leur a parlé », rétorqua-t-il, toujours allongé sur l'estrade. Plusieurs nourriciers l'entouraient et lui offraient à boire et à manger ; il rendit son verre à l'un d'eux, prit une inspiration hachée et poursuivit : « La danse est l'œuvre de la magie, Dasie ; comment peux-tu croire que j'en sois l'auteur ? Elle s'exprime toujours à travers la danse pour moi, c'est vrai ; quand j'étais plus jeune et moins gros de pouvoir, je dansais à m'en faire saigner les pieds, parce que c'était ainsi qu'elle me parlait le plus clairement. » Il saisit une coupe que lui tendait un de ses nourriciers, la vida, puis la rendit et continua d'une voix plus ferme : « La magie se présente à chacun sous un autre aspect. Je n'ai pas créé ma danse pour asservir notre peuple ; c'est le pouvoir qui me l'a donnée pour tenir les intrus en respect. Et elle s'est révélée efficace.

— La danse ne doit pas cesser. » J'ignorais que Fils-de-Soldat allait prendre la parole, et je partageai la surprise de Dasie. Firada avait aidé Jodoli à se relever et le soutenait tandis qu'il se dirigeait vers la sortie. À mon intervention, il s'immobilisa et me lança un regard singulier. Je rendis à Olikéa la coupe que je venais d'achever ; Likari me tendait un morceau de fruit, mais Fils-de-Soldat lui fit signe d'attendre ; il reprit son souffle et s'efforça d'insuffler de la vigueur dans ses propos. « La danse nous protège ; il ne faut pas abandonner ce bouclier. J'aurai besoin de temps pour préparer ma guerre. »

Ces quelques phrases avaient épuisé mon double. Olikéa lui donna un verre frais qui contenait, non de l'eau, mais un vin couleur d'or pâle ; il but et sentit un peu de vigueur lui revenir. Nul à part moi n'était au courant de la colère que l'intervention de Dasie avait provoquée chez Fils-de-Soldat : elle l'avait vidé de la magie qu'il avait péniblement réunie, et tout cela pour rien, alors qu'ils en auraient plus que jamais besoin au cours des semaines à venir ! Mais il rendit le verre à Olikéa, le visage impassible. Tous les regards étaient encore sur lui. Il connaissait le pouvoir du silence et ne se pressait pas de le rompre, malgré l'exaspération qu'il lisait dans les yeux de Dasie. La mère de Likari lui tendit le verre encore à moitié plein, il le finit et le redonna à l'Ocellionne. « Il me faut de la viande, dit-il à mi-voix ; et aussi les champignons avec le cercle orange dans le pied, ainsi que des baies de cirras. Fraîches, ce serait l'idéal, mais je ne pense pas que tu en trouves auprès de quiconque.

— Je vais en chercher, répondit Olikéa sur le même ton en se levant.

— Tu essaies de reconstituer tes réserves de magie, fit Dasie, accusatrice.

— Et tu devrais en faire autant, tout comme Kinrove et Jodoli. Il nous faudra tout le pouvoir disponible pour vaincre les intrus ; mais le premier dont nous aurons besoin, ce sera celui de Kinrove et de sa danse. Les envahisseurs sont beaucoup plus résistants que tu ne peux l'imaginer : un seul jour sans terreur ni accablement, et leurs ambitions se rallumeront assez pour leur permettre de reprendre l'abattage les arbres et la construction de leur route. La magie que j'ai pratiquée avant de les quitter les occupera quelque temps, et les neiges de l'hiver les ralentiront, mais je les connais, Dasie : sans la peur et le désespoir pour peser sur eux, ils continueront d'avancer contre vents et marées pour atteindre leur but. Tu as besoin de la magie de Kinrove pour les maintenir parqués comme du bétail ; s'ils demeurent regroupés dans leur ville et dans leur fort, ça nous donnera un avantage précieux lorsque nous attaquerons.

— Non ! » m'exclamai-je en lui. Je sentais ses pensées se former, et une phrase d'Epinie s'y glissa : « Le feu ne craint pas la magie. » Il sourit. « Non ! » m'écriai-je à nouveau, mais il ne m'écoutait pas.

« Parqués comme du bétail... », répéta Dasie d'une voix lente. Elle se passa la langue sur les lèvres comme devant un plat savoureux puis reprit son souffle. « Donc tu as une stratégie, n'est-ce pas ? »

Le sourire de mon double s'élargit. « Oui. » Le souvenir de la tente du chaudronnier lui revint à l'esprit. « Mais tu auras besoin de moi pour l'exécuter, et moi j'aurai besoin de ma magie ; mais tu auras encore plus besoin de ce que je détiens et qui n'est pas de la magie : le savoir qui peut opérer là où le fer anéantit ton pouvoir. »

Elle se tut un moment, ses nourriciers et ses guerriers suspendus à ses lèvres. Je souffrais mille morts. *Traître, traître, traître !* J'implorai l'Opulente : *Tue-le ! Ne l'écoute pas ; tue-le, qu'on en finisse !*

« Je t'accorde la vie sauve – pour le moment. Tu auras ta magie, mais mon fer demeurera toujours près de toi, prêt à servir ; si j'ai l'impression que tu m'as menti, je pourrai te tuer à tout instant ; ne l'oublie pas. » Elle jeta un regard à ses serviteurs. « Apportez à manger à ses nourriciers ; fournissez-lui ce qu'il désire. » Ses yeux se portèrent sur Kinrove. « Toi, je te laisse les danseurs qui voudront rester ; sers-t'en comme ils le souhaitent. Mais j'autorise à partir tous ceux qui le veulent. Je vais leur parler ; à mon retour, nous tiendrons conseil tous les trois. » Elle sourit. « Les intrus quitteront nos terres ou ils périront. »

4

Enfermé

Dasie tint parole. Je pensais qu'elle quitterait rapidement le camp de Kinrove une fois les danseurs libérés, et je demeure convaincu que tel était son plan d'origine ; mais elle l'avait changé en découvrant Fils-de-Soldat, et elle resta, réfléchissant avec nous pendant les dix jours suivants pendant que Fils-de-Soldat et Kinrove retrouvaient leur corpulence.

Je m'effrayais de la vitesse à laquelle mon double regagnait son embonpoint et sa magie à la table de Kinrove. Il n'eût sans doute pas pu engraisser à une telle allure avec d'autres aliments ; la phalange de nourriciers de son hôte ramassait, cuisinait et servait ceux qui reconstituaient le mieux notre magie, et Fils-de-Soldat mangeait quasiment sans arrêt. Le plaisir, voire l'extase que cela lui procurait ne faisait que renforcer la colère que j'éprouvais contre lui. Il consommait les mets ocellions destinés à restaurer au plus vite son pouvoir sans cesser de comploter avec Dasie contre mon peuple.

Le malheureux Kinrove n'était plus qu'un invité à sa propre table. Dasie avait brisé son pouvoir ; il avait beau regagner rapidement son embonpoint habituel, elle le dominait, non seulement par le fer mais par son côté imprévisible : en introduisant des épées en métal interdit dans son camp et en s'en prenant à d'autres Opulents, elle avait commis l'impensable, et tous la craignaient. Le clan familial étendu de Kinrove gardait ses distances avec le pavillon, sans doute par peur du sort que Dasie pourrait réserver au grand homme si elle se croyait en danger : il nous fournissait à manger, à boire et de quoi fumer, tandis que ses nourriciers nous servaient, mais c'était Dasie qui commandait, non Kinrove. Elle traitait avec une attitude de propriétaire non seulement les serviteurs et les biens de l'Opulent mais aussi l'homme lui-même ; elle ne disait pas qu'elle comptait se servir de ses pouvoirs pour atteindre ses propres objectifs, mais ce n'était pas nécessaire : elle l'exprimait clairement par son comportement.

Néanmoins, Kinrove remportait de petites victoires dont il paraissait se délecter. Comme il l'avait prédit, certains de ses danseurs restèrent. La majorité, toutefois, s'en allèrent ; ils se reposèrent, se restaurèrent, reprirent des forces pour voyager puis, sur plusieurs jours, se mirent en route pour regagner les terrains d'hivernage de leurs clans. Une bonne part de la troupe de Dasie partit avec eux pour les aider, et certains de ces guides étaient des frères, des filles ou d'autres membres de leurs familles qui avaient joint leurs forces à celles de Dasie dans l'espoir de ramener leurs proches chez eux ; d'autres, qui n'avaient pas de parents parmi les danseurs, s'en allèrent seuls ou par petits groupes.

Le lendemain de la mutinerie de Dasie, Olikéa emmena Fils-de-Soldat faire une courte promenade et profiter de l'air frais du matin. Je regardai certains des danseurs qui s'en allaient ; la plupart, maigres, voire décharnés, avaient les traits tirés et les yeux hagards, comme s'ils se réveillaient d'un horrible cauchemar et demeuraient sous son emprise. J'avais déjà vu cette expression sur le visage des forçats qui supportaient quotidiennement les terreurs de la forêt, et je n'avais pas oublié ma propre expérience de la « suée de Guetis ». Ces Ocellions avaient dansé pour envoyer sur Guetis une peur paralysante et un accablement épuisant ; l'épreuve avait été horrible pour nous mais, avant de nous l'imposer, les danseurs devaient ressentir ces mêmes émotions. Comment Kinrove et sa magie pouvaient-ils exiger cela d'individus qu'ils prétendaient aimer ?

J'avais encore plus de mal à comprendre ceux qui décidaient de rester. Je ne fis que les apercevoir ; ils ne formaient qu'un petit groupe à côté de la multitude qui dansait jusque-là – à peine trente ou quarante personnes ; ils se rassemblaient autour de l'estrade où les tambours leur avaient donné le rythme, et les nourriciers de Kinrove eux-mêmes leur apportaient à boire et à manger, tandis que d'autres leur massaient les jambes avec de l'huile et leur frictionnaient le dos. Ces danseurs-là aussi avaient les yeux hagards, mais on y lisait également de la détermination, et ils me rappelaient des soldats d'élite se reposant entre deux batailles sanglantes : ils combattaient les intrus, et ils en payaient volontiers le prix.

Fils-de-Soldat songea que, pour gagner la guerre, il fallait bien que quelqu'un en payât le prix, et il se tourna vers Olikéa. « J'ai une mission à confier à Likari, une mission importante. Puise dans le trésor de Lisana, donne-lui ce que tu jugeras nécessaire et dépêche-le à la tente du chaudronnier ; j'espère seulement qu'il n'a pas encore quitté le Troc. Likari devra lui acheter toutes les flèches à panier qu'il a en réserve, ainsi que toute la résine, la substance que l'homme a dit de placer dans les paniers. Envoie-le vite, dans l'heure, et dis-lui que, quand j'aurai besoin des flèches, je les lui demanderai.

— Quel est ton plan ? » fit Olikéa, mais Fils-de-Soldat répondit seulement : « Suis mes instructions et n'en parle à personne. » Il la laissa chercher l'enfant et retourna seul près des tables. Ses paroles m'avaient empli d'angoisse, mais je n'arrivais pas à déceler dans son esprit l'image complète de ce qu'il projetait.

Avant la fin de la journée, j'entendis d'abord battre un tambour isolé, puis d'autres qui reprenaient le tempo ; les trompes se joignirent à eux et, malgré le cuir épais des parois de la tente de Kinrove, je perçus le choc des pieds nus qui faisaient jaillir la magie de la terre.

Dasie l'entendit aussi. À table avec nous, elle mangeait d'aussi bon cœur que les autres Opulents, et j'observai que son visage s'était arrondi. Ses porte-fer, trois guerriers armés d'épées, ne se trouvaient pas loin de nous, mais restaient à distance suffisante pour que le métal ne nous fît pas mal ; l'un d'eux montait la garde près de l'entrée, dont nul Opulent n'osait approcher sans la permission expresse de Dasie, et les deux autres se tenaient au fond du pavillon, là où leur maîtresse pouvait les voir et d'où eux-mêmes pouvaient la surveiller ; au premier signe de danger, ils avaient ordre de nous tuer, Kinrove et moi. Elle leva la tête aux premiers coups des tambours et demeura immobile tandis que le rythme s'affirmait ; après que les danseurs eurent effectué un circuit, elle poussa un grand soupir et fit signe à un des nourriciers de Kinrove de lui resservir de la viande.

« On ne sauve pas un homme de lui-même – ni une femme », dit-elle d'un ton las.

Kinrove posa sa coupe. « Ces hommes et ces femmes nous sauvent », répondit-il ; on sentait de la provocation dans sa voix.

« Ils vous ont protégés pendant des années », déclara Fils-de-Soldat, au grand ennui de Dasie ; puis il ajouta : « Mais ils n'offrent pas une protection complète, et les intrus ont découvert comment la vaincre : ils droguent leurs esclaves afin d'émousser leurs sens et de les rendre moins réceptifs à la magie. C'est ainsi qu'ils ont pu pénétrer dans la forêt et couper d'autres arbres des ancêtres cet été, et ils sont prêts à se montrer beaucoup plus cruels avec leurs esclaves que Kinrove avec ses danseurs. Si nous ne les arrêtons pas avant que le printemps libère la forêt de la neige, ils s'enfonceront profondément dans nos bosquets des ancêtres l'été prochain. » Je savais qu'en disant cela il voyait le petit arbre de Lisana et sa vulnérabilité à côté des géants qui poussaient près de lui ; fixé au sol de façon précaire, il s'alimentait encore surtout grâce au système racinaire de son ancien arbre.

Comme mon double, je voulais la sauver, mais je refusais de sacrifier tous les habitants de Guetis et ceux qui viendraient après eux pour garantir la sécurité de Lisana ; Dasie partageait-elle l'inflexibilité de Fils-de-Soldat ? Je résolus de le découvrir rapidement.

Elle reposa sa coupe brutalement sur la table. « Si nous ne les arrêtons pas ? N'as-tu pas dit que tu t'en chargerais ? Tes paroles n'étaient que mensonge, n'est-ce pas ? Tu ignores comment t'y prendre. Moi, je sais : par le fer ! Le même fer qu'ils emploient contre nous. Voilà la réponse. » Elle parcourut la tablée du regard, ravie du silence effaré qui suivit ses propos. « Eh oui ! » Elle hocha la tête. « Le fer ; des pistolets et des fusils. J'en ai acheté quelques-uns et j'en acquerrai davantage. J'ai un plan qui demandera la coopération de tous les clans ; toutes les fourrures que le Peuple prendra cet hiver seront échangées exclusivement contre des armes à feu. Il est un homme parmi les intrus, un traître, qui accepte ce commerce avec nous. Et, quand nous aurons les armes, nous les retournerons contre les envahisseurs ; ils connaîtront alors la sensation des balles de fer qui déchirent la chair. Si notre magie ne parvient pas à les vaincre, nous nous servirons des armes qu'eux-mêmes utilisent contre nous. Que dis-tu de ça, magicien intrus ? »

Fils-de-Soldat posa sa coupe bruyamment sur la table, comme pour faire la nique à Dasie. « Je crois que tu es stupide, déclara-t-il sans ambages. Tu m'as accusé de proférer des mensonges ; moi, je t'accuse de dire des âneries. Si tu introduis le fer parmi le Peuple, nous cesserons d'être le Peuple ! Avec le fer, nous n'aurons plus à nous inquiéter que les intrus abattent nos arbres des ancêtres : nous nous en chargerons nous-mêmes en marchant parmi eux. Avec le fer, crois-tu qu'aucun de nos enfants deviendra un jour un Opulent ? Si nous suivons tes avis, nous n'aurons plus à redouter les intrus : les intrus, ce sera nous, et nous nous tuerons nous-mêmes. »

Dasie avait rougi à mesure qu'il parlait, et, quand il se tut, ses lèvres pincées formaient une ligne blanche au milieu de son visage cramoisi. Elle serrait si fort sa coupe que je craignais qu'elle ne la brisât. Il y avait longtemps sans doute que nul n'avait employé un ton aussi brutal avec elle, à plus forte raison qu'on ne l'avait pas traitée d'idiote, et elle devait croire que personne n'oserait jamais s'adresser ainsi à elle. Survivrions-nous à l'insolence de Fils-de-Soldat ? Olikéa, figée, retenait son souffle, tandis que Likari, occupé à tendre un plat à mon double, suspendait son geste ; sans doute partageaient-ils mes craintes. Pourtant, Fils-de-Soldat paraissait curieusement calme quand je touchai son esprit, comme s'il participait à un jeu et attendait le coup suivant de son adversaire.

Pendant quelques instants, la fureur empêcha Dasie de répondre. Quand elle retrouva l'usage de la parole, elle lança du ton provocateur d'un enfant vexé : « Si tu penses avoir un meilleur plan à proposer, fais-le maintenant, magicien intrus ! Et, si tu n'as rien à me soumettre, alors je pense que tu dois être le premier des envahisseurs à mourir ! Je refuse d'attendre éternellement que tu daignes partager le savoir que tu prétends détenir. Accouche ! Quelle est cette grande magie que tu comptes déchaîner sur l'ennemi ? »

Fils-de-Soldat gardait une singulière impassibilité. Sur un geste de lui, Likari posa l'assiette de viande qu'il lui tendait, et mon double se pencha vers lui. « Apporte-moi ce que tu as acheté au marché. » L'enfant s'en alla en courant, et Fils-de-Soldat se redressa de toute sa taille comme pour s'assurer d'attirer tous les regards. Il prit la parole d'une voix basse, astuce que je connaissais : les autres durent se taire et se pencher pour entendre ce qu'il disait.

« Le début va te plaire, Dasie, car il s'agit de tuer. Il le faut. » Il s'exprimait si doucement qu'on percevait à peine la dureté de ses paroles.

« Non ! » m'exclamai-je. Je savais soudain ce qui allait suivre ; pourquoi Epinie tenait-elle toujours des propos prophétiques ? Mais il ne me prêta nulle attention.

« Il faut commencer par un massacre, reprit-il, mais pas à l'aide de la magie, non. Pas à l'aide du fer non plus. Notre magie n'opérera pas dans leur fort ; quant au fer que nous pourrions utiliser contre eux, ils en utiliseraient le triple contre nous, avec une expérience dont nous ne disposons pas. Nous devons recourir à une force qui ne redoute ni la magie ni le fer. » Il parcourut son public des yeux comme pour s'assurer qu'il captait son attention. Avec un à-propos parfait, Likari était revenu les bras chargés d'un paquet emballé d'une peau de daim. L'enfant continua de le tenir pendant que Fils-de-Soldat en retournait un coin et en tirait une flèche à panier pour la brandir bien haut. « Nous emploierons le feu, enfermé dans cette petite cage ; et nous emploierons la glace, en attaquant en hiver avec le feu que leur fer ne peut arrêter. Et le feu les exposera au froid que le fer ne peut combattre. La magie nous transportera chez nous et nous ramènera. Mais ce ne sera que le début. »

Il subjuguait son auditoire, et il sourit en rendant la flèche à Likari. Il vit alors qu'il n'y en avait qu'une dizaine dans le paquet, mais il se garda de laisser transparaître sa déception.

« Kinrove avait raison sur un point : se borner à tuer ne suffira pas à chasser les intrus ; quant à toi, Dasie, tu vois juste sur un autre point : il faut leur faire la guerre d'une façon compréhensible pour eux. » Il sourit tour à tour aux deux Opulents, et j'admirai sa manière de les rapprocher de lui en reconnaissant leur mérite. « Les intrus doivent savoir sans équivoque que la mort vient de nous ; et nous ne devons pas les tuer tous : il faut que certains survivent – voire un seul, si c'est celui dont nous avons besoin, un homme de haut rang, de pouvoir. »

Dasie avait de nouveau une expression scandalisée, mais Fils-de-Soldat n'en tint pas compte. « Nous en ferons notre messager ; il retournera porter à son roi notre ultimatum, sous forme d'un traité : nous les épargnerons s'ils observent les règles que nous leur imposons.

— Et quelles règles ? demanda Dasie d'une voix tendue.

— Nous en déciderons, répondit mon double dans un murmure. En tout cas, l'une d'elles énoncera que nul ne peut abattre un arbre que nous désignons comme protégé ; mais peut-être vaudrait-il mieux leur interdire de pénétrer dans les parties concernées de la forêt.

— Alors ils quitteront leur fort pour toujours et ne reviendront jamais ! » enchaîna Dasie avec satisfaction.

Fils-de-Soldat haussa légèrement les épaules. « Nous pourrions le leur dire mais, dans ce cas, ils risqueraient de ne pas respecter les termes du traité ; en outre, ça pourrait susciter du mécontentement parmi le Peuple.

— Du mécontentement ? Savoir que nous n'avons enfin plus rien à craindre des intrus ? Que la paix et l'ordre reviennent dans notre existence ? »

Mon double eut un sourire sinistre. « Que les marchandises dont nous tirons si grand profit chaque automne ne passeront plus par chez nous. » Il posa la main sur la nuque d'Olikéa comme pour la caresser. « Et ne nous pareront plus. » L'Ocellionne portait au cou plusieurs rangées de perles de verre aux couleurs chatoyantes que je lui avais données. Je trouvai curieux que Fils-de-Soldat remarquât ses bijoux alors que je n'y prêtais moi-même guère attention.

Dasie réfuta l'argument avec dédain. « Nous commercions avec l'ouest bien avant que Guetis ne s'incruste sur notre terre comme un furoncle. Longtemps avant qu'ils ne tentent de pénétrer dans notre forêt, le négoce existait.

— Et nous l'accueillions à bras ouverts, acquiesça Fils-de-Soldat d'un ton affable. Mais, une fois que nous aurons massacré tous les Gerniens, que nous leur aurons interdit de reconstruire des maisons près de Guetis et d'envahir nos bois, combien de négociants nous approcheront-ils encore, à ton avis ? Que sommes-nous les seuls à posséder qu'ils puissent désirer ? Pourquoi risqueraient-ils leur vie ? »

Dasie resta un instant songeuse, l'air morose, puis elle éclata. « Nous n'avons besoin de rien de leur part ! Rien. Mieux vaut les chasser de nos terres et nous libérer de leur mal et de leur cupidité.

— En effet, nous n'avons besoin de rien de leur part, répéta Fils-de-Soldat. Assurément, nul ici ne possède de briquet pour faire du feu ; nul n'a d'outils en fer dans sa hutte ; quelques-uns, certes, portent des perles et des affiquets, des vêtements ou des tissus venus de l'ouest, mais tu as raison, Dasie : nous n'en avons pas besoin. Tous les habits que ma nourricière avait apportés au Troc, elle les a promptement vendus aux négociants venus de l'autre côté de l'eau salée ; apparemment, eux pensaient avoir besoin de ce qu'elle leur proposait. Elle a fait auprès d'eux d'excellentes emplettes d'affaires dont elle estimait avoir besoin. Mais tu as sûrement raison : une fois que nous aurons abandonné les denrées des intrus, nous en trouverons d'autres que nous produirons nous-mêmes et dont nous tirerons un aussi bon profit auprès de ceux qui viennent de l'autre côté de l'eau salée. Au lieu de nous demander “Où est le tissu coloré que nous venons chercher de si loin ?”, ils seront sans doute ravis de n'acheter que des fourrures. »

Ce ne fut pas le silence qui accueillit ses mots. Dasie ne dit rien, mais des murmures coururent comme des souris le long des murs, et des mains touchèrent furtivement des boucles d'oreilles ou des jupes en tissu. Nul n'osa prendre la parole pour dire à Dasie qu'elle faisait fausse route, cependant le torrent de chuchotis lui révélait ce qu'elle ne voulait pas entendre mais que tout le monde savait : le commerce avec les intrus était essentiel si le Peuple désirait continuer à échanger avec ceux qui venaient de l'autre côté de la mer. Venaison, peaux, cuirs, fourrures et ravissantes sculptures sur bois permettraient d'acheter certaines denrées, mais les marchands d'au-delà de l'eau salée demandaient surtout les articles de l'ouest.

Fils-de-Soldat porta le coup de grâce. « Je suis sûr que le tabac manquera à peu d'entre vous, et nous trouverons d'autres produits à échanger avec ceux qui viennent au Troc. En constatant que nous n'avons plus de tabac en provenance de Gernie, ils ne repartiront pas sous le coup de la déception : nous découvrirons autre chose qui leur fera envie. » Il s'exprimait avec détachement, comme s'il s'agissait de la simplicité même.

Dasie se rembrunit encore. Un nourricier avait déposé un tas de gâteaux croustillants près d'elle, et elle mordit dans l'un d'eux comme si elle arrachait la tête d'un ennemi. Elle avala la bouchée puis demanda sèchement : « Que proposes-tu alors ? Pourquoi les attaquer si nous ne devons pas les chasser pour toujours ? »

Je sentis les muscles du visage de Fils-de-Soldat se crisper, mais il ne sourit pas. « Nous les attaquerons et en tuerons assez pour leur faire comprendre que nous aurions pu les tuer tous ; et nous mènerons un assaut organisé qui les convaincra que nous pensons comme eux.

— Comme eux ? » Dasie s'offusquait à nouveau.

« Suffisamment pour qu'ils nous comprennent. Pour le moment, ils nous traitent comme nous traiterions des lapins. »

L'Opulente émit un grognement étouffé : encore une image qu'elle n'aimait pas.

Fils-de-Soldat poursuivit, implacable : « Nous n'imaginons pas d'aller voir l'Opulent des lapins pour lui demander l'autorisation de chasser son peuple ; nous ne nous disons pas : "Voici les huttes du peuple lapin. Je vais m'arrêter et prévenir de ma présence avant de m'avancer parmi elles afin qu'on sache que je viens en paix." Non, quand nous voulons de la viande, nous chassons les lapins, nous les tuons et les mangeons ; si nous souhaitons passer devant le terrier d'un lapin, rien ne nous en empêche, et, si nous souhaitons bâtir une hutte sur ce terrier, nous ne demandons pas la permission au lapin, et nous ne pensons pas qu'il puisse s'en offenser. De toute manière, s'il le prend mal, ça nous est égal ; il n'a qu'à déménager ailleurs. Et nous nous installons à notre guise là où il vivait.

— Mais ce ne sont que des lapins, dit Dasie.

— Jusqu'au jour où tu te retrouves face à un lapin armé d'une épée ; jusqu'au jour où les lapins se faufilent la nuit jusqu'à ta hutte pour y mettre le feu ; jusqu'au jour où l'Opulent des lapins se dresse devant toi et dit : "Désormais, tu respecteras mon peuple et le territoire de mon peuple". »

Dasie fronçait toujours les sourcils ; j'avais l'impression que Fils-de-Soldat avait mal choisi sa façon de présenter son idée. « Les lapins n'ont pas d'Opulents, déclara-t-elle d'un ton important, ils n'ont pas de magie, ils n'obéissent pas à un chef et ne s'organisent pas ; ils ne peuvent pas faire de feu ni nous parler pour exiger notre respect. » Elle s'exprimait d'un ton dédaigneux, comme si elle expliquait une évidence à un enfant un peu lent.

Fils-de-Soldat se tut le temps de cinq ou six battements de cœur, puis il répondit dans un murmure : « C'est exactement ce que les intrus disent de nous : que nous n'avons pas de dirigeants et que notre magie n'est qu'illusion, que nous n'avons pas d'armes dignes de ce nom et que nous n'avons pas le courage de nous en servir. Ils ne conçoivent pas que nous puissions exiger le respect de notre territoire parce qu'ils n'imaginent pas que nous ayons un territoire.

— Alors ils sont stupides ! » lança Dasie, sûre de son opinion.

Mon double poussa un petit soupir. Il eût sans doute aimé en tomber d'accord avec elle, mais il dit : « Non. Ils sont même très intelligents, mais d'une façon différente de notre conception de l'intelligence. Pendant que nos jeunes s'en vont chasser, construire des huttes, commencer leur vie, ils envoient les leurs dans des maisons où ils passent leur temps à apprendre à faire du monde entier leur territoire. »

Dasie plissa les yeux ; à l'évidence, elle ne le croyait pas.

« J'ai vécu parmi eux, reprit Fils-de-Soldat devant son scepticisme. J'ai appris ce qu'ils enseignent à leurs guerriers et comment employer ce savoir contre eux. »

Une colère glacée m'envahit. Il se disait prêt à se servir contre nous des connaissances acquises à l'École ? Eh bien, c'était un jeu qui pouvait se jouer à deux. Je bardai mon cœur contre sa perfidie et prêtai attentivement l'oreille à ses paroles.

« Ils n'ont aucun respect pour des gens qui ne vivent pas en un lieu fixe ; ils n'ont aucun respect pour des gens qui n'obéissent qu'à leur volonté propre au lieu de se soumettre aux ordres d'un chef unique. Ils refuseront de traiter avec nous et de croire que nous revendiquons notre territoire tant que nous ne les aurons pas convaincus que nous sommes très semblables à eux. »

Dasie secoua la tête. « Je n'ai pas envie de perdre mon temps en subterfuges ; je veux seulement aller les tuer tous, les massacrer.

— Si nous nous bornons à cela, d'autres viendront les remplacer. » Il leva la main pour prévenir l'objection de l'Opulente. « Nous commencerons naturellement par le massacre ; mais ensuite il faudra expliquer aux rares survivants que nous avons un "roi" comme eux, ou une "reine" : ils doivent croire qu'il existe un individu habilité à parler en notre nom à tous. Et, avec cette personne, ils négocieront un traité, comme celui qu'ils ont conclu avec la reine lointaine qui les a vaincus ; des frontières seront établies qui les tiendront à l'écart de notre terre, et nous instaurerons aussi des règles de commerce.

— Des règles de commerce ? » Dasie l'écoutait désormais.

« Pour attiser leur convoitise et nous assurer le tabac dont nous avons besoin pour le troc. Nous ne ferons affaire qu'avec un seul intrus ; comme nous le rendrons riche, il sera dans son intérêt de rester notre unique interlocuteur. Nous choisirons quelqu'un de fort, qui se chargera à notre place de tenir les autres à l'écart et qui se pliera à nos règles pour conserver son monopole. La cupidité nous protégera bien mieux que la peur. » Il s'interrompit et sourit devant l'expression sinistre de Dasie. « Mais d'abord ils doivent connaître la terreur. »

Lentement, elle lui rendit son sourire. « Je commence à comprendre, je crois. Leur faiblesse devient notre force ; nous faisons de leur cupidité la laisse qui les retiendra. Je pense que c'est une bonne idée ; nous allons la mettre au point ensemble. » Son sourire s'élargit et devint glacial. « Et tout d'abord nous allons étudier le massacre. »

Sur un signe de Fils-de-Soldat, Likari remplit son assiette tandis qu'Olikéa se présentait avec une flasque de bière, mais il remarqua à peine qu'ils s'affairaient autour de lui. J'étais un atome de désespoir suspendu en lui. Il avait bien conçu son plan, et, s'il parvenait à le mettre à exécution, il fonctionnerait sans doute à merveille. Il mangea un peu de viande puis dit à Dasie : « De fait, le massacre sera la partie la plus simple : les intrus ne se méfient plus de nous depuis longtemps ; pour eux, nous ne représentons pas plus de danger que les souris qui courent dans les écuries, et ils ne nous prêtent pas plus d'attention. Les danseurs de Kinrove tâcheront de les démoraliser et de les effrayer ; dommage qu'il n'en soit pas demeuré davantage pour produire une magie plus puissante (il fit une légère pause), mais Kinrove devra se débrouiller avec ceux qui lui restent. Au cours des jours et des nuits qui précéderont notre assaut, il faudra renforcer le pouvoir de la danse ; ainsi, lorsque nous attaquerons, nous trouverons les intrus déjà épuisés et accablés, et ils accueilleront la mort comme une miséricorde. » Il vida sa chope en souriant.

C'en était trop. Je rassemblai toute ma conscience et toute ma rage, les affûtai et, de toutes mes forces, m'efforçai d'évincer Fils-de-Soldat de mon corps. Il perçut mon attaque, car il s'étrangla un instant sur sa bière, puis il reposa sa chope sur la table et s'adressa à moi dans sa tête.

« Tu as fait ton temps ; maintenant, j'agis selon ce que me dicte mon devoir, et, à long terme, les deux peuples s'en porteront mieux. Il y aura un massacre, c'est vrai, mais ensuite la guerre sera finie ; mieux vaut un carnage que cette érosion mutuelle année après année. J'ai bien pesé le pour et le contre, Jamère, et je pense que même père comprendrait ma décision. De toute manière, je ne puis te permettre d'interférer ; si tu refuses de te joindre à moi de ton plein gré, je dois au moins t'empêcher d'entraver mes efforts. »

Et il m'enferma.

C'est ainsi que je le ressentis et c'est ainsi que je me le rappelle. Qu'on s'imagine emprisonné dans une boîte sans lumière et pourtant sans obscurité, sans bruit ni sensation tactile, sans corps, rien hormis sa propre présence. J'avais déjà connu cela brièvement lorsque mon double avait sombré dans l'inconscience, mais cette expérience ne m'avait pas préparé à la supporter une deuxième fois, et au contraire m'avait appris à la redouter. Tout d'abord, je ne parvins pas à croire qu'il l'avait fait ; je demeurai immobile et attendis que l'absence de toute chose se dissipât ; assurément, une lueur finirait par apparaître, les ombres par s'atténuer, un murmure par me parvenir, une odeur par frapper mes narines. Combien de temps pouvait-il réprimer la moitié de lui-même ?

Une question désagréable me vint alors : lui avais-je jamais imposé le même sort ? À l'époque où je pensais l'avoir absorbé et réintégré en moi, l'avais-je en réalité plongé dans ce cul-de-basse-fosse privé de toute sensibilité ? Non, je ne le croyais pas. Cette incarcération était un acte délibéré de sa part ; il cherchait à m'ôter toute possibilité de nuire, et, dans ma prison, je ne pouvais le détourner de ses plans. Se doutait-il que j'avais réussi à lui fausser compagnie par le passé et à me déplacer seul en rêve ? Était-ce là sa crainte ? Il n'avait pas tort, car, si jamais j'avais l'occasion de recommencer, je me rendrais aussitôt auprès d'Epinie pour la prévenir de l'attaque imminente contre Guetis.

Le temps, je l'ai déjà dit, devient fuyant dans un tel état d'isolement. Les heures sont-elles des instants ou les instants des heures ? Je n'avais aucun moyen de le savoir. Quand j'eus fini de tempêter et de crier, je tâchai de me calmer ; mesurer l'écoulement du temps me paraissait d'une importance vitale, et je m'efforçai de me procurer ce réconfort par toutes sortes d'expédients ; mais compter me mena seulement au désespoir : l'esprit récite les chiffres plus vite que les lèvres, et, même quand je ralentis mon énumération, je me rendis compte qu'égrener les secondes à l'infini ne faisait qu'accroître mon accablement.

Il ne pouvait pas exister plus grand isolement, et, dans de pareilles circonstances, certains deviennent fous, je le savais. Malgré l'absence suffocante d'altérité qui m'entourait, je m'acharnai à conserver ma raison en me répétant que Fils-de-Soldat ne pouvait pas me refouler éternellement : il avait besoin de moi ; je faisais partie de lui comme lui de moi, et un jour viendrait où je lui échapperais et où j'irais en marche-en-rêve auprès d'Epinie pour l'avertir – à moins qu'il ne fût trop tard. Je me détournai de cette pensée ; je refusais de songer à ce que je ferais si, au sortir de ma prison, je découvrais Guetis détruite et tous ceux que j'aimais massacrés.

J'inventai des moyens pour m'ancrer dans le temps : je me récitai des poèmes que m'avaient appris mes précepteurs, je résolus de tête des problèmes de mathématiques, je conçus dans le moindre détail l'auberge que j'eusse bâtie à Ville-Morte si je m'y étais installé avec Amzil ; je suivis pas à pas chaque étape du processus sans rien m'épargner. Mentalement, je rasai les anciens bâtiments, déblayai les vieux bois de charpente une cargaison à la fois, puis, avec une pelle et une pioche, et muni de piquets et de ficelle, je nivelai le futur chantier. Je me fabriquai une brouette grossière afin de transporter le gravier nécessaire à de solides fondations ; je calculai le volume qu'il me fallait, estimai la taille de la brouette que j'étais capable de pousser, puis me forçai à imaginer chaque voyage séparément, le pelletage de chaque fournée, le trajet, la brouettée que je versais une fois à destination, et jusqu'à l'étalement du gravier sur place, tant était grande mon obsession de ne pas perdre pied dans le monde.

Quand j'eus bâti mon auberge, j'imaginai que j'y amenai Amzil et les enfants pour leur faire la surprise d'une maison bien à eux, confortable et propre ; je crois que je me représentai une vie entière avec elle à gagner sa confiance, à construire notre amour, à regarder ses enfants grandir et à ajouter les nôtres à la fratrie.

C'étaient des rêves d'adolescent que j'enrichissais sans cesse de nouveaux détails d'une mièvrerie outrée, mais, quand les autres distractions échouaient, je pouvais me réfugier dans ces images d'Amzil et faire semblant de croire à une existence d'affection réciproque.

Je n'y passais pas tout mon temps, naturellement. Nul n'aurait pu flotter dans ce néant sans fin sans y laisser un peu de sa santé mentale, et il y avait des moments où je hurlais et lançais des menaces, d'autres où je priais, d'autres encore où je maudissais tous les dieux que je connaissais. J'eusse pleuré toutes les larmes de mon corps si j'avais eu des yeux, je me fusse suicidé si j'en avais eu le pouvoir. J'essayai tous les moyens qui peuvent permettre d'échapper à soi-même mais, en définitive, je n'avais que moi-même et je devais toujours y revenir.

J'inventai des centaines de vengeances contre mon double, je criai à ses oreilles sourdes que j'acceptais de me rendre s'il cessait de m'obliger à vivre dans ce vide, je retrouvai une foi profonde pour le dieu de bonté et la perdis à nouveau, je chantai des chansons ineptes et leur inventai des nouvelles paroles.

Je fis tout cela non pas pendant cent ans mais pendant cent siècles ; j'acquis la certitude que Fils-de-Soldat était mort depuis longtemps et que je continuais d'exister par je ne sais quel moyen dans son cadavre en lente décomposition. Je vivais dans un monde au-delà du désespoir. Je devins ma propre immobilité.

J'ignore si ce fut parce que j'avais cessé de vouloir exister ou parce que mon double finit par oublier de me craindre, mais d'infimes bribes d'information sensorielle commencèrent à me parvenir. Cela n'arrivait pas souvent – d'ailleurs, je n'imaginais même plus ce que signifiait « souvent ». Un goût amer, une brève bouffée de fumée de feu de camp, le rire de Likari, la douleur d'un doigt entaillé, chaque parcelle de sensation était un objet de réflexion. Je ne cherchais pas à en happer d'autres, comme un poisson attiré par l'appât : j'étais trop épuisé. J'attendais qu'elles tombent jusqu'à moi, et je les examinais sans hâte.

Pierre par pierre, un mur s'élève ; une petite expérience après l'autre, la vie et la conscience me revinrent. Je me sentais comme un crapaud sortant d'hibernation ou un membre engourdi qui retrouve peu à peu sa sensibilité. Une conversation tombait autour de moi en pluie discontinue.

« Nous ne pouvons pas nous passer des chevaux.

— Alors ils devront apprendre.

— Dans ce cas, il faut trouver un moyen de transporter le feu – peut-être dans des bols d'argile empilés ? Et l'huile devra voyager à part ; ce sera moins visible que des torches. »

J'entendis soudain un marmonnement bas, peut-être une autre voix, et j'en savourai les tonalités. Fils-de-Soldat reprit la parole.

« Non, il faudra choisir quelqu'un d'autre pour ça ; les hommes doivent rester ici pour se concentrer sur leur tâche.

— C'est plus lourd, je sais ; visez plus haut que la cible. Mais attention, la flèche doit toucher le haut de l'enceinte sans passer au-dessus. Nous n'en avons pas beaucoup ; nous en donnerons trois à chacun de nos quatre meilleurs archers.

— Il est indispensable de répéter les mouvements ; c'est assommant mais indispensable. Si nous attaquons selon tes propositions, les intrus verront en nous une horde sans coordination ; au contraire, des hommes en rangs avec une organisation précise les convaincront qu'ils ont fini par provoquer la colère de la grande reine des Ocellions et qu'elle envoie son armée contre eux. »

Je n'ouvris pas les yeux : je n'en avais pas ; mais je sentis Fils-de-Soldat frotter les siens, et, quand il eut fini et les rouvris, un panorama fourmillant se déroula devant moi, explosion de couleurs, de formes et d'ombres que je restai tout d'abord incapable d'interpréter, douloureusement submergé par l'excès de détails. Était-ce ce que vivait un enfant lorsqu'il venait au monde ? Je m'efforçai de me tenir en retrait, de garder mes distances comme devant un brasier auquel je risquais de me brûler, et, avec une lenteur extrême, la scène acquit de la netteté.

Je me trouvais dans une hutte que je ne connaissais pas, accueillante, avec des tapis tissés par terre, des tapisseries aux murs et des sièges confortables. J'étais assis dans un robuste fauteuil aux bras capitonnés et au fond rembourré, à la chaleur d'un âtre ouvert, à côté d'une table bien garnie ; près d'une bouteille de vin fumait un rôti entouré de tranches déjà découpées ; des oignons entiers rissolés se lovaient contre d'épaisses raves orange vif ; on avait tranché une miche de pain noir en larges tartines, et d'un pot de miel doré posé près d'elle pointait une grande cuiller.

Fils-de-Soldat venait de l'extérieur ; avait-il passé les troupes en revue ? En tout cas, il y avait de la boue sur mes bottes. Accroupi devant moi, un homme me les ôtait, la tête courbée, et je compris soudain qu'il s'agissait d'un des nourriciers qui s'occupaient de moi sous la direction d'Olikéa ; il s'appelait Sempayli, et, bien qu'il vînt d'un autre clan, il s'était mis à mon service parce qu'il voulait aider les Opulents qui s'apprêtaient à contre-attaquer les intrus. Un certain nombre d'hommes et de femmes l'avaient imité. Dasie avait vu juste sur ce point : un profond mécontentement agitait les Ocellions ; tout changeait trop vite pour les aînés, et les jeunes se sentaient insultés par la présomption des intrus, et beaucoup jugeaient le temps venu de leur rendre la monnaie de leur pièce, et durement.

Toutes ces informations m'inondaient comme un raz de marée ; j'avais peine à les digérer, mais elles ne me laissaient pas de répit : la vie se déroulait autour de moi, constante, incessante, et je ne pouvais que m'efforcer de la rattraper. Fils-de-Soldat but une gorgée de vin rouge dans un verre en cristal et, pendant un long moment, la double sensation du goût et du parfum régna sur moi sans partage. Plaisir céleste !

En face de moi, Dasie trônait dans un fauteuil similaire ; son nourricier lui allumait une pipe. L'Opulente avait grossi : son ventre, ses cuisses et sa poitrine formaient d'amples courbes qui exprimaient aise et fortune. Cette interprétation de ses formes me vint si naturellement que je n'y reconnus pas tout d'abord un point de vue étranger ; quand j'en pris conscience, mon esprit se mit à voleter autour d'elle comme une phalène autour d'une flamme. Les Ocellions regardaient la minceur et l'aspect musclé des habitants de Guetis comme le résultat de privations et d'efforts anormaux ; c'était le physique de gens qui vivent contre le monde, non avec lui : ils ne se laissaient jamais aller à lui, ils n'acceptaient pas les cadeaux qu'il leur offrait, ils ne s'installaient pas le soir, confortablement allongés, pour faire de la musique ensemble ou bavarder à mi-voix ; ils enfermaient leur corps dans des vêtements contraignants, des ceintures serrées, des chaussures étroites, et s'imposaient une activité sans fin ; ils s'obligeaient à sortir sous le soleil brûlant et dans le froid cruel sans plus de réflexion que des animaux. Ils paraissaient jouir de la dureté de la vie et s'interdire les plaisirs du palais, de la chair et de l'abondance.

Comme en réaction aux châtiments qu'ils infligeaient à leur corps, ils exigeaient la générosité dans tous les autres domaines. Un chemin s'ouvrait dans la forêt à mesure que les gens l'empruntaient, et sa largeur s'adaptait à la circulation ; seuls les intrus pouvaient croire nécessaire d'élargir une piste à l'aide de haches, de pelles et de chariots ; seuls les intrus pouvaient songer à étendre une carapace d'habitations sur la terre afin d'hiverner là où la neige tombe en épaisseur et où le froid s'abat comme un marteau ; seuls les intrus pouvaient arracher toute la végétation, tous les arbres d'une zone puis entailler la peau de la terre pour obliger de nouvelles plantes à pousser en rangs précis et toutes pareilles. Les Ocellions ne pouvaient pas comprendre un peuple qui préférait les privations au confort, qui attaquait la vie de front et la détruisait au lieu de se laisser emporter par son flot et d'accueillir son abondance.

J'éprouvais la même impression que lorsqu'on aperçoit un inconnu à l'autre bout d'une pièce bondée et qu'on le « voit » vraiment avant de reconnaître un vieil ami. Tout ce que j'acceptais chez mon peuple, nos valeurs et nos coutumes m'apparaissait soudain bizarre, violent et irrationnel. Si un homme a de quoi manger et dispose d'amples réserves, pourquoi ne manifesterait-il pas par sa corpulence le plaisir qu'il prend à vivre ? S'il n'a pas à travailler si dur que la chair fonde de ses os et que les muscles n'empâtent pas ses membres, pourquoi n'aurait-il pas le ventre tendre et le visage arrondi ? Si la vie lui fait la bonne fortune de le bien traiter, pourquoi cela ne se verrait-il pas à un physique adouci ?

En cet instant d'inversion des valeurs, je vis les Gerniens comme un peuple qui cherchait la difficulté et la lutte pour elles-mêmes ; il construisait certes des routes pour s'enrichir, mais prenait-il le temps de savourer les richesses qu'il acquérait ? Non ; elles servaient seulement de socle à la recherche d'autres tâches éprouvantes, souvent au détriment d'autres êtres que la vie n'avait pas favorisés. Je me rappelai soudain les forçats de la route, pauvres diables contraints de travailler au chantier du roi en pénitence de leurs crimes à Tharès-la-Vieille et en paiement du lopin de terre qu'ils recevaient une fois leur peine exécutée, et je sus que les Ocellions les regardaient avec une horreur et une pitié sans bornes : ces malheureux ne connaîtraient jamais d'autre existence, et les intrus les condamnaient à la vivre dans la privation et le besoin, le travail et l'inconfort. Vu ainsi, ce qu'ils faisaient était monstrueux ; les Ocellions ne pouvaient pas comprendre que nous vissions la justice dans le fait de les punir de leurs crimes et une clémence toute particulière dans celui de leur donner une récompense pour leur labeur. Récompense en trompe l'œil, me dis-je amèrement en songeant à l'existence précaire d'Amzil.

Je quittai mes réflexions pour reprendre conscience de mon identité de Jamère avec l'impression d'avoir été remonté des profondeurs obscures d'un bassin glacial, puis ranimé. Pendant quelque temps, je ne pus que flotter derrière les yeux de Fils-de-Soldat en savourant mon retour à l'existence ; peu à peu, je repris pied dans le temps et l'espace autant qu'en moi-même. Le temps avait passé ; combien ? Je m'efforçai de le découvrir.

J'étais dans l'ancienne hutte de Lisana, mais on l'avait remise à neuf et agrémentée du confort à l'ocellionne ; les tapis et les tentures des murs provenaient du troc, tout comme les casseroles en cuivre luisant, les plats en porcelaine épaisse et les verres en cristal ; dans un angle, d'épaisses fourrures et des couvertures en laine s'amoncelaient en désordre sur un lit. Les vêtements que Fils-de-Soldat portait avaient été coupés ample, dans des tissus aux teintes vertes et brunes de la forêt ; des bracelets d'or alourdissaient ses poignets, et je sentais le poids des boucles d'oreilles qui pendaient à mes lobes percés. Sa nouvelle corpulence et celle de Dasie indiquaient le rang qu'ils occupaient parmi les Ocellions ; d'ailleurs, leurs nourriciers avaient eux-mêmes des nourriciers à présent. Le Peuple les tenait en haute estime, et leur train de vie reflétait leur position.

En vain, je cherchai à percevoir la vibration du fer dans la pièce ; si Dasie jugeait nécessaire de tenir mon double sous la menace, ce n'était pas sous celle du fer. Leur attitude évoquait deux commandants tenant conseil plutôt qu'un dictateur et son otage. Je recherchai non sans mal les paroles que mon double prononçait au moment de mon réveil. La grande reine des Ocellions ? Je regardai l'Opulente par les yeux de Fils-de-Soldat. Oui, en effet ; et lui tenait le rôle de seigneur de la guerre. Ils commençaient donc à se respecter mutuellement.

La double ironie de la situation ne m'échappait pas : pour sauver les Ocellions, ils devenaient le reflet des intrus qu'ils voulaient chasser, Dasie avec ses armes en fer, Fils-de-Soldat avec l'armée qu'il entraînait. Croyaient-ils pouvoir y renoncer une fois qu'ils les auraient utilisées ?

L'autre aspect ironique, lorsqu'il me frappa, me fit l'effet d'un coup d'épée dans le ventre : j'avais devant moi l'avenir doré qu'on m'avait promis dans mon enfance ; je le vivais. Je commandais une force armée au service d'une reine, entouré du luxe propre à ma position, servi par une femme charmante qui m'obéissait au doigt et à l'œil. Olikéa venait d'entrer dans mon champ de vision ; les mains vides, elle indiquait les plats qu'il fallait débarrasser et où placer les nouveaux. Elle avait dû choisir ma garde-robe car la sienne présentait les mêmes teintes de brun profond et de vert délicat ; elle ressemblait encore plus à Firada désormais, car elle avait pris des courbes plus rondes et plus douces. La nourricière d'un Opulent reflétait le statut de son maître par le sien. Ma gracieuse dame, et, à ses côtés, le fils de la maison : Likari en tunique verte et bottes souples à jambières marron ; des nœuds et des perles turquoise retenaient en arrière ses cheveux luisants, et il avait les joues rebondies. Les yeux de Fils-de-Soldat se tournèrent un instant vers lui, et je perçus son affection et sa fierté, puis il reporta vivement son attention sur sa conversation avec Dasie.

« J'écoute mes guerriers, protestait-elle. Ils sont encore à moi, n'oublie pas ; tu les formes, mais c'est à moi qu'ils viennent exposer leurs inquiétudes. Ils en ont assez de se lever tôt, de se tenir en rang, ils ne supportent plus ces exercices interminables où ils doivent se déplacer ensemble, à la même vitesse, en faisant les mêmes gestes. En quoi cela nous sert-il à vaincre les intrus ? Vont-ils nous attendre sans bouger pendant que nous traverserons la plaine bien en ligne pour les attaquer ? Sont-ils bêtes à ce point ? Est-ce ainsi qu'ils se battent ?

— À vrai dire, oui, répondit Fils-de-Soldat. Mais, non, nous ne marcherons pas sur Guetis en formation. Toutefois, quand nous nous montrerons à eux, ils ne devront pas voir une horde de pillards mais l'armée ocellionne. Je te l'ai déjà dit et répété, Dasie : nous devons devenir un ennemi identifiable pour eux, et, le moment venu, les guerriers doivent se vêtir de façon uniforme, se déplacer à l'unisson sous les ordres d'un commandant unique. Voilà un pouvoir que les intrus reconnaîtront, et à ce moment-là seulement ils nous respecteront.

— C'est ce que tu nous rabâches, oui, mais je n'aime pas nous voir ressembler davantage de jour en jour à ceux que nous voulons chasser. Tu dis que nos guerriers doivent courir plus vite, avoir les muscles plus durs et l'œil plus perçant quand ils tirent à l'arc ; mes hommes me disent "Nous sommes assez forts, nous avons assez d'endurance pour pêcher, chasser, cueillir les baies ; pourquoi nous oblige-t-il ainsi à aller encore plus loin ?" Que dois-je leur répondre ?

— Qu'ils doivent en faire davantage pour l'instant. Ils doivent être plus résistants et mieux préparés que les guerriers que nous affronterons. La chasse n'impose pas autant d'efforts qu'une bataille rangée ; pendant la chasse, on peut se reposer ou songer "C'est trop de travail pour autant de viande ; je vais chercher un gibier plus petit", et laisser s'échapper l'animal. Au combat, celui qui tourne le dos devient la proie ; nul ne peut s'interrompre parce que la fatigue envahit ses bras ou fait trembler ses jambes. On s'arrête quand l'ennemi est mort et qu'on est encore vivant, pas avant.

» C'est bien beau de se dire fort et courageux, mais j'ai vécu parmi les intrus, et ceux que nous affronterons seront forts, courageux, bien entraînés et prêts à tout ; j'espère les prendre par surprise et les écraser avant qu'ils n'aient le temps de réagir, mais je ne puis te le promettre. Une fois alertés, ils s'organiseront très vite et ne reculeront pas, car ils savent qu'ils ne trouveront aucun refuge ailleurs ; ils tireront sur nous à feu roulant, car ceux qui rechargeront compteront sur leurs camarades pour les protéger. C'est là la force d'une armée : le bras de chacun protège le voisin comme soi-même ; en outre, ces hommes ont de l'expérience, et ils sauront, quand nous lancerons l'assaut, que, s'ils ne se battent pas avec assez de vigueur, nous les massacrerons tous. Ils combattront comme seuls le font les désespérés : jusqu'à la mort. Même quand ils comprendront qu'ils ne peuvent espérer la victoire, ils continueront de résister.

— Tu parles de cas extrêmes. Les guerriers sont prêts à se battre autant qu'il le faudra pour l'emporter, dit Dasie.

— Sont-ils prêts à mourir pour défendre leurs camarades dans l'espoir qu'ils vaincront ? » demanda Fils-de-Soldat à mi-voix.

Elle tressaillit. « Mais tu disais que notre plan était bon, que la danse de Kinrove démoraliserait les protecteurs de Guetis, que nous les attaquerions au moment où le sommeil les désorienterait. Tu as dit que nous les massacrerions. » Elle s'interrompit, submergée de colère et d'indignation. « Tu l'as promis !

— Et je tiendrai parole, répondit-il calmement. Mais certains d'entre nous mourront, il faut le savoir avant d'aller au combat ; certains d'entre nous mourront. » Il se tut et attendit un signe d'acceptation de la part de Dasie, mais elle demeura de marbre. Il poussa un soupir et reprit : « Et, quand un guerrier sera blessé ou verra son frère tomber, il ne pourra pas juger alors que le prix à payer est trop élevé. Chacun d'entre eux doit marcher à la bataille convaincu que, s'il doit mourir pour que nous remportions la victoire, il mourra. Il n'y a pas d'autre moyen, et c'est ce que je m'échine à leur enseigner ; je ne leur apprends pas seulement à se précipiter là où je leur indique de se rendre ni à obéir à un ordre sans discuter ni en débattre entre eux ; je dois former un groupe soudé, avec un objectif commun que chacun considère comme plus important que sa propre sauvegarde. Nous n'aurons qu'une seule occasion de réussir ; la première fois où nous attaquerons, nous devrons balayer les intrus ; c'est notre seul espoir. »

Dasie laissa reposer son menton sur sa poitrine, songeuse, et, les yeux réduits à des fentes, elle contempla le feu. Enfin elle dit d'une voix étouffée, empreinte de tristesse : « C'est encore pire que la danse de Kinrove.

Les danseurs renonçaient à leur vie pour nous protéger, mais tu apprends aux guerriers à tuer tout en renonçant eux aussi à leur vie. Je croyais épargner ces horreurs à mon peuple, mais je m'aperçois que je l'y expose encore plus.

— Et il y a pire. » Fils-de-Soldat se déplaça légèrement dans son fauteuil. « Ça ne te plaira pas, mais c'est la vérité : il faut soutenir la magie de Kinrove. Chaque semaine, il se plaint de ce qu'il manque de danseurs pour l'alimenter convenablement ; il me répète avec rancœur que tu as brisé sa magie pour des raisons de sentiments personnels, et, maintenant que tu exiges qu'elle opère, tu exiges de lui plus qu'il ne peut donner. Il affirme avoir besoin de danseurs en plus grand nombre s'il doit dépasser l'orée de la forêt et envoyer la peur et l'accablement jusqu'au cœur de Guetis ; or, c'est là que nous en avons besoin. » Il se tut, regarda les flammes puis ajouta dans un murmure : « Il faut l'autoriser à appeler d'autres danseurs. »

Elle n'en croyait pas ses oreilles. « Tu me dis ça à moi ? Alors qu'il y a trois mois à peine j'ai introduit le fer dans ce camp pour les libérer ? Ne comprends-tu donc pas pourquoi j'ai agi ainsi ? Sa danse nous détruisait ; le prix qu'elle demandait pour tenir les intrus à distance était trop élevé : elle déchirait le tissu de nos familles et de nos clans. J'y ai mis fin pour que le Peuple puisse reprendre une existence normale ; mais j'aurai œuvré en vain si je dois lui dire maintenant : “Vous devez non seulement vous soumettre à l'appel de la magie pour danser jusqu'à la mort mais aussi accepter d'aller tuer les intrus au risque d'y laisser votre vie.” Où sont la paix, la tranquillité et le retour aux coutumes d'antan que je leur ai promis ? »

C'est à peine si j'entendis la réponse de Fils-de-Soldat. Trois mois ? Mon éternité d'isolement n'avait duré que trois mois ? En écoutant les deux Opulents, j'avais craint de participer à un conseil de guerre, mais je savais à présent que Guetis n'avait pas encore subi d'assaut, et cela me rendait l'espoir : il était encore possible d'arrêter cette folie. Comment ? Je l'ignorais ; mais j'avais du temps, même s'il n'en restait guère.

Fils-de-Soldat parlait d'un ton bas et grave. « Avant que les Ocellions puissent retrouver leur existence d'autrefois, nous devons nous libérer de la menace des intrus ; donc, oui, nous devons changer cette fois encore, oui, il faut soumettre le Peuple à ces contraintes si nous voulons le sauver.

— Pour le sauver, je dois laisser Kinrove lancer un appel à tous nos semblables ? Je dois le laisser se servir à nouveau de la magie contre le Peuple ?

— Oui. » Mon double s'exprimait d'un ton catégorique mais empreint de regret.

« C'est le conseil que tu me donnes, tu en es sûr ? »

Il me sembla sentir un piège dans cette question, mais Fils-de-Soldat ne le décela pas, ou bien il s'en moquait. « Oui.

— Alors qu'il en soit ainsi. » Elle se leva lourdement de son fauteuil. Les robes rouge vif et bleues qu'elle portait tombèrent en plis pesants autour d'elle ; ses nourriciers vinrent aussitôt se placer à ses côtés, prêts à l'aider. « Apportez-moi mes vêtements de voyage, dit-elle, et que mes porteurs préparent ma litière. Nous retournons à ma hutte en marche-vite dès ce soir. » Elle se tourna vers mon double et grommela : « Pourquoi tiens-tu à séjourner ici ? Ce n'est pas logique. Tu imposes une épreuve à tous en demeurant si loin de tout village d'hiver.

— Néanmoins je dois rester ici, et nombre d'hommes et de femmes de mon clan ont choisi de me rejoindre.

— Oui, j'ai vu ça ; ils sont en train de créer un petit village devant ta porte. Et tant mieux ; ainsi, quand l'appel les saisira, tu pourras y assister. »

Je partageai l'incompréhension et l'inquiétude de Fils-de-Soldat. « Quand l'appel les saisira ?

— Évidemment. Je vais dire à Kinrove qu'il peut reprendre ses appels ; or, ton clan est le suivant sur sa liste. Tu as oublié ? C'est pour ça qu'il avait invité l'autre Opulent de ton clan à son camp près du Troc. Il avait accepté cette petite concession : avant tout appel, il en avertissait l'Opulent de chaque clan concerné, et voilà pourquoi Jodoli se trouvait chez lui. Il avait donné son accord, contraint et forcé comme par le passé, et on dirait bien que tu as aussi donné le tien. »

Fils-de-Soldat ne répondit pas. Je sentais sa répugnance à l'idée que son clan tombât sous le coup de l'appel ; il redoutait que Kinrove ne s'emparât des hommes qu'il avait formés à grand-peine au combat et ne s'en servît pour sa danse. Mais, après avoir déclaré que l'Opulent devait avoir les danseurs nécessaires pour que l'assaut réussît, il ne pouvait pas refuser. Comment pouvait-il prétendre que ce sacrifice était trop grand pour son clan mais que d'autres devaient s'y plier ? Il se mordilla la lèvre puis secoua violemment la tête. « Très bien ; que Kinrove lance son appel : il le faut. Ceux qui dansent sont des guerriers d'une autre sorte ; et, plus vite la menace disparaîtra, plus vite ils pourront déposer les armes ou cesser de danser.

— Comme tu voudras », dit-elle comme si elle lui faisait une concession. Ses nourriciers l'entouraient et lui enfilaient un épais manteau de fourrure après l'avoir enveloppée de ses couvertures de laine. J'entendis des voix d'homme à l'extérieur, et soudain la porte s'ouvrit en laissant entrer une violente rafale de vent chargée de pluie.

Fils-de-Soldat poussa une exclamation de saisissement ; Dasie éclata de rire. « Ce n'est que de la pluie, Opulent. Si tu accomplis ce que tu proposes, nous affronterons la neige et le grand froid de l'hiver dans les terres de l'ouest.

— Je les affronterai quand j'y serai forcé, rétorqua-t-il. Si je peux l'éviter, j'aime autant que la neige ne souffle pas dans ma hutte pour le moment. Je devrai la supporter bien assez tôt, et alors j'y ferai face.

— En effet. » Elle ramena une épaisse capuche sur ses cheveux, et aussitôt un de ses nourriciers se précipita pour l'aider à la tirer et à l'appliquer au plus près de son visage. Dasie avait gagné en obésité et en importance : je ne me rappelais pas qu'elle eût tant d'assistants dans le pavillon de Kinrove. Elle se dirigea vers la porte d'un pas majestueux ; à peine l'eut-elle franchie que Fils-de-Soldat fit un geste agacé et qu'un jeune homme courut la fermer derrière elle. Une femme rajouta du bois au feu pour remplacer la chaleur qu'avait perdue la hutte.

« Crois-tu que c'était avisé ? » fit une voix chevrotante près de lui. Mon double se tourna vers Olikéa qui lui tendait une chope d'un breuvage fumant. Elle avait les yeux agrandis, et sa bouche tremblait, mais elle pinça les lèvres. Il prit la chope.

« Que pouvais-je faire d'autre ? marmonna-t-il, contrarié. Ce qu'il faut supporter, nous le supporterons ; ça ne durera pas éternellement. » Puis il demanda : « As-tu déjà vécu un appel ? Parle-m'en. »

Elle prit l'air grave puis s'exprima d'un ton circonspect qu'elle n'avait jamais employé avec moi. À l'évidence, sa relation avec Fils-de-Soldat était très différente de sa quasi-domination de Jamère. « Je regrette que tu ne m'aies pas posé cette question avant de conseiller à Dasie de les reprendre ; je t'aurais exhorté à essayer n'importe quoi d'autre avant de laisser Kinrove appeler à nouveau des danseurs dans notre clan.

— Raconte-moi seulement comment arrive l'appel », répliqua-t-il avec irritation, mais sa colère dissimulait la crainte qu'elle n'eût raison. Discret et silencieux, je me réjouis de ma capacité à lire ses émotions et à déchiffrer ce qu'il savait ; aussi petit qu'une tique et aussi indétectable, je m'accrochai à son esprit.

Lentement et avec réticence, Olikéa répondit : « Aussi loin que je me rappelle, l'appel a toujours fait partie de ma vie. Kinrove le lançait à chaque clan à tour de rôle ; comme il y en a douze, avec de la chance, il ne revenait sur nous que tous les huit ans à peu près. Il s'efforçait de ne pas lancer d'appel plus d'une fois par ans, du moins l'affirmait-il, mais en réalité c'était plus fréquent. Il devait toujours avoir des danseurs en nombre suffisant, et... » Elle s'interrompit puis poursuivit d'un ton amer : « et, quand ils mouraient à la tâche, il fallait les remplacer.

— Que se passe-t-il lors d'un appel ? » insista Fils-de-Soldat, mal à l'aise.

Elle détourna les yeux. « Personne ne sait quand ça va se produire. La magie s'abat sur chacun ; c'est comme quand on a faim ou sommeil : elle arrive et elle te tape sur l'épaule en te demandant si tu veux te joindre à la danse. Elle interroge tout le monde ; certains peuvent refuser. La dernière fois, j'ai dit non ; une partie de moi voulait accepter, mais une part plus importante n'en avait nulle envie. J'ignore pourquoi j'ai pu repousser la magie, mais j'ai réussi. » Elle se tut, le regard perdu dans les flammes de la cheminée, puis elle rétrécit les yeux et reprit d'une voix atone : « Ma mère n'a pas pu dire non. Elle nous a quittés pour participer à la danse de Kinrove.

— Elle est partie ? Comme ça ?

— Oui. » Olikéa s'assit dans le fauteuil de Dasie, le regard lointain et les bras couverts de chair de poule malgré la chaleur de l'âtre. Elle se frotta comme si elle avait froid. « L'appel est venu un soir d'été, il y a… ah ! Quatorze ans, je crois. Toute la famille était réunie autour du feu, ma mère nous chantait une ballade que Firada et moi adorions, à propos d'une fillette écervelée qui secoue un noisetier ; au milieu de la chanson, l'appel est survenu. Nous l'avons tous senti, comme un frisson glacé dans le dos, ou le picotement de la peau qui demande à ce qu'on la gratte, ou peut-être comme une soif – enfin, une sensation physique, non de l'esprit. Alors ma mère s'est levée, a commencé à danser et s'en est allée dans la nuit en dansant. Nous l'avons tous suivie des yeux, puis la magie s'est abattue sur moi ; petite fille, je n'ai pu que me pelotonner contre mon père en disant "Non, non, je ne veux pas danser, je ne veux pas partir." Il m'a fallu toute mon énergie pour refuser. L'appel a duré toute la nuit ; on aurait cru regarder le vent arracher une à une les feuilles d'un arbre : la magie soufflait sur tout notre clan, et certains tenaient bon tandis que d'autres se faisaient emporter. Nous les appelions, nous les suppliions de revenir, mais en vain. Un petit garçon qui ne devait pas avoir plus de deux ans a suivi en hurlant sa mère qui s'en allait ; elle ne s'est même pas retournée : elle ne l'entendait pas, ou bien elle avait oublié jusqu'à son existence.

— Et toi, as-tu revu ta mère ? » Fils-de-Soldat n'avait nulle envie de poser la question, mais il devait le faire, il le sentait.

Elle eut un grognement désabusé. « À quoi bon ? » Elle se pencha pour pousser dans le feu un brandon resté sur le côté, puis ajouta dans un murmure, comme si elle avouait une bêtise : « Une fois, je l'ai revue.

Quand Kinrove se déplace, ses danseurs le suivent. C'était pendant la migration d'automne, à l'époque où tous empruntent la voie cachée pour regagner la façade océanique des montagnes. Kinrove et les siens ont croisé notre clan, et ses danseurs le suivaient ; nous avons dû lui céder le passage. Il se donnait le titre d'Opulent des Opulents, et, avant que Dasie ne le place sous la menace du fer, il faisait ce que bon lui semblait. Donc tous s'écartaient pour le laisser passer, lui, son clan et ses danseurs ; moi, assise par terre, je regardais la procession quand j'ai vu ma mère. C'était affreux ; elle dansait la peur, et la peur sourdait d'elle comme la puanteur d'un poisson pourri ; elle avait les cheveux collés de crasse et elle n'avait plus que la peau sur les os, mais elle continuait de danser. Elle n'en avait sans doute plus pour très longtemps, mais, cet après-midi-là, au moins, elle dansait. Elle est passée devant Firada et moi, et pas un instant son regard ne s'est arrêté sur nous ; elle ne nous connaissait plus, elle ne se souvenait plus de nous. Elle n'était plus que sa danse, semblable aux esclaves dont les intrus se servent pour construire leur route ; mais eux au moins savent qu'ils sont esclaves. Elle n'avait même pas ça. »

Je sentis Fils-de-Soldat prêt à écarter négligemment ces propos, mais un peu de ma sensibilité prévalut, et il dit à mi-voix : « Cela m'attriste d'apprendre que tu as perdu ta mère dans ces circonstances.

— Ç'a été dur, oui, fit Olikéa dans un soupir. Firada et moi étions encore jeunes, et il nous restait encore beaucoup à apprendre sur notre statut de femmes du Peuple. Le reste de notre clan s'est occupé de nous – un enfant trouve toujours place auprès de la cheminée de tous – mais ce n'était pas pareil. J'écoutais les autres mères élever leurs filles, leur raconter des histoires de leur jeunesse ; Firada et moi avions perdu ces histoires au départ de notre mère. » Elle se tut un instant. « Je haïssais Kinrove ; à mes yeux, personne, pas même un Opulent, n'avait le droit d'exercer un tel pouvoir sur nous. Le jour où Dasie a pointé une épée sur lui et l'a forcé à libérer les danseurs, je l'ai détestée – non à cause de son geste, mais parce qu'il arrivait trop tard pour ma mère et moi. »

Fils-de-Soldat se posait-il la même question que moi ? Pourquoi, si ces hommes leur faisaient horreur à ce point, Firada et Olikéa avaient-elles cherché à devenir les nourricières d'Opulents ? Elle parut percevoir notre étonnement.

« Quand j'ai commencé à m'occuper de toi, je pensais créer un Opulent à moi, bien plus grand que Kinrove, plus grand aussi que Jodoli, car Firada, je le voyais bien, ne nourrissait pas la même ambition que moi ; j'avais l'espoir que tu surpasserais Kinrove pour devenir l'Opulent des Opulents, que tu trouverais un moyen de chasser à jamais les intrus et de mettre fin à la danse de Kinrove. » Elle hésita puis ajouta dans un murmure : « J'en ai même rêvé avant de te connaître, et j'ai cru que c'était la magie qui m'envoyait cette vision ; quand j'ai tâché de te rencontrer, je pensais obéir à sa volonté. »

Elle quitta son siège pour s'asseoir sur un coussin près du fauteuil de Fils-de-Soldat, et elle appuya la tête sur ma cuisse ; il se mit à lui caresser les cheveux. Que s'était-il passé entre eux pendant les mois qu'avait duré mon absence ? Le caractère d'Olikéa paraissait adouci et plus malléable.

« Et que crois-tu aujourd'hui ? » demanda-t-il sans brusquerie.

Elle soupira. « Je reste convaincue que la magie m'a envoyée à toi. Mais je vois désormais la situation sous un autre angle : à mon avis, je suis aussi engluée que toi dans le pouvoir, et il se moque de mes ambitions.

Je m'occupe de toi, je te sers, et toi tu t'occupes de la magie et tu la sers.

— J'ai dit que Kinrove devait envoyer un appel.

— Je t'ai entendu, oui.

— Il tombera sur notre clan.

— Ça aussi, je le sais. »

Il ne lui demanda pas ce qu'elle en pensait ni quels sentiments celui lui inspirait ; seul un Gernien eût posé cette question. Non, il attendit qu'elle décidât seule de sa réaction. Elle poussa un grand soupir. « J'aime ce que ton pouvoir me procure. Je redoute l'appel, mais je sais qu'il n'a jamais pris de nourricier, donc je n'ai rien à craindre. Je n'ai pas envie que quiconque de notre clan réponde à l'appel, et je n'aime pas que tu l'aies toi-même demandé ; mais c'était l'année pour notre clan de supporter l'appel, et, même si tu n'avais jamais existé, nous aurions dû en passer par là. Je ne te le reproche donc pas ; mais j'éprouve une honte secrète : suis-je capable de faire face à l'appel parce que la magie m'a tant donné grâce à toi que je me moque qu'elle s'empare de quelqu'un d'autre ? »

J'ignore comment réagissait Fils-de-Soldat à ces réflexions, mais c'est avec un malaise distinct que je songeais aux répercussions de mon intervention, que je voyais soudain comme le déclencheur d'une longue chaîne d'événements, avec des résultats que je n'eusse jamais pu calculer ni même imaginer. Était-ce cela, la magie ? Un incident qui se produisait à la suite d'une série de circonstances si complexes que nul n'eût jamais pu en prédire l'issue ? Était-ce cela, la force qu'on désignait sous le nom de « magie » ? La question s'agita dans mon esprit. Si l'on frappe un fusil contre un silex, la première fois qu'une étincelle jaillit, on croit à de la magie ; mais, quand on constate que l'étincelle jaillit à chaque fois, on ajoute l'événement à la liste de réactions que l'on peut obtenir du monde, et, peu à peu, cela devient notre science et notre technologie. Une étincelle sur de la poudre à canon fait exploser cette dernière ; un levier soulève toujours plus de poids que je ne peux en soulever seul. Mais la magie, me dis-je en suivant le fil d'une lente réflexion, la magie n'opère que quand cela lui convient ; comme un chien mal dressé ou un cheval cabochard, elle n'obéit que quand cela lui chante, et peut-être récompense-t-elle seulement ceux qui lui obéissent. Je ne sais pourquoi, cette idée m'effraya.

Une autre interrogation, plus insistante, me vint ; j'eus envie de l'imposer à Fils-de-Soldat mais m'en abstins : s'il se rendait compte que j'avais refait surface, il risquait de m'enfermer à nouveau, et, à cette seule idée, la lâcheté me submergeait. Je gardai donc ma question pour moi-même : Lisana avait-elle une image claire de l'avenir quand elle m'avait donné à la magie ? Le pouvoir s'était-il emparé de moi pour que Lisana me forme, ou bien Lisana m'avait-elle pris en pensant pouvoir me former à la magie ? Il me fallait brusquement une réponse claire à ces questions qui se multipliaient dans ma tête : qui, le premier, m'avait placé sur le chemin de la magie ? Dewara. Mais mon père ne l'eût jamais connu s'il n'avait pas détruit son pouvoir en lui logeant une balle de fer dans le corps ; cet incident relevait-il aussi de la volonté de la magie ocellionne ? N'étais-je qu'un maillon d'une chaîne d'événements si complexe que nul ne s'en rappelait le début ni n'en prévoyait la fin ? Et, si oui, où avait-elle commencé ? Finirait-elle jamais ?

Tandis que je réfléchissais ainsi, la vie continuait pour Fils-de-Soldat. Le soir était tombé et chacun se préparait au repos ; on avait débarrassé les plats, certains nourriciers avaient massé mon double avec des huiles parfumées et apaisantes, l'avaient essuyé puis lui avaient apporté une longue robe semblable à une chemise de nuit, tandis que d'autres apprêtaient son lit. Alors que naguère seule Olikéa s'occupait de lui, avec Likari pour l'assister, aujourd'hui plus d'une dizaine de serviteurs vaquaient autour de lui, sous la direction de l'Ocellionne dont l'attitude ne laissait pas le moindre doute sur sa position. L'enfant, lui, servait son maître de façon ostensible plus que réelle, petit compagnon plus que nourricier, mais nul ne paraissait s'en offusquer : l'Opulent appréciait manifestement sa présence, et l'on sentait entre eux une affection mutuelle.

L'agitation des préparatifs de la nuit retomba. Fils-de-Soldat était confortablement assis dans son lit, Likari dormait sur une paillasse à son pied, et Olikéa partageait la couche de mon double, chaude contre son dos. On avait soufflé les lanternes de la hutte, et la seule lumière provenait du feu dans la cheminée centrale, sur laquelle se découpait la silhouette d'un nourricier chargé de l'alimenter pendant la nuit ; plusieurs autres s'installaient sur des paillasses à l'autre bout de la salle. Dehors, il n'y avait pas un bruit, hormis le souffle du vent et le tapotis irrégulier de la pluie qui tombait plus des branches agitées par les rafales que du ciel. L'âtre tenait à distance le froid et l'humidité de l'hiver. Je crois que je n'avais jamais vu Fils-de-Soldat passer une nuit aussi douillette dans mon corps ; il avait le ventre plein, il avait chaud, et le danger se trouvait au loin, de l'autre côté des montagnes.

Je m'attendais à ce qu'il sombrât aussitôt dans le sommeil, mais non : il demeura éveillé longtemps après que la respiration de Likari et Olikéa fut devenue profonde et lente. Il était troublé. La part de lui-même qui se rappelait mes études à l'École savait qu'il devait tenir compte des nécessités de la situation : sa stratégie exigeait une danse puissante ; s'en dispenser reviendrait à renvoyer le tiers de ses troupes avant la bataille. La magie de Kinrove, toute de terreur et d'accablement, assaillait sans cesse Guetis, usait les soldats et sapait leur moral. Fils-de-Soldat ne doutait pas de son efficacité mais il redoutait l'appel et se demandait avec appréhension quand il viendrait. Il ébranlerait jusqu'aux fondations de son clan et de sa suite, c'était inévitable.

Il poussa un soupir. Il agissait pour le bien de son peuple et il était prêt à ce sacrifice, mais cherchait-il à protéger le Peuple et ses arbres des ancêtres ou bien se laissait-il mener par la formation militaire de Jamère Burvelle ? Un véritable Ocellion élevé parmi les siens supporterait-il un si grand sacrifice ? Certaines attitudes avaient infiltré sa façon de penser comme du venin dans son sang. Son choix était rationnel, il le savait, mais obéissait-il à la logique ocellionne ou gernienne ?

Lisana saurait lui répondre.

Je lui soufflai cette pensée, comme un murmure lointain à son oreille. Lisana pouvait le conseiller : elle lui avait permis d'accéder à la position de pouvoir et d'autorité qu'il occupait, elle lui avait enseigné tout ce qu'il savait sur le Peuple ; elle pourrait lui dire la place exacte qu'occupait en lui l'autre Jamère.

Malgré ma fatigue, j'entrepris de songer à elle ; j'évoquai mes souvenirs les plus vifs d'elle et me concentrai sur eux jusqu'à ce que j'aspire autant que mon double à la revoir. Comme il s'avançait vers le sommeil, j'alimentai son esprit à l'abandon d'images et de pensées d'elle, et ma tactique porta ses fruits : il se mit à rêver d'elle dans un songe où les détails sensoriels abondaient. Je l'y rejoignis puis, retenant un souffle que je ne maîtrisais pas, je nous poussai tous deux hors de son enveloppe physique pour entamer la marche-en-rêve.

Je mourais d'envie de me rendre auprès d'Epinie, et j'eusse voulu aussi parler à ma sœur pour savoir comment elle allait, mais je n'osais pas. Toutefois, je pouvais me concentrer sur Lisana, me raccrocher à mes souvenirs d'elle puis sortir des rêves de Fils-de-Soldat pour m'introduire dans les siens.

Je ne pense pas qu'elle dormait – elle n'en avait sans doute pas besoin –, mais je la retrouvai dans un monde où elle n'était pas la femme-arbre, liée pour toujours à son support et contrainte à une surveillance éternelle du pont de l'esprit. Elle se rappelait l'automne ; assise au flanc d'une colline, elle contemplait une vallée tapissée d'arbres, et, à travers la brume matinale, observait leurs frondaisons changeantes. La brise les traversait en soulevant un sillage de feuilles mortes qui dansaient.

« Combien d'automnes as-tu connus ? » lui demandai-je en m'installant près d'elle.

Elle répondit sans me regarder : « J'ai cessé de compter il y a longtemps. Celui-ci était un de mes préférés ; le petit bouleau, là en bas, avait assez grandi pour glisser une note jaune dans le rouge des aulnes.

— Les deux couleurs en étaient rehaussées. »

Je vis avec plaisir un léger sourire tirer le coin de ses lèvres. Elle se tourna vers moi, et ses yeux s'agrandirent. « Tu portes les marques du Peuple. »

Surpris, je baissai les yeux sur mes bras et mes jambes nus. Elle avait raison : les tachetures que Fils-de-Soldat avait appliquées par piqûres sur sa peau apparaissaient sur la mienne. Mais, au lieu de poursuivre sur ce sujet, je me surpris à dire : « Tu me manques affreusement ; tu n'imagines pas à quel point tu me manques. Il ne s'agit pas seulement de ton savoir ni de tes conseils, mais de ta présence, de ton contact. » Je lui pris la main ; elle était petite et potelée dans la mienne. Je me penchai pour respirer le parfum de ses cheveux. Quelques instants plus tôt, des mèches grises les striaient ; à présent, seuls quelques fils argentés couraient dans le châtain profond de sa chevelure. Elle ferma les yeux et, inclinant la tête vers moi, frissonna sous mon souffle.

« Comment peux-tu dire que je n'imagine pas combien je te manque ? murmura-t-elle. Tu te déplaces dans le monde vivant, tu jouis du réconfort des gens, de la compagnie d'autres femmes ; moi, je n'ai que mes souvenirs. Mais te voici avec moi maintenant ; j'ignore comment tu t'y es pris et je ne veux pas perdre le temps dont nous disposons en vaines interrogations. Ah, Fils-de-Soldat ! Reste avec moi rien qu'un moment ; laisse-moi te toucher, te serrer contre moi. J'ai peur que nous n'ayons plus d'autre occasion. »

Sans hésiter, je la pris dans mes bras et l'attirai contre moi. En Lisana seule, mes sentiments coïncidaient exactement avec ceux de Fils-de-Soldat. Je me moquais des circonstances qui nous avaient réunis, je me moquais que les souvenirs que j'avais de la naissance de notre amour ne fussent pas les miens. J'éprouvais un plaisir simple, agréable et vrai à l'embrasser, et l'affection que je ressentais pour elle n'exigeait nul effort de ma part. Je baisai ses lèvres souples puis enfouis mon visage dans ses cheveux avec le sentiment de rentrer enfin chez moi.

J'avais discrètement poussé Fils-de-Soldat à me laisser aller auprès d'elle, et j'avais réussi ; sans m'en rendre compte, j'avais aussi emporté avec moi des bribes de sa conscience. S'il me savait présent, il ne luttait pas contre moi ; peut-être croyait-il seulement rêver de sa bien-aimée. En tout cas, l'odeur, le goût et la chaleur de Lisana noyaient la question que je tenais tant à lui poser ; j'étais avec elle, et seul l'instant présent comptait.

Nous avions tous deux de vastes proportions, et notre accouplement n'avait rien de frénétique ni de sportif ; entre deux personnes comme nous, l'amour était une danse solennelle, majestueuse, un lent processus d'échange. Nous n'étions ni timides ni farouches, car notre démesure physique ne nous permettait pas de telles hésitations. Nous nous adaptions l'un à l'autre sans fausse pudeur, et, si la chair représentait parfois un obstacle, elle avait aussi un côté érotique, nous forçant à des mouvements maîtrisés, à des contacts réfléchis. Je me pressais contre ses cuisses larges et molles, et ses seins abondants formaient un coussin moelleux entre nous ; chacun guidait l'autre vers le plus grand plaisir, et je savourais l'excitation de Lisana aussi complètement que la mienne. En ces instants, je me rappelais par éclairs qu'elle avait été le professeur de mon double en ces matières et qu'il s'était appliqué à apprendre ses leçons. Tandis que je l'embrassais et l'aimais, je me délectais de la mollesse foisonnante de son corps ; du bout des doigts, elle suivait les tachetures de ma peau, et, à ce contact, je me réjouissais de m'être marqué comme un de ses semblables.

Les plus beaux émerveillements doivent s'achever. Un matelas de feuilles poussées par le vent avait servi de couche à nos ébats, et nous étions à présent étendus parmi elles. Lisana avait les yeux fermés, mais son sourire me disait qu'elle n'avait nulle envie de dormir ; elle savourait notre plaisir commun, la chaleur du soleil atténué de l'automne et même le vent taquin qui la faisait frissonner. Je ris de la voir tressaillir comme un chat dont on effleure le pelage, et elle ouvrit les yeux, poussa un soupir et porta ma main à ses lèvres pour l'embrasser à nouveau ; ma paume contre la bouche, elle dit doucement : « Une belle idée m'est venue l'autre jour ; veux-tu l'entendre ?

— Naturellement.

— Mon tronc est à terre, comme tu le sais, mais un baliveau en repousse grâce auquel je me redresse.

— Je sais. Oh, mon amour, je regrette tant de…

— Chut ! Nous en avons bien assez parlé. Écoute : le sommet de l'arbre qui m'abritait jadis s'est enfoncé dans la terre en tombant, et j'ai senti un mouvement à cet endroit : un second arbre va s'élever de mon ancien tronc ; je le sens pousser, relié à moi. Moi et non moi à la fois.

— Comme moi », dis-je. J'avais déjà compris où menait son propos, et je m'en réjouissais d'avance.

« Quand tu mourras », ajouta-t-elle lentement, sans malice, car la mort n'avait pas pour elle ni Fils-de-Soldat le même sens que pour un Gernien.

Je repris le fil de ses paroles. « Quand je mourrai, on me transportera jusqu'à ce nouvel arbre. J'y veillerai, Lisana : cet arbre et nul autre. Alors nous serons réunis pour toujours. Ah, qu'il me tarde d'y être !

— Oh, ne sois pas trop pressé ! me gourmanda-t-elle. Tu dois achever la mission de la magie. Maintenant que tu ne fais plus qu'un, tu réussiras certainement. Mais si tu devais mourir avant de terminer ta tâche… (elle s'interrompit et son sourire pâlit sous l'effet de l'effroi) … si tu devais mourir avant d'avoir chassé les intrus et protégé le val des ancêtres, je crains que notre réunion ne dure pas. » Elle se tut et soupira : elle savait qu'elle laissait les soucis du monde extérieur empiéter sur le peu de temps que nous avions.

— Je perçois des changements, reprit-elle, mais nul ne vient m'apprendre ce qui se passe. Le pouvoir de Kinrove s'est éteint, je suppose ; quand sa danse a cessé, on aurait dit qu'un grand vent s'était brusquement arrêté de souffler. J'avais presque oublié le silence de notre vallée quand la paix l'emplissait, et, pendant quelque temps, trop brièvement, je m'y suis abreuvée comme on se désaltère d'eau fraîche après la sécheresse. Je pensais que tu avais résolu l'énigme de ta magie, que tu savais ce que tu devais faire de ton pouvoir, et je me suis autorisée à savourer la paix revenue dans la vallée de nos ancêtres. Mais cela n'a pas duré.

— La danse a repris, dis-je.

— Vraiment ? » Elle parut étonnée. « Dans ce cas, je ne l'ai pas senti. Non, il y avait d'autres sortes de perturbations. » Elle baissa les yeux sur sa main que je serrais toujours et soupira encore une fois. « Ces Gerniens sont résistants ; ils me rappellent certaines plantes qui, abattues et tronçonnées, n'en continuent pas moins à émettre des racines et à fabriquer des feuilles. Deux jours après l'arrêt de la danse, j'ai perçu leur présence à l'orée de la forêt ; le lendemain, ils chassaient sous les arbres, et, deux jours plus tard, ils avaient rassemblé leurs esclaves et les avaient remis au travail malgré la neige sur le sol. Ces pauvres créatures vont quasi nues comme des grenouilles dans le froid ; mais je suppose que leurs efforts les réchauffent. Ils ont déjà commencé à détruire une partie de la barrière que ta magie avait dressée.

— Sans ma participation, en majorité », dis-je, et, de nouveau, je sentis que Fils-de-Soldat s'exprimait par ma bouche. Je le laissai faire : j'entendais enfin ce que je désirais le plus apprendre – cela ne me plaisait pas, mais j'avais besoin de le savoir. L'instant suivant, cela me plut encore moins. « Jamère a gaspillé la magie que j'avais récoltée à grand-peine. Tout le pouvoir que j'avais récupéré du Fuseau, disparu en trois battements de cœur ! Je n'arrive encore pas à y croire. »

Elle se tut un instant puis elle enchaîna : « Moi non plus. Ah, Fils-de-Soldat, approchons-nous de la solution ? As-tu bientôt achevé ta mission ? »

Il lâcha sa main potelée pour crisper les poings. « C'est précisément le problème, Lisana : j'ai fait tout ce que je devais faire pour la magie ; j'ai exécuté tous ses ordres, j'ai donné le caillou, j'ai arrêté le Fuseau, j'ai gardé le livre puis je l'ai abandonné – j'ai tout fait, mais la magie n'opère pas, et je ne sais plus ce qu'elle attend de moi. Seules ces trois missions m'apparaissaient clairement, et je les ai accomplies. Quand j'obéis à ses instructions et qu'elle ne réagit pas, que dois-je faire ? »

Le silence régna un long moment entre eux. Allongé avec Lisana sur le lit de feuilles, il jouissait du contact de son corps, mais cette douce proximité ne le libérait pas de son tourment. Enfin, elle demanda dans un murmure : « Quelles sont tes intentions ? »

Il avait ramassé une feuille rouge et la contemplait ; il l'écrasa dans son poing et laissa tomber les miettes. « J'ai imaginé de rassembler une grande quantité de magie et de m'en servir pour unir tout le Peuple sous les ordres d'un seul Opulent ; alors, je pourrai faire mouvement contre les Gerniens d'une façon compréhensible pour eux. J'ai étudié dans leurs écoles, je sais comment les Canteterriens ont chassé les Gerniens de leur pays et l'ont récupéré, et je me suis dit que ce qui avait fonctionné une fois pourrait bien fonctionner une deuxième fois ; ils doivent nous voir comme de puissants combattants dotés d'armes qu'ils ne peuvent copier ni vaincre.

— De puissants combattants ? »

Il se frotta le visage des deux mains. « Te rappelles-tu l'histoire que tu m'avais racontée, à propos des enfants et de l'ours ? L'ours voulait s'emparer des poissons que les enfants avaient pêchés, et ils savaient que, s'ils s'enfuyaient, l'animal les poursuivrait et les tuerait.

— Alors ils ont déployé leur manteau devant eux pour donner l'impression d'une bête plus grande que l'ours, ils ont crié et lui ont jeté des pierres en courant vers lui. Et il a décampé.

— Exactement, dit Fils-de-Soldat. Si nous parvenons à leur apparaître comme une force plus considérable qu'elle ne l'est réellement, si nous pouvons leur opposer une armée plus grande et plus puissante que ce qu'ils attendent, ils tourneront peut-être les talons.

— Ça prendrait du temps. Kinrove a passé des années à s'efforcer de réunir le Peuple, et, malgré tout son pouvoir, il a échoué.

— Et je n'ai pas de temps à perdre. La jeune Opulente, Dasie, m'a forcé la main ; c'est elle qui a détruit la danse de Kinrove pour libérer notre peuple. Lisana, elle, a introduit le fer parmi nous, elle s'en est servie pour plier un Opulent à sa volonté et elle m'en a menacé si jamais je tentais de m'opposer à elle. Je n'ai d'autre solution que m'efforcer d'adapter mon plan à sa présence ; elle est la « reine » que les intrus affronteront, et je lui ai dit qu'il fallait permettre à Kinrove de reprendre sa danse ; sans sa magie, nous n'avons aucune chance de réussir contre les intrus. »

Elle le regardait fixement, et ses yeux s'agrandirent soudain d'effroi. « Tu vas les attaquer ?

— Oui. » Le ton âpre sur lequel il avait répondu disait clairement qu'il ne le souhaitait pas mais qu'il s'y contraindrait. « Dès que nous serons prêts. Kinrove va lancer un appel pour rétablir sa danse ; j'ignore combien de temps il lui faudra pour restaurer sa magie, mais elle devra opérer quelque temps sur les Gerniens avant que nous lancions l'assaut : les hommes se battent mal avec le moral bas. »

Elle se tourna vers lui et le dévisagea, mais je sentais que c'était moi qu'elle cherchait dans ses yeux ; elle confirma aussitôt cette impression. « Ça, tu ne l'as pas appris de moi, Fils-de-Soldat ; ça vient de Jamère et de son école de l'ouest. J'en viens presque à regretter que tu l'aies absorbé. »

Il partit d'un rire dur. « En effet, ça vient de lui ; nous emploierons leurs propres tactiques contre eux. »

Elle prit une expression stupéfaite. « Comment peut-on vaincre l'ennemi si l'on devient l'ennemi ? Ce n'est pas notre façon de procéder, Fils-de-Soldat, ni celle de la magie. Ne prétends pas que c'est elle qui te pousse à agir ainsi. »

Il la regarda puis se détourna. Je sentais une tension monter en lui, et il répondit d'une voix cassante : « Non ; je te l'ai dit, ce n'est pas la stratégie de la magie, c'est la mienne ; c'est la seule option qui me reste quand j'ai exécuté tous ses ordres sans aucun résultat. J'ai passé je ne sais combien de nuits blanches à réfléchir, à tourner en rond à en attraper la migraine. Si la magie refuse de me dire ce qu'elle attend de moi, c'est sans doute parce que je sais déjà ce que je dois faire ; dans ce cas, pourquoi m'a-t-elle choisi ? Parce qu'elle avait prévu que j'irais à l'École, que j'apprendrais l'art militaire et que je pourrais alors me servir de ces connaissances contre les intrus.

— Que vas-tu faire ? » demanda-t-elle avec appréhension.

Il s'écarta légèrement d'elle. Une part de lui-même avait honte, mais il répondit d'un ton décidé : « Ce qu'il faut.

— Dis-moi tes intentions, fit-elle d'une voix tendue.

— Ça ne va pas te plaire.

— À toi non plus, ça ne plaît pas ! Je le sens ! Mais tu mettras ton plan à exécution ; et dans ce cas tu peux me le révéler. »

Il s'assit à l'écart de Lisana, et je compris alors combien lui répugnait la mission qu'il s'était assignée : il ne pouvait en parler tout en serrant contre lui la femme qu'il aimait. « Je vais les attaquer tout comme ils ont eux-mêmes attaqué tant d'autres peuples.

— Sans avertissement ?

— Ils en reçoivent depuis des années et ils n'y prêtent pas attention. Et puis je ne dispose pas d'une force assez considérable pour me permettre de leur envoyer des sommations. Alertés, ils risqueraient de résister, voire de nous battre. Donc, oui, je les attaquerai sans crier gare.

— Où ? demanda-t-elle vivement, résolue à entendre le pire. Pendant qu'ils travaillent à la route ? T'en prendras-tu aux esclaves, ces malheureux sans arme et en haillons ? »

Il se détourna de nouveau et contempla la vallée. « Non, dit-il d'une voix où ne résonnait plus que la mort. Nous attaquerons la ville et le fort, de nuit, alors qu'ils dormiront dans leurs lits. » Il regarda Lisana avant qu'elle eût le temps de poser sa question suivante. « Tous ; tous ceux que nous pourrons tuer. La force dont je dispose ne me permet pas la clémence. »

Un long silence s'ensuivit. « Et quand comptes-tu passer à l'action ? demanda-t-elle enfin.

— Dès que nous serons prêts, répondit-il d'un ton glacial. Avant la fin de l'hiver, j'espère ; le froid et l'obscurité joueront pour nous.

— Elle sera encore enceinte, ou bien en relevailles, avec un nouveau-né au sein. »

À ces mots, Fils-de-Soldat se figea intérieurement, m'immobilisant aussi. Lentement, très lentement, je compris que Lisana parlait d'Epinie. Je m'efforçai en vain de calculer le temps qui avait passé ; avait-elle déjà accouché ?

Mon double répondit à une question qu'elle n'avait pas posée. « Je ne peux pas me préoccuper de ces détails ; lui-même ne se souciait pas de ce qui nous arrivait quand il me dominait.

— En es-tu certain ?

— Regarde ce qu'il t'a fait ! s'exclama-t-il avec une colère qu'il avait amassée depuis longtemps.

— Il ne m'a pas tuée, répondit-elle à mi-voix.

— Il a bien failli !

— Mais il ne m'a pas tuée, répéta-t-elle. Et il a tenté de mettre un terme à l'abattage des arbres des ancêtres.

— Il n'y a guère réussi.

— Mais il a essayé.

— Ça ne suffit pas.

— Et il t'amène à moi aujourd'hui, alors que tu ne peux venir par tes propres moyens.

— Quoi ? »

Elle pencha la tête. « Tu l'ignorais ? Tu ne sens donc pas qu'il te maintient auprès de moi ? Je croyais que vous aviez conclu une trêve. Si Jamère n'avait pas tendu son esprit vers moi, nous ne nous toucherions pas.

— Il... Il est ici ? Il nous surveille ! Il espionne mes plans ! »

Il porta un coup brutal à ma présence, et, l'espace d'un instant, il n'y eut plus que le silence et les ténèbres.

« Non ! » criai-je sans voix, et je contre-attaquai avec une violence qui dépassait de loin toute confrontation physique que j'eusse connue ; je ne saurais exprimer l'horreur que m'inspirait l'idée de me retrouver enfermé encore une fois. « J'aime mieux mourir ! J'aime mieux cesser d'exister ! Je préfère encore que nous cessions d'exister tous les deux ! » Je m'agrippai à sa conscience pour l'empêcher de se débarrasser de moi ; il tenta de l'arracher à ma poigne, mais je me détournai brusquement de Lisana et le coupai d'elle. Alors il se redressa d'un bloc dans son lit, privé d'elle, et jeta des regards effarés dans l'obscurité.

« Non ! » s'exclama-t-il à son tour, réveillant ses nourriciers. Allongée près de lui, Olikéa s'assit, effrayée. « Jamère ? Qu'y a-t-il ? Tu ne te sens pas bien ?

— Non ! Laissez-moi ! Laissez-moi tous ! » Il n'avait surtout pas envie des caresses d'Olikéa, et il ne supportait pas les regards inquiets des serviteurs qui s'étaient précipités à ses côtés.

« Dois-je allumer les lampes ?

— A-t-il faim ?

— Souffre-t-il de la fièvre ?

— Un cauchemar ; ce n'était peut-être qu'un cauchemar ? »

Je compris alors combien son rôle d'Opulent lui laissait peu d'intimité ; des mains intrusives lui touchaient le front et le cou en quête de signes de fièvre ou de rhume, et partout on allumait des lampes. Je profitai de sa distraction pour affermir ma prise sur sa conscience. « Tu ne m'évinceras pas, lui dis-je ; je ne te laisserai pas faire. Et, je te le jure, tant que tu me repousseras et que tu essaieras de m'enfermer, je t'interdirai de voir Lisana. Je te la cacherai. Ce corps était le mien et tu ne m'en jetteras pas dehors. Nous allons devoir trouver un terrain d'entente, et tout de suite.

— Laisse-moi tranquille ! » hurla-t-il à nouveau, et je n'eusse su dire s'il s'adressait à Olikéa ou à moi. Tous les nourriciers reculèrent, saisis ; l'Ocellionne parut vexée mais reporta sa mauvaise humeur sur eux.

« Écartez-vous ! Ne l'importunez pas. Il a seulement crié en dormant ; laissez-le se rendormir et cessez de l'embêter ! » Elle leur donna des tapes sur les mains jusqu'à ce que, mal réveillés et désorientés, ils reculent et regagnent leurs paillasses. Le soulagement de Fils-de-Soldat ne dura pas, car Olikéa le prit dans ses bras. « Recouchons-nous », dit-elle.

L'étreinte de l'Ocellionne lui semblait malvenue, et il s'en dégagea sans douceur. « Non. Rendors-toi ; moi, j'ai besoin de réfléchir un moment seul. » Et, se tournant dans le lit, il posa les pieds par terre ; fermement accroché à sa conscience, je me rendis compte à quel point cette attitude détonait chez un Opulent. Il se leva, se dirigea vers la cheminée, et, au nourricier chargé d'entretenir les flammes, il dit d'un ton brusque mais non dépourvu de bienveillance : « Va dormir ; je m'occuperai un moment du feu. »

Le malheureux se redressa, l'air un peu égaré, en se demandant s'il avait déplu à l'Opulent, et gagna docilement une paillasse vide à l'autre bout de la pièce. Fils-de-Soldat tira son vaste fauteuil plus près de l'âtre et s'y installa ; allongée sur le flanc dans le lit, Olikéa ne le quittait pas des yeux. Il plongea le regard dans les flammes.

« Que veux-tu ? » Il ne s'adressait qu'à moi et ne prononça pas ces mots à voix haute.

« Ne pas disparaître. » Je souhaitais bien davantage, mais il fallait commencer par là.

Il se gratta la tête comme pour y enfoncer la main et m'en arracher. Le contact me parut étrange : jamais je n'avais porté les cheveux aussi longs. « Je veux voir Lisana, rétorqua-t-il.

— Nous trouverons peut-être un accord sur ce terrain – mais seulement si j'ai le droit de rendre visite à Epinie.

— Non ; tu la mettrais au courant de mes plans.

— Évidemment ! Ce que tu projettes est criminel.

— Pas plus que la route.

— C'est exact. » Mon acquiescement me surprit moi-même, et il dut laisser mon double pantois, car il se tut un moment. « J'ai tenté d'arrêter la construction de la route, dis-je.

— Peut-être, mais tu as échoué.

— Pour autant, un massacre n'est pas la seule solution qui te reste.

— Indique-m'en une autre, alors.

— Tu peux parler, négocier.

— Tu as déjà essayé ; sans un carnage préalable, personne ne discutera avec nous sérieusement. »

Comme je ne trouvais rien à répondre sur-le-champ, il poussa son avantage. « Tu le sais bien ; rien d'autre ne marchera.

— Il doit y avoir un autre moyen.

— Dis-moi lequel et je le tenterai. Tes piètres négociations n'ont rien donné, la danse de Kinrove les tient en respect mais ne fait que reculer l'échéance, la magie n'a débouché sur rien ; que dois-je faire, Jamère ? Laisser la route avancer ? Laisser couper les arbres des ancêtres, y compris celui de Lisana ? Laisser les Gerniens détruire tout ce qui nous constitue ? Est-ce cela que tu veux ? Olikéa transformée en prostituée, Likari obligé de mendier pour se payer son tabac ?

— Non, ce n'est pas ce que je veux. »

Il inspira profondément. « Ah ! Apparemment, il y a au moins quelques points sur lesquels nous sommes d'accord.

— Et beaucoup qui nous séparent. »

Il ne répondit pas ; comme son silence durait, je finis par comprendre qu'il ne savait pas plus que moi ce que nous allions devenir.

Nous passâmes le reste de cette longue nuit le regard perdu dans le feu, à la recherche de réponses qui n'y étaient pas.

5

L'appel

À l'aube, nous nous étions résignés, je pense, à ce qui eût dû nous apparaître comme l'évidence dès le début : nous étions indissolublement liés. L'un pouvait dominer l'autre quelque temps, mais aucun ne se soumettrait de son plein gré. Nos loyautés s'opposaient, mais au moins Fils-de-Soldat pouvait se rassurer : je ne souhaitais pas la mort de son peuple ni de son mode de vie.

Je n'avais nul réconfort similaire sur quoi me rabattre, et, en cela, mon double était plus le fils de mon père que moi : il voyait dans son plan une nécessité militaire, l'unique solution pour refouler les intrus loin des arbres des ancêtres. Je ne disposais que d'une seule arme pour l'empêcher de le mettre à exécution : sans moi, il ne pouvait rejoindre Lisana – arme bien peu efficace, me semblait-il, mais je n'en avais pas d'autre. Nous nous tenions donc ensemble, deux hommes enfermés dans un même corps, chacun doté d'une aptitude dont l'autre avait absolument besoin.

Il poussa l'audace jusqu'à tenter de m'acheter. « Ne me combats pas, c'est tout ce que je te demande ; en échange, lorsque nous négocierons la paix, je m'arrangerai pour qu'on confie aux Burvelle le commerce avec les Ocellions. Hein ? Réfléchis-y. Ça représenterait un monopole juteux pour la famille. »

Je gardai le silence, offusqué qu'il osât seulement proposer de marchander ainsi la vie d'Epinie, de Spic, d'Amzil et des enfants, de me soudoyer pour fermer les yeux sur sa trahison.

Il perçut ma colère, et la honte l'envahit. La honte ne fait de bien à personne ; elle suscite la fureur aussi souvent que les regrets, et Fils-de-Soldat éprouvait les deux. « Je voulais seulement te faire comprendre que je désire t'épargner cette épreuve ; Yaril est ma petite sœur à moi aussi, et j'aimerais voir notre famille prospérer.

— Je refuse de fonder sa fortune sur le sang de mes compatriotes. Et aurais-tu oublié qu'Epinie est ma cousine, qu'elle fait partie de notre famille et que je la considère comme une sœur ? Et Spic aussi est comme un frère ; ça ne compte pas pour toi ? »

Je sentis qu'il s'endurcissait. « J'agirai selon ma conscience.

— Moi aussi », répliquai-je, buté.

Le silence tomba entre nous, mais mon double ne tenta plus de m'exclure.

Quand la maigre lumière grise de l'hiver pénétra par les fentes des volets, il se leva. Une nourricière vigilante se réveilla, mais, d'un geste impatient, il lui fit signe de se recoucher, et elle obéit, docile comme un chien. Malgré sa masse, Fils-de-Soldat savait se déplacer sans bruit ; il trouva un immense châle, aussi grand qu'une couverture, se le drapa sur les épaules, et sortit à la rencontre du jour.

Il avait venté et neigé pendant la nuit, mais la tempête s'était essoufflée et le soleil réchauffait l'air ; la neige ne tiendrait pas. Une brise légère faisait bouger les branches hautes des arbres autour de la hutte de

Lisana, et des gouttes s'écrasaient lourdement au sol sous les rafales sporadiques. Au loin, un corbeau croassa et un autre lui répondit.

À mes yeux, la zone qui entourait la hutte avait changé ; Fils-de-Soldat n'y prêta nulle attention, mais ce nouvel aspect me déplut fort : la paisible dignité de la forêt n'existait plus. L'hiver était passé par là, et une mince couche de neige gelée couvrait le sommet des buissons bas et saupoudrait la mousse à l'écart des chemins, descendue des hauteurs des arbres pour former un motif inégal sur le sol, image négative des frondaisons. Mais, au milieu de ce paysage ravissant, des sentiers avaient été ouverts dans la mousse et les fougères, et on avait cassé des branches pour accéder facilement de la piste au ruisseau ; de part et d'autre de la hutte de Lisana, d'autres abris, moins solides, avaient été construits, et leur aspect trop neuf détonait au milieu de la forêt antique. Comme toujours lorsque des humains s'installent quelque part, leurs détritus abondaient, et dans l'air flottaient des odeurs de fumée et de cuisine. Fils-de-Soldat se dirigea vers une fosse creusée derrière les huttes, se soulagea puis se rendit au bord du ruisseau. Dans les arbres, un écureuil poussa des cris furieux, puis un autre l'imita. Mon double s'arrêta et regarda en l'air pour voir ce qui les alarmait.

Une créature se posa parmi les branches supérieures, une créature lourde, car elle dérangea des gouttes de pluie accrochées aux feuilles, qui en tombant en délogèrent d'autres en dessous, ce qui occasionna une cascade de gouttelettes sur le sol de la forêt. Fils-de-Soldat plissait les yeux pour tenter de distinguer ce qui l'avait provoquée. Pour ma part, je pensais le savoir déjà, et mon cœur se serrait d'angoisse.

« Orandula, dis-je au fond de son esprit. Le dieu de la mort ; le dieu de l'équilibre. »

Il se dévissait le cou pour scruter le sommet des arbres, et j'aperçus brièvement un plumage noir et blanc entre les branches. Une nouvelle averse tomba lorsque l'oiseau changea de position, et Fils-de-Soldat évita les gouttes.

« Pourquoi le dieu de la mort est-il aussi celui de l'équilibre ?

— J'ignore pourquoi il est le dieu de quoi que ce soit, répondis-je d'un ton revêche. Ne lui parle pas.

— Je n'en ai pas l'intention. »

Le dieu se laissa choir brusquement et, les ailes déployées, il se posa lourdement près de la berge du ruisseau ; simple oiseau, il s'approcha de l'eau en se dandinant et courba son cou sinueux pour boire. Fils-de-Soldat fit demi-tour et reprit le chemin de la hutte de Lisana. Un sinistre pressentiment m'étreignit.

Je n'avais pas encore atteint la porte de la hutte quand l'appel arriva. J'ignore à quoi je m'attendais, mais non à ce simple besoin de rester quelques instants de plus dans la lumière d'un matin d'hiver. Le vent agita les arbres, un oiseau cria, et les gouttes détachées de feuilles s'écrasèrent par terre ; en réaction, je fis un pas de côté, sautillai sur place, me retournai et revins sur le chemin. J'éprouvais un bien-être merveilleux.

J'entendis alors un son qui différait des bruits ordinaires de la forêt et pourtant en participait, rythme doux et grave dont je ne percevais pas la source, mais dans lequel mes pas se glissèrent aisément. Comme le tempo accélérait, mon plaisir s'accrut aussi ; j'avais oublié quel bonheur c'était de danser – à moins que je ne l'eusse jamais connu. Mais peu importait. Me croyais-je obèse et maladroit ? Quelle idée ridicule ! Mon poids ne comptait pas : il y avait une danse en moi qui se faisait soudain connaître, faite pour moi, à moins que je ne fusse fait pour elle, et que je voulais danser à jamais, jusqu'à la fin de mes jours.

Autour de moi, d'autres danseurs sortaient des huttes, mais je les remarquais à peine ; je n'avais quasiment plus conscience de partager mon corps avec Fils-de-Soldat. Était-ce lui ou moi qui commandais à nos pieds de bouger ? Peu importait. Ma danse m'emportait, et quelle jouissance c'était de danser par un si beau matin ! Je m'inclinais, je tournais, et j'avais parcouru une dizaine de pas sur le chemin quand un cri horrifié s'éleva derrière moi.

« Non ! Non ! Ne te laisse pas aller ! Résiste ! N'entre pas dans la danse de Kinrove ! Refuse-la. Cesse de bouger, plante les pieds sur la terre. N'entre pas dans la danse ! »

Ces mots me firent l'effet d'une douche glacée. Fils-de-Soldat tressaillit violemment puis, par un grand effort de volonté, se libéra de la danse en suivant les instructions d'Olikéa : il planta mes pieds sur la terre et me contraignit à me figer. C'était plus difficile que cela n'en a l'air : la danse scintillait autour de moi et m'assurait que, même immobile, je dansais ; ma respiration était la danse, mon cœur battant était la danse, le vent du matin était la danse, même les gouttes d'eau qui tombaient des arbres sur mon visage étaient la danse. L'appel me parlait, suave ; il me disait que je n'avais besoin de rien d'autre, que je ne désirais rien d'autre. N'aspirais-je pas à une existence plus simple, libre de soucis et de corvées ? Il me suffisait d'aller à lui.

J'ignore comment Fils-de-Soldat parvint à résister ; moi, je n'y arrivais pas. Je ne voulais que danser, mais il se pencha en avant par-dessus mon ventre, les mains sur mes cuisses, et, les yeux sur mes pieds, leur commanda de cesser de bouger. J'entendis Olikéa continuer à crier ; quelqu'un passa près de moi avec des cabrioles de bonheur ; un autre, moins bien disposé, s'exclamait avec colère, mais s'éloigna néanmoins en dansant. Vaguement, je percevais les cris du croas qui, alors que l'oiseau s'envolait, s'atténuèrent jusqu'à rappeler un homme en train de rire – ou de s'étrangler.

Je passai la plus grande partie de cette matinée à résister à la danse. Je ne me doutais pas que l'appel fût aussi insistant ni qu'il durât si longtemps. Certains qui avaient d'abord tenu bon finirent par céder et s'en allèrent en cabriolant. Olikéa continuait de lancer ses mises en garde à intervalles réguliers. Fils-de-Soldat lui jeta un coup d'œil et vit qu'elle s'était attachée à un arbre et s'y accrochait de toutes ses forces.

J'avais connu l'été dans la prairie, alors que les insectes stridulaient constamment, du matin au soir, au point qu'on finissait par ne plus les entendre ; puis ils se taisaient brusquement, et l'on se rappelait que le silence existe.

J'eus la même impression quand l'appel cessa. Pendant un long moment, j'éprouvai une sensation de vide non seulement dans les oreilles mais aussi dans les poumons et le ventre. Fils-de-Soldat vacilla et poussa un gémissement de douleur quand un picotement brûlant envahit mes jambes restées trop longtemps inactives. Il se redressa, mais la tête lui tourna un long moment, et je craignis qu'il ne tombât ; il respira à fond plusieurs fois et le monde retrouva soudain sa stabilité. Je sus qu'il était redevenu lui-même quand la faim m'assaillit brutalement ; midi approchait, et il n'avait rien mangé ni bu depuis la veille au soir. « Olikéa ! » cria-t-il avec un sentiment d'urgence.

Elle ne répondit pas. Fils-de-Soldat parcourut les alentours du regard, l'esprit un peu plus clair ; plusieurs de ses nourriciers gisaient par terre : résister à l'appel les avait vidés de leurs forces. Olikéa, toujours attachée à l'arbre, pleurait, effondrée sur ses liens ; elle agrippait le tronc comme un enfant s'accroche à sa mère. « Non, répétait-elle d'une voix entrecoupée de sanglots. Non, non, non ! Je ne veux pas que ça recommence. Je ne veux pas que ça recommence ! »

Fils-de-Soldat se rendit auprès d'elle aussi vite qu'il le put, et je m'étonnai de la faiblesse dans laquelle le mettait une seule matinée de jeûne. À l'évidence, mon métabolisme avait changé sous sa domination. Il lui toucha l'épaule avec une douceur qu'il n'avait pas la veille. « Tout va bien, Olikéa ; je suis là ; je ne me suis pas abandonné à la danse. »

Elle lâcha le tronc pour plaquer ses mains sur sa bouche et se mit à se balancer d'avant en arrière, folle de douleur. « Likari ! fit-elle enfin. Likari est parti ! J'ai essayé de le retenir, mais il s'est dégagé et il s'en est allé en dansant. Et moi je n'arrivais pas à défaire mes nœuds. Un grand oiseau l'a suivi en croassant, comme si lui non plus ne pouvait pas résister à l'appel. Oh, Likari, Likari, pourquoi ne t'ai-je pas attaché aussi hier soir ? Je ne pensais pas que l'appel viendrait si vite, et j'avais toujours entendu dire qu'il ne concernait pas les nourriciers ; je croyais que nous n'avions rien à craindre. Oh, Likari, je croyais que tu n'avais rien à craindre ! En principe, un nourricier est à l'abri des appels de la danse ! »

Fils-de-Soldat resta paralysé d'horreur, tout comme moi. Un vide effrayant se creusa en nous, une souffrance qui nous évida tous deux puis remplit cet abîme d'un sentiment de culpabilité. Likari, mon petit nourricier, arraché à moi par l'appel qu'avait exigé Fils-de-Soldat ! Et l'oiseau qui le suivait ? Orandula, le dieu de l'équilibre, qui tenait sa promesse ou sa menace. S'emparait-il de la vie de l'enfant, pour apurer ma dette, ou bien de sa mort ? Cela ne changeait rien au résultat : Likari était parti. Quel fou avait été Fils-de-Soldat !

Dasie l'avait prévenu, et, même sans elle, l'histoire d'Olikéa sur l'enlèvement de sa mère eût dû suffire à l'avertir du danger. Il avait autorisé Kinrove à envoyer son appel à son propre clan, il l'y avait encouragé, non, il l'avait exigé. Il regarda les autres nourriciers qui commençaient à se relever ; il connaissait leurs noms, et quatre avaient disparu : Eldi, Hurstan, Nofore et Ebt. De combien d'autres notre clan avait-il été dépouillé ? Combien d'autres pleuraient comme Olikéa ? Comme lui-même pleurait ?

De nouveau, l'Ocellionne se laissait aller contre ses liens, long châle tissé de fil moelleux qu'elle avait attrapé au vol en sortant de la hutte ; elle avait tant tiré dessus que le nœud formait désormais une boule compacte de fibre, et, pas plus qu'elle, Fils-de-Soldat ne parvint à le défaire.

« Qu'on m'apporte un couteau ! » lança-t-il par-dessus son épaule, indûment furieux que nul n'y eût déjà pensé. Il s'efforça de se calmer en songeant que les nourriciers étaient sans doute aussi désorientés et accablés de chagrin que nous, mais rien n'y fit ; Likari n'était plus là, et c'était sa faute. « Je vais le suivre et je le ramènerai », promit-il à Olikéa, qui, effondrée dans ses liens, regardait au loin d'un air absent, le visage inexpressif. « Écoute-moi, Olikéa. Je vais le chercher, et tout ira bien ; ce soir il sera parmi nous près de la cheminée. »

Sempayli apporta une épée de bronze et s'en servit pour trancher le tissu résistant ; Fils-de-Soldat se réjouit de voir que ce nourricier lui restait. Quand le nœud céda, Olikéa s'écroula par terre et ne bougea plus. « Transporte-la dans la hutte », ordonna mon double à Sempayli, et l'homme la souleva comme si elle ne pesait rien. Fils-de-Soldat le suivit et le regarda déposer l'Ocellionne sur mon lit. « Sempayli, à boire et à manger », dit-il, laconique, avant de s'asseoir près de la femme toujours inerte.

« Olikéa, as-tu entendu ce que j'ai dit ? »

Seule la bouche de l'Ocellionne bougea, comme si le reste de son visage était paralysé. « Tu ne peux pas le ramener ; il s'est donné à la danse, il y a couru, il le voulait. Tu ne le reprendras pas ; la danse l'aura tué avant la fin de l'hiver. N'as-tu pas vu son expression, la magie qui brûlait en lui comme une torche ? Elle le consumera de l'intérieur. Likari ! Likari ! »

Fils-de-Soldat prononça alors des paroles stupides, les mêmes que j'eusse dites à sa place. « Mais je n'imaginais pas que tu tenais à lui à ce point. »

Elle ne bougea soudain plus du tout, et je crus un instant qu'il l'avait tuée. Puis les traits de l'Ocellionne se durcirent, et elle se redressa sur le lit. « À quoi bon aimer ? demanda-t-elle d'une voix âpre. Ça ne dure jamais. »

Il la regarda, les yeux écarquillés, aussi abasourdi que moi. Je l'avais toujours trouvée froide envers son fils, et nous pensions que ses attentions à notre endroit n'étaient dues qu'à son attirance pour le pouvoir d'un Opulent. Face à son apparente insensibilité, Fils-de-Soldat ne pouvait que se montrer aussi indifférent qu'elle ; et voici qu'elle se révélait brisée, et depuis longtemps ; c'était cette fracture en elle qui la rendait revêche et dure.

Fils-de-Soldat se releva et s'adressa aux autres nourriciers d'un ton impérieux : « Apportez-moi tout de suite à manger, des vêtements chauds et des bottes solides ; je pars à la recherche de Likari. »

Aucun ne bougea ; ils échangèrent des regards, mais nul ne dit rien ni ne se précipita pour obéir. « Qu'y a-t-il ? » demanda sèchement mon double.

Sempayli touillait dans une marmite posée sur le feu ; lui non plus n'avait pas réagi à l'ordre de l'Opulent.

« Ils savent que ça ne sert à rien et moi aussi, dit Olikéa. Tu te prétends des nôtres, tu t'es même marqué la peau comme l'un de nous, mais sur ces sujets graves tu penses toujours en Jhernien ; tu parles encore en Jhernien. »

C'était la dernière remarque que Fils-de-Soldat avait envie d'entendre, et je sentis monter en lui la rage que l'Ocellionne pût ainsi l'insulter ; puis, avec une discipline admirable, il refoula sa colère et répondit d'une voix maîtrisée : « Alors explique-moi ce que je ne comprends pas.

— Il ne voudra pas revenir.

— Je lui parlerai.

— Il ne t'entendra pas. Tu étais là quand Dasie a pris le commandement du camp de Kinrove ; pourquoi crois-tu qu'elle soit venue avec des guerriers et du fer ? Ne comprends-tu pas que, tant qu'elle n'avait pas brisé la magie de Kinrove, aucun danseur n'aurait voulu la suivre ? Et, quand elle a rompu la danse et que tous ont recouvré leurs esprits, certains ont quand même préféré rester. N'as-tu pas senti l'extase dans laquelle t'a plongé l'appel ? Si je n'avais pas crié, si tu t'étais abandonné à la magie, tu sentirais encore la danse courir dans tes veines.

— Mais je t'ai entendue, et, quand tu as crié, j'ai compris qu'au fond de moi je ne voulais pas m'en aller.

— Et ça veut dire que la magie ne te forçait pas mais qu'elle t'invitait seulement, ce qui t'a permis de refuser. Mais Likari, lui, a reçu un ordre qui ne lui laissait pas le choix, et il a éprouvé l'envie de se mettre en route, parce qu'une fois touché par la danse il ne pouvait plus penser à rien d'autre. Crois-tu que certains n'aient pas tenté d'arracher ceux qu'ils aimaient à la danse ? Ils ont couru derrière eux, ils les ont ramenés de force, les ont attachés, mais rien n'y a fait ; ils continuent à danser, ils n'entendent rien de ce que disent leurs amants ou leurs enfants, ils ne voient rien, ils refusent de manger et de dormir tant qu'on ne les laisse pas partir. »

Les larmes avaient recommencé à couler sur ses joues pendant qu'elle parlait, et sa voix s'était voilée. Sur les derniers mots, sa gorge se noua et elle se tut, silencieuse et vide ; même ses larmes se tarirent peu à peu, comme s'il ne restait rien en elle.

« J'irai voir Kinrove et je lui dirai qu'il doit libérer Likari.

— Je craignais que tu ne penses ainsi. »

Fils-de-Soldat sut qui intervenait avant même de se retourner : il avait perçu le picotement déplaisant du fer ; il devait se trouver quelqu'un porteur de ce métal non loin de là, peut-être à la porte de la hutte. Dasie se tenait dans l'encadrement de la porte, une expression sévère sur le visage ; pourtant, l'espace d'un instant, il me sembla distinguer dans ses yeux une lueur de satisfaction. La colère monta en Fils-de-Soldat, et, une fois encore, il la réprima et s'efforça de prendre un ton mesuré. « Je ne m'attendais pas à ce que Kinrove appelle mes nourriciers. »

Elle haussa les sourcils. « Ça m'étonne aussi, mais nous ne devrions peut-être pas ; il n'a aucune raison de t'aimer particulièrement, et il voit peut-être une espèce de justice dans le fait de te prendre ce que tu ne t'attendais pas à perdre dans ce jeu de pile ou face.

— Pile ou face ?

— Notre guerre contre les intrus. » Elle entra, se dirigea vers mon fauteuil près de l'âtre et s'y installa avec un grognement de soulagement sans y être invitée. Ses nourriciers demeurèrent debout à la porte, tandis que son guerrier à l'épée de fer se tenait à l'extérieur. Pensait-elle affronter un Fils-de-Soldat si furieux qu'il lui fallût une protection ?

« Je veux récupérer le petit », dit-il de but en blanc.

Elle éclata de rire ; ce n'était pas un rire cruel, mais plutôt celui de quelqu'un qui voit un enfant mesurer enfin les conséquences de son irréflexion. « Crois-tu que nous ne voulions pas tous revoir ceux que nous aimons ? Mais toi, au moins, tu as le pouvoir de récupérer l'enfant.

— Tu veux dire que, si je vais voir Kinrove, il me le rendra ?

— J'en serais très surprise. » D'un geste agacé, elle appela mes nourriciers qui, à l'exception d'Olikéa, parurent rompre un enchantement ; ils obéirent brusquement, ajoutèrent du bois sur le feu et se mirent à préparer un repas. Dasie se renfonça plus confortablement dans mon fauteuil. « Comme je te l'ai dit, il n'a aucune raison de te porter une affection particulière, et peut-être a-t-il éprouvé une certaine jouissance à te priver de quelqu'un à qui tu tiens. J'ignore si tu le sais, mais il n'a pas d'enfant, et te voir profiter de la compagnie de ce petit comme s'il était le tien… Bref, il a peut-être estimé que tu méritais de souffrir du même manque que lui.

— Tu savais qu'il appellerait Likari. »

Elle pencha la tête. « Je m'en doutais, mais l'enfant se montrerait-il sensible à l'appel ou non ? Je n'en avais aucune idée.

— Mais tu n'as pas jugé bon de m'avertir. » Ce n'était pas une question ; Fils-de-Soldat attendit la réaction de l'Opulente.

« En effet. » Mes nourriciers lui apportèrent un plat garni ; elle le parcourut d'un œil songeur puis choisit une tranche de poisson fumé. Un plat semblable me fut soumis, mais mon double le dédaigna et continua de regarder Dasie dans les yeux. Elle finit par répondre après s'être léché les doigts.

« J'ai songé qu'il te fallait peut-être un enjeu plus important pour mettre un terme à la danse, et aussi pour chasser les intrus de notre territoire.

— Tu n'as pas confiance en moi, dit-il sans ambages. Likari est ton otage ; si je ne t'obéis pas au doigt et à l'œil, tu feras en sorte qu'il ne survive pas. »

Elle mangea une nouvelle tranche de poisson avec une délectation manifeste. « Ça, c'est un concept jhernien. Un otage… Oui, on peut voir ça ainsi. Mais je ne veux pas te contraindre à m'obéir, seulement à tenir ta promesse ; si tu réussis à chasser les intrus, nous n'aurons plus besoin de la danse de Kinrove et l'enfant reviendra auprès de toi. Mais si tu échoues… » Sa main hésita au-dessus du poisson puis elle prit une poignée de noix ; apparemment, il ne lui semblait pas nécessaire d'achever sa phrase.

La matinée avait été rude ; Fils-de-Soldat mourait de faim et les plats sentaient merveilleusement bon. Comment pouvait-il penser à manger en des instants pareils ? Il se faisait horreur alors même que mon organisme réclamait haut et fort de se restaurer. Il refusait de regarder les mets, mais les arômes tentateurs n'en chatouillaient pas moins ses narines, et la magie exigeait sa pitance. Fils-de-Soldat vit le regard de Dasie se porter sur le plat puis revenir sur moi ; elle savait l'effort qu'il faisait pour résister, et cela l'amusait.

Cette fois, quand la colère de mon double monta, il ne la contint pas. « Va-t'en, dit-il d'un ton impérieux. Va-t'en tout de suite. » Et un vent glacé se mit soudain à souffler au-dehors et pénétra par la porte ouverte.

Dasie prit l'air effrayé, et un de ses nourriciers étouffa un cri de peur. Je sentis une baisse brutale de mes réserves de magie, mais Fils-de-Soldat ne parut pas s'en inquiéter. Le vent forcit et devint plus froid.

L'angoisse et la rage se mêlaient sur les traits de Dasie : normalement, les Opulents ne faisaient pas usage si ouvertement de la magie pour se menacer entre eux. « J'ai mon porte-fer ! lança-t-elle.

— En effet ; qui pense en Gernien à présent, Dasie ? » Les rafales tournoyaient dans la hutte et faisaient battre les vêtements de l'Opulente. « Va-t'en ! » répéta Fils-de-Soldat. Les nourriciers avaient reculé jusqu'au fond de la pièce, et les aides de l'Ocellionne jetaient autour d'eux des regards inquiets. Le porte-fer entra en trombe en tenant son épée comme un fusil : manifestement, il accordait plus de pouvoir au contact de l'arme qu'à son tranchant. Il s'avança vers moi, la mine résolue. Fils-de-Soldat serra les dents et puisa encore dans sa magie ; malgré la proximité du métal, le vent soufflait toujours, mais mon double payait cet exploit d'un prix élevé.

« Nous allons partir ! décréta soudain Dasie. Rien ne me retient ici. » Elle se leva avec un grognement d'effort et se dirigea vers la porte d'un pas majestueux ; le guerrier s'écarta précipitamment de son chemin pour éviter à son Opulente de passer trop près de son arme. Dasie sortit de la hutte de Lisana et ses nourriciers la suivirent, tandis que le vent semblait la pousser dehors. Après son départ, un de mes serviteurs alla fermer la porte derrière elle, et nous nous retrouvâmes dans une pénombre et un silence suffocants.

Pendant un moment, l'appel de la nourriture se fit pressant, mais Fils-de-Soldat le repoussa avec colère. Comment la magie pouvait-elle se montrer aussi égoïste ? Un trou béant crevait son cœur : Likari n'était plus là. Je me rendis compte qu'Olikéa se trouvait dans un état de commotion semblable à ceux de certains soldats au sortir d'une bataille. Souffrant d'une blessure invisible, elle paraissait valide mais ne l'était pas.

Avec une sensation presque physique de torsion, je sentis Fils-de-Soldat tourner mon attention vers lui. « Je veux penser comme un Gernien. » Sa pensée me frappa par son âpreté. « Fais-moi voir clairement la situation ; que dois-je faire ? »

Je n'eus pas besoin de réfléchir : mes années d'entraînement se mirent en place comme un pêne dans sa serrure. Rapidement, je feuilletai ses souvenirs des dernières semaines pour prendre mes repères, et il me laissa faire à contrecœur. Avec une certaine surprise, je constatai qu'en tant que militaire j'acquiesçais à la majorité de ses initiatives, même si elles horrifiaient le Gernien que j'étais.

Il avait organisé ses troupes comme un corps de cavalla, avec une chaîne de commandement rudimentaire ; il avait tenté de leur enseigner des exercices de base, mais il avait dû renoncer : ses « soldats » n'en comprenaient pas l'intérêt et ne coopéraient pas. Ils n'avaient pas de tradition d'obéissance militaire et guère de notion de hiérarchie graduée, qu'il n'avait d'ailleurs pas le temps de mettre en place. Il avait dû se borner à les entraîner à se déplacer promptement sur son ordre. Le plus difficile pour eux avait été d'accepter de ne pas choisir eux-mêmes où se placer mais d'attendre les instructions de Fils-de-Soldat. Ses troupes avaient répondu en majorité à l'appel de Dasie et provenaient de tous les clans ; les hommes qui composaient cette « force » de trois cents unités n'obéissaient en réalité qu'à leur bon vouloir, et, lorsqu'il appelait le rassemblement, il n'en voyait arriver parfois qu'une centaine ; c'était une grande faiblesse qui se révélerait désastreuse s'il tentait un assaut sur Guetis. Mais je n'avais pas l'intention de l'aider dans ce domaine ; mes craintes se situaient ailleurs.

« Tu dois unifier tes forces, lui dis-je. Tu croyais que votre ennemi commun, c'étaient les Gerniens, et c'est possible, mais ni Kinrove ni Dasie ne se trouvent vraiment dans ton camp. Ils se servent de toi, et chacun dispose de l'équivalent d'une garde personnelle qui fait partie de tes troupes et qui lui est d'une fidélité absolue. Peu leur importe que tu meures en les servant ; ils y verront peut-être même un profit pour eux.

» La majorité des hommes que tu formes proviennent du clan de Dasie ; au moindre pépin, ils chercheront d'abord à recevoir ses ordres et aussi à la protéger. Il n'y a guère de guerriers qui t'obéiront ; ceux du clan d'Olikéa n'ont pas une immense loyauté envers toi, et tu passes peut-être encore pour un étranger aux yeux de certains, car tu n'as pas fait grand-chose pour modifier leur point de vue. Il te faut au moins un noyau de guerriers qui ne répondent qu'à toi, et tu n'as pas beaucoup de temps pour le former. Sempayli paraît te placer en tête ; dis-lui de cesser son activité de nourricier et de devenir ton lieutenant.

— Mais…

— Silence ; laisse-moi finir. » Je n'avais pas de temps à perdre avec ses doutes et ses interrogations ; son défaut m'apparaissait clairement. « Tu réfléchis comme un soldat, tout au plus comme un sous-officier ; c'est en général, non en valet, que tu dois t'imposer aux autres. Une fois que tu auras le commandement de toutes tes forces, ni Dasie ni Kinrove ne sauront comment te les reprendre. T'assurer la fidélité et l'obéissance de tes troupes est indispensable si tu veux survivre et reprendre Likari. »

Il dressa un mur d'obstination entre nous puis le baissa tout aussi vite. « Que proposes-tu ? » demanda-t-il avec raideur, en me faisant bien comprendre qu'il déciderait seul. Tant mieux ; il devrait s'appuyer sur ce socle pour acquérir la morgue mêlée de candeur de l'autorité.

« Je propose que tu te penches d'abord sur ceux de ton clan familial ; montre-leur de l'intérêt, et ils te le rendront. Envoie Sempayli au village se renseigner sur ceux qui ont entendu l'appel, et qu'il note le nombre de ceux qui y ont répondu, dépêche quelqu'un auprès de Firada pour lui apprendre que Likari est parti et lui demander de venir réconforter sa sœur, fais prévenir leur père, Kilikurra, qui voudra savoir que son petit-fils a été appelé, bref, montre à ceux de ton clan que tu te soucies de leur sort. Annonce-leur la disparition de Likari et fais-leur savoir ton chagrin ; cette peine commune renforcera leurs liens avec toi. »

J'avais l'impression d'avoir un cœur de pierre en exploitant ainsi cette tragédie. Depuis quand étais-je devenu si superficiel ? Puis je me rendis brusquement compte que mon père eût usé de la même tactique. Je sentis Fils-de-Soldat s'emparer de ma recommandation et en explorer les confins. Je songeais seulement à le protéger, ainsi qu'Olikéa, des machinations de Dasie et Kinrove, mais il alla plus loin, et je mesurai soudain l'erreur mortelle que j'avais commise.

« Je leur dirai que je souffre avec eux, mais je dois éviter que cette douleur ne débouche sur de la colère envers Kinrove. Nous pleurerons ensemble, mais, quand le deuil commencera à se transformer en haine contre la magie de Kinrove, je redirigerai cette haine contre les intrus ; j'expliquerai à mes guerriers et à mon clan qu'il existe un seul moyen pour retrouver ceux que nous aimons, une seule voie qui permette de reprendre une existence paisible et sans danger. Pour retourner à l'époque où la danse de Kinrove n'était pas nécessaire, il faut conscrire tous les hommes capables de se battre, fondre ensemble sur Guetis et l'annihiler ! »

Non ! hurlai-je, furieux contre moi-même autant que contre lui, mais il réduisit ma colère à un soupir puis, avec violence, il entreprit de prendre le contre-pied de mes pensées et s'efforça de m'imposer le silence par une logique désespérée.

« N'éprouves-tu donc rien pour les gens qui t'ont accepté parmi eux alors que les tiens voulaient te tuer et que tu devais fuir ? Pourquoi crois-tu avoir quelque dette que ce soit envers les Gerniens ? Ne redoutes-tu pas le sort qui attend l'arbre de Lisana ? Tu es convaincu de la nécessité de protéger nos arbres des ancêtres, je le sais, tu as même tenté de persuader le colonel Lièvrin d'arrêter la construction de la route ; as-tu oublié avec quelle morgue et quelle absence de respect il t'a traité ? Je sais que c'est difficile pour toi, Jamère, et ça l'est aussi pour moi par certains aspects, mais tu ne peux pas redevenir gernien ; même si je te rendais notre corps et que tu retournes à Guetis, on te tuerait là-bas. Pourquoi ne renonces-tu pas à cette fidélité absurde pour un peuple qui te rejette ? Vivons donc là où on nous aime ! Mais, pour cela, il nous faut prendre la défense de ceux qui nous acceptent et nous veulent du bien. Le Peuple doit se dresser contre les intrus et les chasser, il n'y a pas d'autre solution. Beaucoup y laisseront leur vie, mais mieux vaut mettre ainsi terme au conflit que laisser les combats et les morts perdurer des générations. Ce qui nous attend me fait horreur, mais il n'existe pas d'autre voie qui mène à la paix. Je sais que tu veux limiter les pertes autant que possible, et la solution que je propose permet ce résultat ; par conséquent, tu dois m'aider.

— Non », répondis-je d'une voix atone, sourde ; je pouvais refuser de l'aider mais non l'empêcher d'exécuter son plan.

« J'ai besoin de toi, Jamère ; n'abandonne pas le Peuple ; tu sais que notre guerre est juste. Songe à Olikéa, privée de sa mère et aujourd'hui de son fils, à cause des intrus. Cette tragédie doit-elle se reproduire sans cesse, de génération en génération ? Non ; il faut que cela cesse.

— Cette tragédie, c'est Kinrove qui en porte la responsabilité.

— Mais ce sont les intrus qui ont créé Kinrove : sans leurs déprédations, la magie n'aurait pas eu besoin de lui. On en revient toujours à eux, et il n'y a qu'un moyen de mettre un terme à cette situation ; nous avons tenté de les refouler en nous servant de la danse, mais ils ont refusé de partir. Donc, maintenant, il faut les tuer.

— Epinie, murmurai-je. Spic, Sem, Kara, la petite Dia, Ebrouc, Quésit, Tibre. » Je lui imposai mes émotions puis ajoutai d'un ton suppliant : « Et Amzil, que deviendra-t-elle ? J'éprouve pour elle ce que tu éprouves pour Lisana ; peux-tu rester sourd à mes sentiments pour elle ? Malgré tout, elle a dit qu'elle m'aimait ; souhaites-tu sa mort, à elle et à ses enfants ?

— Olikéa ! rétorqua-t-il. Likari ! » Et, mettant en balance les vies comme Orandula lui-même, il poursuivit : « Nous aimons tous deux Lisana, et elle nous aime. Si on n'arrête pas les intrus, nous la perdrons pour toujours, et nous perdrons l'éternité elle-même. »

Je compris ce qu'il voulait dire : si l'on n'empêchait pas la construction de la route, elle détruirait le val des ancêtres ; aucun arbre ne l'accueillerait à la mort de son enveloppe physique, et il ne bénéficierait donc pas d'une seconde vie avec Lisana.

« Le prix à payer est trop élevé, dis-je tout bas.

— C'est vrai ; quel que soit le camp qui le paie, il est trop élevé. Mais on ne marchande pas avec le destin ; il faut des morts pour acheter la paix. Calcule toi-même,

Jamère : un massacre rapide suivi par des générations de paix, ou bien l'érosion progressive d'années passées à s'entretuer peu à peu, avec à terme l'anéantissement total d'un peuple et de sa sagesse ancestrale. Comment peut-on hésiter ? Notre attaque aura l'effet d'un geste chirurgical, de l'ablation d'une zone malade afin que le reste de l'organisme puisse continuer à vivre en bonne santé. Nous n'avons pas d'autre choix. »

Et il se détourna de moi, m'imposant moins le silence que refusant de m'écouter ; parler ne servait donc à rien. Je me résignai à observer en silence ses faits et gestes de ce jour-là. Il eût fait la fierté de mon père par son efficacité et son intransigeance ; de ses émotions, il laissait transparaître uniquement celles qui servaient ses desseins.

Il suivit mes recommandations, et, dans les jours qui suivirent, je le regardai mettre son plan en œuvre. Il s'entretint avec Sempayli en le traitant moins comme un nourricier et davantage comme un lieutenant ; le jeune homme parut tout d'abord un peu perdu, mais, avant d'achever la revue des troupes, il commençait à donner son avis et ses conseils à Fils-de-Soldat : il connaissait les guerriers mieux que mon double, et, le soir même, il lui proposa discrètement de l'aider à faire le tri entre ceux qui souhaitaient vraiment annihiler les intrus et ceux qui espéraient seulement la gloire et peut-être le butin. Fils-de-Soldat accepta et lui confia en plus de choisir une dizaine d'hommes pour former sa garde personnelle, en se fondant sur leur aptitude à manier les armes plus qu'à leur appartenance à tel ou tel clan. Il écouta aussi attentivement Sempayli quand le jeune homme lui expliqua que les troupes réagiraient mieux si on les traitait comme des groupes de chasseurs que comme des soldats en formation. Je restai dubitatif quant à la sagesse de cette proposition, car elle mènerait à créer plusieurs chefs au lieu d'une chaîne de commandement, mais Fils-de-Soldat ne me demanda pas mon avis, et je m'interdisais de toute manière de lui exposer mes idées sur aucun sujet ; c'était peut-être un traître, mais moi non.

Quand il avait besoin de renseignements, je les lui refusais, mais ma bravade ne servait à rien car je ne réussissais guère à maintenir mes barrières dressées contre lui. Il ne pouvait pas m'absorber mais il opérait des incursions dans mes souvenirs quand bon lui semblait pour y rafler informations, connaissances et tactiques militaires. Dans le même temps, je découvrais ses forces ; elles n'avaient rien d'imposant, mais je savais qu'il ne fallait pas non plus les mépriser : ces hommes ne se battraient pas comme les Gerniens ni comme les Nomades. Les jours passant, les suggestions de Sempayli portèrent leurs fruits ; les comptes rendus que les différents chefs de groupe présentaient directement à Fils-de-Soldat étaient monotones, mais mon double supporta patiemment cette épreuve et commença d'instaurer de petites compétitions entre eux, destinées à renforcer leur endurance, à améliorer leur capacité à se déplacer discrètement ou à viser juste.

Je constatai aussi avec surprise qu'il disposait d'une petite troupe montée. J'avais vu les chevaux dont Dasie s'était servie la nuit où elle avait renversé Kinrove, et mes soupçons se confirmaient : il s'agissait de montures de la cavalla, certaines obtenues par le biais du troc, mais volées pour la plupart, et en mauvais état, voire âgées pour quelques-unes, avec des harnais très usés et souvent mal entretenus. Élever des chevaux ne faisait pas partie des traditions ocellionnes, et la forêt n'offrait pas de bonnes pâtures, surtout en hiver. Fils-de-Soldat décida de s'occuper lui-même de les soigner et de les panser, et je découvris alors avec un choc que Girofle comptait parmi ces chevaux ; à l'évidence, le jour où je lui avais rendu sa liberté, il n'avait pas su retrouver le chemin de la maison. La massive créature me reconnut aussitôt et se rendit auprès de Fils-de-Soldat chercher quelque réconfort ; à mon grand soulagement, mon double le lui donna et ordonna qu'on menât toutes les montures aux prairies à l'herbe rude près des plages, où elles pourraient paître à leur aise au lieu de brouter la maigre végétation des sous-bois. Quand il décréta qu'il prendrait Girofle comme monture, le propriétaire de l'animal ne protesta pas, et j'eus l'impression que la plupart des Ocellions montés n'appréciaient guère leur nouvel état : de denses futaies et des sentiers souvent escarpés n'étaient pas des conditions favorables à l'éclosion d'une race de cavaliers. Fils-de-Soldat eût voulu mettre en place des exercices d'équitation, mais il n'existait pas d'espace dégagé assez vaste près de la hutte de Lisana ; il était déjà difficile de trouver des pâturages convenables, car il poussait bien de l'herbe dans les marais salés, mais extrêmement grossière et dure. À contrecœur, il dut renoncer à son espoir de disposer d'une force à cheval susceptible de prendre la tête d'un assaut rapide.

Selon ma recommandation, il prêta une attention particulière aux guerriers issus du clan d'Olikéa, prenant le temps de les voir séparément et de leur demander d'un ton grave si des membres de leur famille ou de leurs amis avaient répondu à l'appel de Kinrove ; naturellement, la danse avait volé à chacun d'eux une ou plusieurs personnes proches. Fils-de-Soldat faisait de cette douleur le miroir de la sienne et leur expliquait gravement que, s'ils voulaient revoir ceux qu'ils aimaient, ils devaient tout donner pour chasser les intrus de nos territoires ; il les pressait aussi de recruter d'autres membres de notre clan, frères, cousins et oncles, afin d'améliorer nos chances de remporter la victoire et de goûter enfin dans la paix la joie des retrouvailles avec nos proches disparus. Il ralliait les hommes grâce à des discours vibrants dans lesquels il leur rappelait tout le mal que les Gerniens leur avaient fait et leur promettait l'occasion de le réparer ; et il leur répétait sans cesse que, s'ils se battaient bien durant la guerre à venir, ils chasseraient les intrus, sauveraient les arbres des ancêtres et rendraient la danse de Kinrove inutile ; chacun d'entre eux deviendrait un héros de son clan. Il s'efforçait de placer le combat à venir sur un plan plus personnel et il y réussit : le nombre de guerriers venus de notre clan doubla puis tripla en moins d'une semaine.

Une telle saignée ne pouvait échapper à l'attention de Jodoli. « Comment puis-je l'apaiser ? » me demanda Fils-de-Soldat un soir, alors que le reste de la maisonnée dormait. Je tentai de traiter sa question par le mépris mais, en ce genre d'occasion, lorsque nous nous retrouvions seuls dans son esprit, je me sentais comme un prisonnier soumis à la torture ; je ne pouvais lui échapper, et, si je ne lui donnais pas ce qu'il désirait, il se contentait de fouiller mes souvenirs, en se concentrant surtout sur les enseignements de mon père, ce qui me causait le plus de douleur et de culpabilité, car je me sentais doublement fautif de trahir mon père et mon peuple en me servant contre eux de leur science durement acquise de la stratégie et de la tactique.

« Comment me faire un allié de Jodoli ? » fit-il encore. Olikéa dormait contre moi, lourde et chaude, épuisée par son chagrin. Elle s'agita dans son sommeil avec un demi-sanglot de nouveau-né puis ne bougea plus ; je percevais sur elle l'odeur des larmes. Mon double poussa un grand soupir. « Je n'aime pas t'infliger ça. » Et il entreprit de fouiller ma mémoire, de sonder notre passé commun en quête d'un conseil approprié. Je cédai.

« Tu as deux possibilités, dis-je : soit tu le gagnes à ta cause, soit tu lui fais croire que tu partages ses inquiétudes. L'une et l'autre fonctionneront si tu t'y prends bien. »

Je le sentis réfléchir, et les bribes d'un plan commencèrent à se mettre en place dans sa tête. Il faillit sourire. « Et, si je m'y prends bien, pourrais-je aussi te rallier à mon point de vue ?

— Jamais je ne trahirai mon peuple, répondis-je avec ferveur.

— Il me suffit peut-être de te démontrer quel peuple est vraiment le tien, dit-il avec douceur. En cherchant assez dans le détail, je finirai par t'obliger à regarder en face comment les Gerniens t'ont traité, à voir que ta fiancée s'est moquée de toi, que ton père t'a renié, que personne ne voulait te laisser servir ton roi, que "ton" peuple a décidé non seulement de te pendre mais de te découper en petits morceaux avant de mettre fin à tes jours. Ensuite, je te rappellerai qui t'a accueilli, qui t'a nourri, qui a pris soin de toi, et je te demanderai quelles femmes t'ont traité comme un homme, et quel peuple t'a respecté, toi et la magie que tu renfermes ; je te demanderai aussi…

— Et moi, je pourrais te rappeler que Spic et Epinie ont tout risqué pour me sauver, et qu'Amzil était prête à se sacrifier pour m'aider à sortir de la ville malgré les gardes.

— Elle était prête à se sacrifier ainsi, mais pas à coucher avec toi, répliqua-t-il insidieusement.

— Olikéa était prête à coucher avec toi, mais non à t'aimer, rétorquai-je.

— Quel homme, quel soldat faut-il être pour se soucier tant d'être aimé et si peu d'accomplir son devoir pour un peuple qui lui est fidèle ? »

Je ne sus que répondre ; ses paroles touchaient une corde curieusement sensible en moi. « Laisse-moi tranquille ! fis-je avec violence.

— Comme tu veux », et il tint parole.

Quand il n'avait pas besoin de mes conseils, il faisait comme si je n'existais pas ; en ces occasions, j'avais l'impression de perdre pied dans le temps comme dans l'espace ; je ne me sentais pas dormir mais, de temps en temps, perdre conscience de moi-même en tant qu'entité indépendante, pour devenir un fétu de paille qui flottait en tournoyant lentement dans les bras morts de son esprit. Les courants m'entraînaient mais je n'avais aucune influence sur eux. Le discours de Fils-de-Soldat sur le peuple qui m'était le plus loyal me rongeait comme de l'acide, et ce qui constituait mon être véritable s'en réduisait chaque fois que j'y pensais. Les mots qu'avait prononcés Buel Faille bien longtemps auparavant revenaient me hanter : quelle vertu y avait-il à demeurer fidèle à des gens uniquement parce que j'étais né parmi eux ? Pourquoi ne pouvais-je pas tourner le dos aux Gerniens comme eux-mêmes m'avaient tourné le dos, et devenir sans arrière-pensée un Ocellion ? Dans ces moments-là, je crois que seule la pensée de mon petit cercle de proches, par l'amitié ou par le sang, me permettait de rester gernien.

Comme de très loin, je regardais Fils-de-Soldat s'efforcer de séduire le clan d'Olikéa, de s'en faire accepter et de gagner sa confiance ; et, le temps venu, il n'invita pas Jodoli dans sa hutte, mais se rendit chez lui, sur le territoire du clan. Le père d'Olikéa et Firada se précipita pour l'accueillir ; Kilikurra avait été le premier Ocellion à me parler, et je pense qu'il se ressentait comme un honneur, dans une certaine mesure, d'avoir su reconnaître un Opulent avant ses semblables. C'était un homme d'âge moyen, aux lèvres noires, aux yeux vairons et aux cheveux grisonnants ; je songeai à la façon dont il avait perdu la mère de ses filles, et je vis la douleur renouvelée que lui infligeait la disparition de son petit-fils. Fils-de-Soldat et lui s'entretinrent longuement et en privé, et mon double s'en fit un allié dans sa volonté de retrouver l'enfant. Ce fut un crève-cœur de voir avec quelle facilité l'homme succomba aux promesses de tout faire pour ramener Likari ; Fils-de-Soldat ne cherchait pas à cacher le chagrin que lui causait l'absence de l'enfant et son inquiétude pour son bien-être ; lui-même ignorait sans doute où se situait la limite entre ses véritables émotions et celles qu'il devait afficher pour gagner ses interlocuteurs à sa cause.

Toutefois, d'autres n'accueillirent pas Fils-de-Soldat aussi promptement à bras ouverts, et je soupçonnais Jodoli de ne pas encourager les gens de son clan à se fier à cet intrus. La présence de mon double avait grandement modifié l'attitude du groupe familial étendu à l'égard de l'Opulent d'origine, lequel, tout comme Firada, avait éprouvé un grand soulagement quand Fils-de-Soldat s'était installé dans l'ancienne hutte de Lisana, loin du village où ils passaient traditionnellement l'hiver, et ils s'étaient fait un plaisir de le décrire comme l'Opulent sans clan, sorte de magicien renégat. Mais, alors que Jodoli commençait à consolider sa position, Fils-de-Soldat venait la menacer à nouveau.

Cependant, mon double désamorça la confrontation en demandant conseil à Jodoli sur l'appel de Kinrove et en s'ouvrant de ses inquiétudes pour Likari. Tout d'abord, il se borna à poser des questions et à écouter gravement les réponses, même quand son interlocuteur s'étendait sur des sujets rebattus. Firada avait un faible pour son neveu et, alors que la nuit succédait au soir, la consultation se transforma en discussion familiale. Le logis de Jodoli était deux fois plus grand que la vieille hutte de Lisana et renfermait tout le luxe qu'un Opulent a pu acquérir au cours des ans. Fils-de-Soldat admira ostensiblement le confort de la maison, flattant la fierté de son hôte ; pourtant, quand la nuit s'approfondit et que nous nous rapprochâmes de l'âtre, la vaste hutte parut se réduire au cercle de la lumière dansante des flammes qui éclairait des visages fatigués par le chagrin. On avait renvoyé les nourriciers chez eux, et seule restait la « famille », les deux femmes, leur père, Jodoli et Fils-de-Soldat.

Je découvris sans surprise que Jodoli éprouvait la même affection que tout le monde pour l'enfant, et une stupéfaction blessée à l'idée que Kinrove eût laissé la magie s'emparer d'un nourricier. Ce fut pour tous une discussion pénible car Fils-de-Soldat posa des questions douloureuses sur le temps que Likari pourrait supporter la danse ; sans ambages, il voulut savoir combien de temps les autres enfants ayant répondu à l'appel avaient survécu, et la réponse nous glaça le sang : deux saisons. Si l'on ne délivrait pas Likari avant l'été, il avait toutes les chances de succomber.

« Deux saisons pour le sauver ; ça ne fait pas beaucoup, dit Fils-de-Soldat d'un ton angoissé.

— Deux saisons pour le sauver de la mort, rectifia Firada ; deux saisons si l'on se satisfait de le ramener infirme et brisé. La danse représente un effort extrême et implacable, Jamère ; elle détruit les corps, car la magie ne s'inquiète pas de ce qu'elle exige d'eux. En deux saisons, Likari aura l'air d'un vieillard rabougri, car il n'aura pas pu se développer correctement. Et la magie aura consumé son esprit. Nous avons constaté ce phénomène chez ceux que Dasie a libérés ; les adultes qui sont rentrés chez eux ont pu retisser des liens avec leur famille et leur clan, mais les plus jeunes avaient succombé à la séduction de la danse, et j'ai entendu parler d'au moins cinq d'entre eux qui ont décidé d'y retourner : ils ne savent pas quoi faire d'autre de leur vie. Ceux qui restent parmi les leurs ont un âge mental très faible, car ils n'ont rien appris depuis que la magie les a pris, et ils ne connaissent que la danse et le but qu'elle leur infuse ; à mon avis, Likari y sera plus sensible que la plupart. Si nous attendons deux saisons pour tenter de le ramener, il sera plus miséricordieux de nous en abstenir et de le laisser finir sa vie en dansant. »

Olikéa restait étrangement silencieuse. Elle battit des paupières, et des larmes roulèrent sur ses joues. Elle ne respirait pas difficilement, elle ne sanglotait pas ; elle versait ainsi souvent des pleurs sans bruit, comme si elle pleurait au fond d'elle-même et que seules ses larmes parvinssent jusqu'à l'extérieur. Elle s'occupait toujours de moi mais le plus souvent sans prononcer une parole ; on eût dit une enfant perdue, comme si elle était revenue à l'époque où sa mère avait disparu, et je me rendais compte qu'elle m'avait donné une image faussée par sa propre perspective de la vie de famille chez les Ocellions. Elle avait maintenu Likari à distance toute sa vie de crainte de le perdre, mais, quand elle l'avait effectivement perdu, cette distance n'avait pas suffi à la protéger.

Fils-de-Soldat posa la main sur son épaule. Son cœur demeurait auprès de Lisana, je le savais, mais Olikéa et lui restaient des amants occasionnels et ils partageaient le même lit ; ces relations faisaient partie du rôle de la nourricière, et elle n'attendait ni l'amour ni la passion hormis sur le plan physique. Depuis le départ de Likari, il me semblait qu'ils s'accouplaient plus souvent, comme s'ils recherchaient un réconfort inaccessible. Peut-être essayait-elle d'avoir un autre enfant pour remplacer celui qu'elle avait perdu, et peut-être ne la touchait-il avec autant de douceur que pour renforcer son lien avec elle et, à travers elle, son clan familial. Dans tous les cas, j'enviais ce qu'ils avaient, cette jouissance physique et sans complication l'un de l'autre ; parfois, à ma grande honte, je m'imaginais que c'était Amzil que mes mains caressaient, ses lèvres qui se tendaient avidement vers les miennes, mais ce triste mensonge s'achevait sur un sentiment de solitude plus grand que jamais. Une affection bourrue unissait mon double et l'Ocellionne, et le chagrin de la disparition de Likari ne faisait que la renforcer ; elle dormait plus souvent contre le ventre de Fils-de-Soldat que contre son dos, et, quand elle criait dans son sommeil, il la serrait contre lui. Il la rassura aussitôt.

« Ça ne prendra pas deux saisons, Olikéa ; plutôt deux jours, j'espère. Voici ce que j'ai décidé : demain soir, nous avertirons Kinrove et Dasie, je réunirai les forces dont nous disposons et nous attaquerons Guetis. Le froid et la neige seront nos alliés. »

Il eut un sourire sinistre devant les visages ébahis qui lui faisaient face. « Nous nous servirons du feu comme arme principale. Laissez-moi vous exposer mon plan : je ramènerai nos troupes sur le flanc ouest des montagnes, préparées pour supporter les rigueurs de l'hiver, mais seulement pour une brève période ; nous descendrons sur Guetis en marche-vite en profitant de l'obscurité des heures les plus froides de la nuit. Certains se cacheront dans le bourg qui entoure le fort tandis que d'autres m'aideront à me débarrasser discrètement de la sentinelle qui garde l'entrée, puis nous entrerons. J'aurai dessiné des plans du fort indiquant les bâtiments clés où déclencher les incendies ; à mon signal, on allumera aussi les incendies dans la ville : dès que les archers postés à l'extérieur de l'enceinte verront les flammes s'élever, ils décocheront leurs flèches pour embraser les remparts supérieurs et les tours de guet où les soldats auront du mal à les éteindre. Je regrette seulement de n'avoir qu'une douzaine de flèches à panier.

» Il est primordial que nous libérions les forçats de leur prison ; ils ne portent aucune affection à leurs gardiens et ajouteront à la confusion générale ; avec de la chance, ils s'en prendront peut-être même à ceux qui les traitent avec tant de cruauté. Nous déclencherons des feux partout, trop pour qu'ils puissent les combattre tous, et, lorsque les soldats s'enfuiront, affolés et sans armes, dans les rues pour échapper aux flammes, nous aurons l'occasion d'en tuer un grand nombre. Ils se reprendront bientôt mais, tant que durera leur débandade, nous en profiterons.

» Quand ils commenceront à se regrouper, nous reculerons en tuant tous ceux que nous croiserons dans la ville ; nous effectuerons notre retraite en marche-vite pour disparaître dans la nuit. Ensuite, nous resterons tapis pour leur laisser le temps de s'épuiser à combattre les incendies ; puis, lorsqu'ils croiront l'assaut passé, nous retournerons parmi eux en marche-vite pour tuer à nouveau et allumer de nouveaux brasiers si nous en avons le temps. »

Il se tut. Tous le regardaient fixement sans rien dire.

« Si cette fois-là ne suffit pas, nous reviendrons trois jours plus tard. Il faudra prévoir une surveillance de la route qui mène vers l'ouest : aucun courrier ne doit l'emprunter pour avertir le reste de l'armée de ce qui se passe. Guetis doit disparaître, purement et simplement. Après que nous aurons tué tous les soldats et tous les habitants, nous détruirons tous les bâtiments par le feu jusqu'à ce qu'il n'en subsiste rien. Quand les chariots d'approvisionnement arriveront au printemps prochain, ils ne devront rien retrouver, pas un mur, pas un ossement, rien. »

Il s'exprimait avec autant de calme que mon père parlant d'épierrer un champ ou de préparer l'abattage d'automne. Ceux qui l'entouraient acquiesçaient de la tête, ragaillardis par son discours, comme si aucune vie humaine n'était en jeu.

D'un ton hésitant, Jodoli demanda : « Mais que devient ta proposition précédente, celle de négocier en suggérant un traité qui susciterait leur convoitise ?

— Plus tard, répondit froidement Fils-de-Soldat ; j'ai décidé que nous y viendrions ultérieurement, quand ils tenteront de rebâtir Guetis ; alors il sera temps de les affronter. Pour le moment, il s'agit seulement de tuer. Et, une fois la ville et le fort détruits, Kinrove n'aura plus besoin de ses danseurs ; ils seront libres. »

Olikéa respira profondément et dit d'une voix tremblante : « Peux-tu vraiment y arriver si vite ? Peux-tu nous rendre Likari ? »

Je sentis le doute qu'il n'osa pas laisser transparaître, et il répondit d'un ton assuré. « Je le puis et je le ferai. »

Je redoutais qu'il ne tînt parole.

6

L'avertissement

Il faisait sombre et froid dans le tunnel sous la montagne. Des images du terrain qui défilait passaient fugitivement, comme les pages d'un livre tournées avant que j'eusse le temps d'accommoder. Seules des torches illuminaient le chemin que nous suivions en marche-vite ; des cordes de glace descendaient en sinuant le long des parois, et l'haleine des chevaux formait des panaches de vapeur qui flottaient dans l'air. Les guerriers ocellions, bizarrement emmaillotés de fourrure et de laine, se déplaçaient gauchement sur le sol glissant ; le ru qui courait le long du passage en gargouillant, la dernière fois que j'avais emprunté cette voie, était aujourd'hui gelé.

Les bruits me parvenaient hachés ; les crissements du cuir, les claquements des sabots, les échos sonores étaient entrecoupés de silences ; plaintes murmurées des guerriers, éclat de rire ou juron, vacarme lointain d'un glaçon de la taille d'un homme s'écrasant par terre. L'armée de Fils-de-Soldat marchait sur Guetis, prête au massacre.

Il avait tenu la promesse faite à Olikéa, et trois jours à peine s'étaient écoulés depuis qu'ils avaient parlé du sort de Likari autour du feu. Les événements des jours suivants s'étaient déroulés si vite que j'en restais encore abasourdi. Jodoli et Fils-de-Soldat avaient organisé une réunion avec Kinrove et Dasie, qui avaient manifesté une grande surprise devant l'exigence des deux premiers d'une action immédiate. J'avais découvert à cette occasion que les Ocellions redoutaient le froid, et Kinrove comme Dasie avaient discuté l'opportunité d'envoyer les guerriers au combat dans un environnement aussi hostile ; mais Fils-de-Soldat l'avait emporté en soulignant à juste titre que, s'ils frappaient au cœur de l'hiver, le froid cruel ferait la moitié du travail pour eux ; il déclara gravement qu'il fallait incendier les entrepôts, les casernements et autant de maisons et de boutiques que possible, en expliquant en détail que les provisions des intrus se détérioreraient sans protection, tout comme les outils et les hommes eux-mêmes ; si l'on ôtait tout moyen de reconstruire aux habitants de Guetis, ils devraient battre en retraite par la Route du roi et affronter les rigueurs de l'hiver et des neiges infranchissables, ou bien rester sur place et mourir de froid et de faim. Dans tous les cas, le temps les abattrait et allégerait le travail des guerriers.

Mais convaincre les Opulents qu'il fallait attaquer sans tarder ne représentait que la moitié de la bataille ; exiger d'eux qu'ils participent aux combats les laissa pantois. Fils-de-Soldat exposa ses plans de façon succincte : Jodoli et Kinrove ne dépasseraient pas le passage sous la montagne et s'occuperaient d'employer leur magie à transporter en marche-vite l'intégralité des troupes depuis le versant pluvieux des montagnes jusqu'aux piémonts bas qui entouraient Guetis. Ils étaient indispensables à cette tâche ; si les hommes devaient se déplacer normalement, ils perdraient rapidement courage et le mauvais temps réduirait leur nombre. Une autre raison motivait ce choix, mais il la dissimula soigneusement : si l'envie de déserter prenait certains de ses soldats, ils devraient affronter un long trajet dans le froid, sans l'aide magique de la marche-vite.

Une fois le contingent sur le versant ouest, Fils-de-Soldat avait décidé que Dasie et lui-même commanderaient les combats ; ils iraient à cheval afin de dominer l'action et de rester à la hauteur de leurs hommes, et la maîtrise de la magie du feu de Dasie trouverait son emploi, ainsi que les connaissances de mon double sur la disposition de la ville et du fort ; jugeant que ses cavaliers formaient une force insuffisante pour la déployer, il avait affecté les chevaux au transport de l'approvisionnement et d'hommes qui pourraient servir d'estafettes pour coordonner les troupes pendant la bataille.

Les Ocellions n'avaient aucune expérience des combats où les guerriers se déplacent en troupe organisée et obéissent à un seul chef, et Fils-de-Soldat avait dû leur en expliquer toutes les étapes longuement et patiemment, avec force répétitions. Kinrove ne souhaitait pas participer au déplacement des troupes en marche-vite et préférait demeurer avec ses danseurs, mais mon double avait insisté. « Nos guerriers ne sont pas habitués au froid ; je les crois capables de le supporter l'espace d'un court trajet et d'une nuit de combat, mais, au-delà, ils perdront leur énergie. Si les troupes à cheval de Guetis parviennent à s'organiser, nous affronterons des soldats aguerris à ce climat. Si je dois faire marcher les hommes pendant des jours dans la neige, ils perdront courage avant même de tirer une seule flèche. » Il regarda Jodoli et Kinrove tour à tour et poursuivit : « Et vous savez que je n'ai pas la force de déplacer seul une telle force en marche-vite ; Dasie et moi aurons besoin de votre aide si nous voulons disposer d'un contingent en état de livrer un assaut sur Guetis. »

Il consentait à reconnaître qu'il avait besoin de leurs ressources, sachant qu'un tel aveu les obligerait à l'aider pour prouver leurs capacités ; en revanche, il leur tut qu'il se réjouissait d'avance à l'idée de voir les Opulents exposés à l'inconfort des éléments, mais je vivais en lui, je voyais par ses yeux, et rien ne m'échappait. Tous deux l'avaient battu à plate couture dans le domaine de la magie, et il comptait bien leur montrer dans quelle discipline il excellait et les forcer à être présents lors de sa victoire ; il tenait à ce qu'ils assistent, sinon à la bataille, du moins au retour de nos guerriers, qu'ils voient de leurs yeux les difficultés et les dangers d'une vraie guerre : il n'avait pas l'impression qu'ils en saisissaient toute la réalité, et, pour une raison qu'il ne s'expliquait pas, il sentait qu'ils en avaient besoin.

Mais lui-même percevait-il cette réalité ? Et moi ? Je n'avais jamais été au combat. J'en avais lu des comptes rendus, j'y avais été formé, j'avais entendu toute ma vie des récits de sang et de fumée, et je me retrouvais aujourd'hui entraîné malgré moi dans mon premier engagement, incapable de dire un mot, à mener des troupes contre le pays qui m'avait créé. Cette idée me rendait fou si je m'y attardais ; aussi m'abstenais-je d'y songer et me concentrais-je uniquement sur ce qu'il m'était possible de sauver. Je ne pensais pas pouvoir empêcher l'attaque ni le massacre qui s'ensuivrait, mais je parviendrais peut-être à protéger certains de ceux que j'aimais.

Je m'efforçais de me faire tout petit dans l'esprit de Fils-de-Soldat, et je ne poussai pas un cri de reproche ni d'effroi en le voyant ranger ses troupes. Elles étaient armées, non de fusils, car le fer des canons et des mécanismes eût mis à mal notre magie, mais d'arcs, de lances, de piques et d'une abondance de torches enduites de poix. Les quatre archers qu'il avait choisis avaient la responsabilité des flèches enflammées et de leur matériel. Comme Dasie avait le talent d'appeler le feu, elle avait pour charge d'allumer les flammes le moment venu ; quant à Fils-de-Soldat, au cœur de la mêlée, il conduirait les troupes dans Guetis et orchestrerait son lâche assaut contre l'ennemi endormi.

Je le suivis donc pendant ces terribles journées pendant qu'il ourdissait la ruine de mes compatriotes. Mes compatriotes… Ses paroles perfides avaient trouvé en moi un terreau fertile dans lequel elles enfonçaient d'amères racines. « Mes compatriotes » m'avaient renié et avaient tenté de me tuer ; « mes compatriotes », obnubilés par les modifications que la peste ocellionne avait opérées en moi, n'avaient pas su voir que j'étais le même Jamère que jadis ; « mes compatriotes » n'avaient aucun respect pour les Ocellions qui m'avaient adopté, aucune envie de découvrir pourquoi ils mettaient tant d'énergie à défendre leur forêt, et aucune intention de leur permettre de conserver leur mode de vie. Quand j'y songeais, j'avais du mal à expliquer pourquoi je demeurais si farouchement fidèle à un peuple qui refusait toute attache avec moi ; pourtant, quand ces doutes déloyaux me prenaient, il me suffisait de concentrer mes pensées sur Spic, Epinie, et sur la femme et ses enfants à qui ils avaient donné refuge à ma demande, et ma détermination à saboter les plans de Fils-de-Soldat se réveillait aussitôt.

Mais à présent, alors que les montagnes se resserraient au-dessus de nous et que les images fluctuantes de l'étroit défilé s'assombrissaient, je savais que le temps m'était compté. À l'extrémité occidentale du col, l'armée devait camper pour la nuit afin de permettre aux guerriers et aux magiciens de se reposer, puis, au matin, les Opulents transporteraient en marche-vite l'intégralité des troupes jusqu'à la forêt des anciens ; de là, lorsque la courte journée s'achèverait et que la nuit froide refermerait son étau, nous attaquerions Guetis et sa population endormie.

Si je voulais prévenir Epinie et Spic, c'était ce soir ou jamais.

Accompagner Fils-de-Soldat dans un si long déplacement en marche-vite me donna les mêmes nausées et la même migraine qu'une journée entière dans un chariot cahotant. Jodoli et Kinrove nous imposaient leur magie si bien que j'ignorais à quel moment devait intervenir chaque flux et chaque arrêt ; simple passager, je me faisais tout petit au fond de mon double.

J'avais obtenu une maigre victoire dans l'incessante lutte qui m'opposait à lui : je lui avais interdit tout contact avec Lisana, qui lui manquait comme si on lui avait arraché le cœur. Une fois, j'avais tenté de marchander avec lui. « Amène-moi en marche-rêve auprès d'Epinie une nuit, et, le soir suivant, je te conduirai à Lisana.

— Tu voudrais que je te transporte auprès de l'ennemi pour que tu puisses lui révéler mes plans ? Sûrement pas.

— Alors tu ne verras pas Lisana et tu ne lui parleras pas », répliquai-je froidement. Et il avait eu beau peser sur moi et m'aiguillonner, ma résolution n'avait pas faibli. Il pouvait peut-être fouiller dans mes souvenirs, mais ma capacité à entrer en contact avec Lisana demeurait à moi – et il croyait sottement que, parce que j'avais proposé le marché, il était le seul à pouvoir rejoindre Epinie en marche-rêve.

Je regardai la journée passer par éclairs intermittents. On avait allumé des torches, davantage pour calmer les chevaux et les guerriers que par réelle nécessité. Nous nous reposions sur les souvenirs qu'avaient Jodoli et Kinrove du trajet, souvenirs qu'ils renforçaient en puisant dans la magie, et chaque image était comme un tableau d'une étrange galerie : dans l'une, les parois du défilé étincelaient de l'argent et du noir de la glace et de la pierre ; dans la suivante, mon attention se portait sur des gravures d'arbres et de visages que des voyageurs des temps passés avaient laissées dans la roche.

Nous ne montions pas à cheval ; nous conduisions les montures par la bride, et, longtemps avant la fin du jour, j'avais les pieds et le dos douloureux. Les autres Opulents avaient choisi de se faire transporter en litière, mais la fierté de Fils-de-Soldat lui avait interdit cette option, or il y avait des mois que je n'avais pas soumis mon organisme au moindre effort : mon double avait laissé s'amollir les muscles que j'avais cultivés par l'excavation incessante de nouvelles fosses. Il s'en mordrait les doigts le lendemain, quand il monterait Girofle, je le savais ; je partagerais sa douleur, mais je me réjouissais à part moi de cet inconfort qui détournerait ses pensées de ses obligations de commandant. Je ne l'en avais pas averti, car je voulais conserver cet avantage, certes réduit, à la cavalla gernienne ; mes compatriotes n'en sauraient jamais rien, mais ce détail pouvait se révéler critique le moment venu.

Le temps, je le savais désormais, est un phénomène complexe : nous nous déplacions très rapidement grâce à la marche-vite, et pourtant j'eus conscience de chaque étape du voyage, si bien qu'à la fin je me sentis aussi épuisé que si j'avais parcouru la distance en une seule journée – ce qui, de fait, était le cas.

Cette fatigue, beaucoup la partageaient. On ramassa du bois puis Dasie circula parmi nous pour allumer les feux. Kinrove et Jodoli avaient mangé tout leur soûl la veille, mais l'effort exigé par le déplacement en marche-vite de l'armée entière avait consommé leurs réserves, et leurs nourriciers s'activèrent à préparer et à leur servir les vivres transportés à dos de cheval. La plupart des

Ocellions n'avaient jamais voyagé et encore moins campé par grand froid ; Olikéa n'émit pas une récrimination, signe évident de la profonde tristesse qui l'accablait. Nous nous établîmes dans la partie couverte du défilé ; le vent avait soufflé une neige peu épaisse dans l'entrée de la caverne. Certains s'efforcèrent de la balayer à l'aide de rameaux de conifères, tandis que d'autres se servaient des mêmes rameaux pour fabriquer des couches qui les isoleraient légèrement du sol glacé. Fils-de-Soldat leur avait recommandé d'emporter des couvertures de laine et des fourrures, et la plupart avaient suivi son conseil ; néanmoins, la nuit serait froide.

On avait préparé pour les Opulents d'épais amoncellements de branches de conifères recouverts de fourrures et de couvertures chaudes, et l'on avait apporté des victuailles en quantité pour les guerriers et les magiciens. Tandis que le soir tombait et que le froid se refermait sur le campement, on alimenta les feux, qui devinrent des brasiers tandis que les vivres se transformaient en festin. Ce confort n'allait pas sans inconvénients : sous la chaleur, la terre gelée fondit et devint boueuse ; les Ocellions emmaillotés dans leur manteaux doublés de fourrure eurent vite trop chaud et, se dévêtant, se refroidirent aussi rapidement. Il y avait aussi des boissons destinées à combattre le froid, et d'autant plus fortes après une longue journée de voyage, mais les Opulents ne cherchèrent pas à freiner les guerriers. Sans bruit mais les yeux et les oreilles grands ouverts, j'assistai aux dernières mises au point du plan d'attaque par les Opulents.

La nuit était déjà avancée quand le dernier s'endormit. Fils-de-Soldat se coucha, fatigué par le voyage et la discussion, et impatient du lendemain ; Olikéa se plaqua contre son dos et sombra bientôt dans le sommeil.

Il ferma les yeux et se disposa à dormir, mais il n'y parvint pas. Demain, ce serait son baptême du feu, et pourtant, de tous les Opulents, il sentait qu'il avait l'image la plus nette de ce qu'ils allaient affronter. L'anxiété le mettait au supplice : s'acquitterait-il de sa mission ou mènerait-il ses guerriers à une mort inutile ? Mais, quoi qu'il dût arriver, il voulait affronter ce moment et en finir. J'avais vu ses plans et je devais reconnaître que la plupart de ses décisions eussent aussi été les miennes, si je tenais à détruire impitoyablement un ennemi qui résistait à toute autre tactique. Je regardai cette ombre obscure de moi-même, produit de l'éducation de mon père, de l'École, et... oui, de la haine que cette éducation avait suscitée chez les Ocellions. Je ne pouvais que me demander avec horreur ce qui se passait lorsqu'on employait les armes d'un tel système contre soi-même.

Puis j'entrepris de passer en revue tout ce qui pouvait mal tourner pour mon double le lendemain. Je songeai longuement et en détail aux hommes dont les muscles se refroidissaient, à la boisson enivrante qu'ils avaient consommée, à la neige épaisse qui les attendait, aux pistes sans doute impraticables : la marche-vite pouvait accélérer un trajet mais n'en éliminait pas les difficultés. Je m'appesantis aussi sur l'inexpérience des cavaliers et la mauvaise qualité de leur sellerie ; la monture de Dasie était un cheval d'attelage, profane comme elle dans le domaine de la monte, et j'imaginai au bénéfice de Fils-de-Soldat tous les accidents qui pouvaient découler d'une pareille combinaison. Je factorisai dans cette équation son ignorance du commandement actuel du fort, alors qu'il comptait sur des sentinelles négligentes et une garde de nuit à demi endormie.

Je continuai d'alimenter ses craintes et l'empêchai de s'assoupir alors que les autres ronflaient depuis longtemps. Enfin, quand son esprit se fut éreinté à sauter d'un désastre à l'autre, je me retirai, le laissai sombrer dans le sommeil et l'y enfonçai le plus profondément possible ; de l'orée de ses pensées, je le calmai, l'apaisai, puis, quand je le sentis descendre plus bas que le niveau des rêves, j'agis.

Puiser dans sa magie fut la partie la plus délicate. Lui et les autres Opulents avaient passé les deux derniers jours à reconstituer leurs réserves en ne mangeant que des aliments propices à leur mission. Fils-de-Soldat, je le savais, avait douloureusement conscience qu'il n'avait pas retrouvé l'embonpoint dont il jouissait avant que je ne gaspille toute sa magie en une vaine attaque contre la route, mais, lors de cette dernière bâfrerie, il avait surpassé Jodoli ; sa haute taille et sa carrure lui donnaient un avantage évident sur Dasie, incapable de supporter autant de poids que lui. Kinrove avait rapidement regagné sa corpulence, grâce à une équipe de nourriciers efficaces ; toutefois, lui et Jodoli avaient prévenu que le transport aller et retour de l'armée puiserait dans leurs réserves, et ils avaient conseillé à Dasie et à Fils-de-Soldat d'accumuler des forces au cas où une partie de cette tâche leur reviendrait aussi.

Comme une tique discrète, j'aspirai la magie jusqu'au moment où j'en sentis ma conscience saturée, voire bouffie. Je m'écartai de son esprit le plus possible puis envoyai une pensée fine comme une aiguille à la recherche d'Epinie.

Je ne la trouvai pas.

Pendant un instant, glacé, je me demandai si elle était morte. Elle ne m'avait pas paru en très bonne santé la dernière fois que je l'avais vue, accablée par sa grossesse et la peine et l'inquiétude que je lui inspirais. Guetis était une ville bien rude et primitive pour y donner le jour à un premier enfant lorsqu'on était une femme de bonne extraction. J'avais appris avec soulagement qu'Amzil serait à ses côtés, mais, bien qu'elle eût déjà assisté d'autres naissances, elle n'était ni médecin ni sage-femme. Je m'efforçai de calculer à quelle date ma cousine devait accoucher, mais j'avais tellement perdu le fil du temps que je ne parvins pas à savoir si elle était encore enceinte ou déjà mère.

Je cédai à l'impulsion de mon cœur et cherchai Amzil ; je la trouvai sans plus d'effort que la première fois où j'avais voyagé en marche-rêve jusqu'à elle. Aujourd'hui, toutefois, plus prudent, je l'approchai lentement et avec douceur. « Amzil ! Amzil, m'entendez-vous ? C'est moi, Jamère. »

Je la savais proche, mais une sorte d'obscurité la dissimulait, et je m'évertuai à la traverser. « Amzil ? Amzil, je vous en prie, entendez-moi ! Entendez ma mise en garde ! » Mais, derrière le brouillard qui cachait son esprit, je me heurtai au même mur qu'elle m'avait montré la fois précédente : elle m'avait fermé ses rêves, décidée à poursuivre sa vie sans moi. Je ne pouvais le lui reprocher ; elle avait trop bien appris à ne compter que sur elle-même, et je ne pouvais franchir ses défenses qui assuraient sa force. Epinie, alors ; je devais trouver Epinie si je voulais avertir les miens.

Je rassemblai la magie que j'avais volée et me tendis plus énergiquement vers ma cousine ; s'ensuivit un long moment de doute, de tâtonnement vide et sans fin, puis un « Oh ! » surpris jaillit de l'autre monde.

« Epinie ? Epinie, sois là, je t'en prie, entends-moi. Je n'ai que peu de temps et je dois absolument te mettre en garde.

— Jamère ? » Sa voix était faible et pâteuse ; elle ne rêvait pas mais elle ne s'éveillait pas à ma présence : je ne voyais rien par ses yeux et ne percevais quasiment rien de ce qui l'entourait. Elle avait de la température, je n'en savais pas plus.

— Epinie, tu vas bien ? Es-tu malade ?

— Pardonne-moi, Jamère, je n'ai pas pu donner ton nom à mon enfant. C'est une fille ; une fille ne peut pas s'appeler Jamère.

— Non, bien sûr. Va-t-elle bien ? Et toi ? » Ce n'était pas de l'enfant que je voulais parler, mais j'espérais que par ce biais je percevrais mieux Epinie ; cependant, cela ne marcha pas aussi bien que je l'eusse souhaité. Je sentis un petit corps chaud sous la main de ma cousine : le nourrisson dormait contre elle.

« Elle est adorable ; et on ne l'entend pas : elle pleure rarement. Nous l'avons baptisée Solina ; c'est un joli prénom, tu ne trouves pas ?

— Ravissant. Epinie, je sais que tu es fatiguée, mais écoute-moi ; un grand danger approche. Les Ocellions se massent pour lancer un assaut ; demain, tard dans la nuit, ils fondront sur le fort avec des flèches et des torches ; ils espèrent détruire la garnison et la ville par le feu, mais aussi tuer tous ceux qu'ils pourront. Tu dois prévenir tout le monde de se tenir prêt.

— J'ai tant de choses à te raconter, répondit-elle d'un ton vague. Quel bonheur de te savoir vivant ! Quel bonheur ! Nous ignorions ce qu'il advenait de toi. Ah, bien sûr, j'ai fait ce rêve où je te voyais, mais c'était il y a des mois. Quel soulagement quand la peur a cessé ! Je me suis demandé si tu en étais responsable, puis si ça signifiait que tu étais mort. » Elle prit une longue inspiration et poussa un grand soupir. D'épaisses volutes de brume parurent monter avec son haleine ; sa chaleur et son bien-être s'amoncelèrent autour de nous et menacèrent de m'engloutir. Je résistai avec difficulté.

« Epinie, qu'est-ce qui ne va pas ? As-tu entendu ce que je t'ai dit ? Une attaque se prépare et il faut prévenir tout le monde ! » Comme elle ne répondait pas, je repris plus sèchement : « Epinie ! De quoi souffres-tu donc ?

— C'est le laudanum, fit-elle dans un souffle. Je sais que ce n'est pas bon pour moi, Jamère, mais ça fait un bien fou. Pendant quelque temps, la peur a disparu, et la tristesse aussi ; on aurait cru s'éveiller d'un mauvais rêve. Je me suis levée un matin et je me suis dit : “Pourquoi ai-je laissé cette maison devenir aussi lugubre ?” Alors j'ai commencé à faire la poussière, à récurer, et je fredonnais en travaillant. Et puis Amzil est entrée, et elle m'a dit que j'aménageais mon nid. Quelle jolie idée ! Elle m'a aidée à nettoyer, à rendre ma chambre plus claire et à préparer un coin pour la petite.

— Je me réjouis qu'elle ait été là et que Solina se porte bien. Epinie, voici comment se déroulera l'attaque : les Ocellions se glisseront dans Guetis très tard dans la nuit ; certains resteront dans la ville pour mettre le feu à des maisons tandis que d'autres élimineront les sentinelles et pénétreront dans le fort. Les incendiaires viseront certains bâtiments clés, les entrepôts, les casernes, le réfectoire, le quartier général et surtout la prison où l'on enferme les forçats, mais ils brûleront aussi autant de résidences privées que possible ; vous serez en danger, ton enfant et toi, ainsi qu'Amzil, les petits et Spic. Après le premier assaut, tout paraîtra se calmer et les Ocellions battront en retraite, mais ce sera une ruse ; ils attendront que tout le monde soit sorti pour combattre les incendies, et alors ils reviendront.

— Je n'arrive pas à m'inquiéter. C'est toute la beauté de mon état, Jamère : je sais que je devrais m'inquiéter, mais je ne peux pas ; c'est si agréable, Jamère, si agréable ! » Elle fit un petit effort pour plier les doigts et tirer sa couverture sur elle. « Jamère, cet automne, quand la peur a cessé et que je t'ai cru mort, j'ai envoyé ton journal à mon père pour qu'il le range à la suite de ceux du tien.

Je l'ai fermé à l'aide d'un cordon et accompagné d'un mot disant qu'il ne fallait pas l'ouvrir avant cinquante ans, afin de protéger ceux dont tu parles dedans.

— Comment ? » m'exclamai-je, épouvanté. Puis, par un effort surhumain, j'écartai mes préoccupations personnelles et tâchai de prendre un ton doux mais ferme. « Epinie, il faut que tu te réveilles pour prévenir Spic et le reste de la maisonnée. Prépare des bagages avec ce dont tu risques d'avoir besoin au cas où tu devrais fuir ; as-tu des vêtements chauds et des vivres à emporter ? »

Elle soupira puis s'agita dans son sommeil sans rêve. « Le petit dernier d'Amzil est malade et il ne doit pas sortir. J'espère que Solina n'attrapera pas ce qu'il a, elle est si mignonne et elle dort si bien…

— Epinie. » Je m'exprimais plus lentement en m'efforçant de ne pas me laisser submerger par le désespoir. « Spic est-il là ?

— Il dort dans l'autre chambre ; il s'y est fait un lit pour que je puisse prendre la petite avec moi ; il est très prévenant. » Je sentis son sourire. « Nous avons reçu du courrier ; c'est de la chance d'avoir une distribution en plein hiver. Bonnes nouvelles de la famille de Spic grâce aux sources. Le médecin de l'École a pris ma lettre au sérieux et s'est rendu en personne à Font-Amère pour en rapporter un peu d'eau à Tharès-la-Vieille ; grâce à elle, il a enrayé un début d'épidémie de peste et remis sur pied certains étudiants de l'École, comme elle avait guéri Spic. Du coup, tout le monde se déplace à Font-Amère pour se baigner et prendre le traitement, et d'autres achètent de l'eau qu'ils rapportent chez eux. La fortune des Espirek est faite, Jamère ; Spic et moi sommes ravis pour eux. »

Laudanum ou non, rien n'arrêtait Epinie une fois qu'elle était lancée. Je l'interrompis avant qu'elle pût reprendre ses divagations. « Appelle Spic, Epinie, et dis-lui ce que je t'ai dit.

— Ce que tu m'as dit ?

— À propos des Ocellions et de leur attaque.

— Mais il dort. Il est très fatigué. Je lui ai proposé d'essayer le laudanum, mais il a refusé ; d'après lui, ça me fait du bien de me reposer, et c'est bon pour la petite que je reste calme.

— Epinie, je dois partir. » Ma réserve de magie touchait à sa fin. « Il faut que tu te souviennes de ce rêve ; tu dois dire à Spic d'avertir tout le monde.

— Viendras-tu bientôt voir la petite ?

— Tu dois prévenir Spic. Préviens tout le monde, c'est urgent !

— Urgent », répéta-t-elle d'un ton apathique, puis je la sentis se reprendre un peu. « Père était dans une colère noire, Jamère, à cause du journal. »

La honte me prit à la gorge et je ne pus répondre ; pourtant, au même instant, une sensation des plus étranges me saisit, le sentiment qu'un grand cercle se refermait. Je savais d'avance que cela arriverait ; je le savais depuis le jour où j'avais commencé à écrire sur le vélin du magnifique journal de fils militaire que m'avait envoyé mon oncle : le volume retournerait chez lui, et les conséquences de mes annotations réduiraient mon avenir en poussière. Quelle bizarre impression de me rendre compte que, depuis le début, j'archivais les preuves de mon déshonneur pour les exposer en place publique ! Maintenant que c'était accompli, j'éprouvais presque du soulagement. Epinie continuait à parler d'un ton rêveur, comme si elle récitait une litanie.

« Il a dit à ma mère qu'elle n'avait pas le droit, que c'était son nom à lui qu'elle mettait en danger ; elle a répondu que la reine ne l'apprendrait jamais, qu'elle ne prendrait jamais la peine de chercher à découvrir le fin mot de l'histoire ; elle a ajouté qu'il y avait une fortune en jeu et qu'il ne devait pas se laisser freiner par sa dignité. Ne t'avait-il pas amené chez nous ? Ne m'avait-il pas bradée en mariage à un simple soldat comme la fille d'un aubergiste ? Père était furieux. Il compte parler à ton père ; il a dit... Il a dit... » Sa voix mourut, et elle ne fut plus sous mes doigts qu'un clair de lune qu'un nuage vint finalement cacher. Elle n'était quasiment plus là.

« Epinie », fis-je en soupirant, et je laissai partir son faible contact.

Je flottais comme une poussière dans l'esprit de Fils-de-Soldat, conscience gernienne dont il se désintéressait. Ce que j'apprenais de mon journal de fils militaire me mettait au supplice ; ce que j'y avais noté me faisait horreur, et je me faisais moi-même horreur d'avoir eu la bêtise d'y écrire. Trop tard : qu'était la honte pour quelqu'un comme moi, un homme mort, un Ocellion, un magicien renégat, traître à son peuple ? Trop tard pour songer à ma réputation ; je n'avais plus de nom. Il ne me restait plus qu'un vestige de la magie que j'avais volée. Je fondais tous mes espoirs sur Epinie : nous avions déjà été magiquement réunis, et j'avais donc la certitude de pouvoir pénétrer dans ses rêves ; si elle n'avait pas succombé à la noire dépression insinuée par la magie, si elle n'avait pas pris du fortifiant de Guetis, mélange de rhum et de laudanum, j'eusse pu être sûr qu'elle avait bien entendu mes mises en garde. Hélas, la magie m'avait encore une fois mis en défaut.

Je pensais avoir assez d'énergie pour un nouvel essai, et je décidai de contacter Spic. Je ne m'étais jamais rendu en marche-rêve jusqu'à lui, mais je le connaissais bien. Si Epinie lui racontait son rêve, il risquait de n'y voir que le fruit de son imagination, alors que, si je communiquais avec lui d'esprit à esprit, il comprendrait que mon avertissement n'avait rien de fantaisiste ; il aurait du mal à convaincre sa hiérarchie d'en tenir compte, je le savais, aussi valait-il mieux éviter de dire qu'il se fondait sur un rêve d'Epinie.

Je rassemblai tous mes souvenirs de mon ami, chacune de ses facettes, depuis l'adolescent pétri d'enthousiasme que j'avais connu à l'École jusqu'au lieutenant fatigué, tourmenté, et à l'époux qu'il était devenu à Guetis. Je fis un effort particulier pour me rappeler les moments de contact que nous avions partagés dans l'autre monde où la fièvre ocellionne nous avait envoyés ; à l'époque, il avait accepté plus facilement que moi la réalité de cet épisode, et j'espérais, si je parvenais à l'atteindre, qu'il se montrerait l'esprit aussi ouvert qu'alors.

Atteindre Spic en marche-rêve ne s'apparentait pas à une randonnée ; j'avais plutôt l'impression d'être une aiguille qui s'enfonçait dans des plis de tissu sans fin en quête d'un fil particulier. Établir ce nouveau contact se révélait plus fatigant qu'atteindre Epinie, qui avait toujours été plus réceptive à la magie qu'aucun d'entre nous. Mais je finis par découvrir Spic, et, en usant de toute l'énergie qui me restait, je réussis à pénétrer dans son rêve ; je me retrouvai dans un monde lugubre : il rêvait qu'il creusait un sol caillouteux ; au fond du trou, il devait jeter les pelletées par-dessus sa tête, et, une fois sur deux, il recevait une averse de terre mêlée de pierres. Au moment où j'entrai dans son esprit, il s'efforçait d'introduire la pointe de sa pelle sous un gros caillou ; il ne sursauta pas, il n'eut pas un mouvement d'effroi : les songes s'adaptent très vite aux intrusions, et je me retrouvai avec une pelle dans les mains. Spic leva les yeux, essuya son front couvert d'une sueur poussiéreuse et dit : « Tu as creusé ton trou et moi le mien, et nous voici coincés dans les vies que nous nous sommes créées.

— Spic, pose ta pelle et écoute-moi. Nous sommes dans ton rêve, mais ce que je viens te dire est réel. »

Je prenais un risque en lui révélant que nous occupions un songe. Il me regarda, ses yeux accommodèrent sur moi, et aussitôt le paysage commença de se désintégrer autour de nous comme la peinture se dissolvant sur une aquarelle. Je lui saisis l'épaule et me persuadai aussi fort que je le pus de sa présence ; je fis un effort pour sentir son bras maigre sous ma main, le sol caillouteux sous mes pieds, pour percevoir les odeurs de la terre et de sa sueur. Spic se stabilisa mais continua de me dévisager d'un œil ahuri.

« J'ai peu de temps, dit-je alors que la magie baissait dangereusement. Epinie aussi a fait un rêve ; demande-lui de te le raconter. Des Ocellions attaqueront Guetis demain dans la nuit et tenteront de mettre le feu à toute la ville. N'oublie pas mes paroles, Spic, et n'en doute pas. » Je serrais ses épaules entre mes doigts aussi fort que je le pouvais, comme pour donner encore plus de substance à notre contact. Sur une brusque inspiration, je lui pris la main, la portai à son visage et appuyai durement pour lui enfoncer les ongles dans la joue avant de la tirer vers le bas et de l'égratigner. « Cette mise en garde est aussi réelle que la douleur que tu ressens. Prends les mesures nécessaires, sentinelles supplémentaires, patrouilles de nuit, fusils chargés, grenaille de fer… »

Je ne me rendis pas compte du moment où ma magie d'emprunt se tarit ; je m'aperçus seulement que je m'adressais à un Spic de néant. Dans l'intervalle d'un battement de paupières, il disparut et je réintégrai Fils-de-Soldat, qui dormait d'un sommeil lourd, de ce sommeil profond dans lequel je sombrais parfois après une nuit où je n'avais pas pu fermer l'œil. Je réfléchis puis effleurai doucement sa conscience en lui répétant qu'il ne risquait rien et que tout allait bien ; de toutes les fibres de mon être, je lui imposai de dormir longtemps et tard.

Et j'y réussis : quand il se réveilla, la moitié de la courte journée d'hiver avait passé. Il ouvrit les yeux sur un ciel gris et froid, et il lui fallut quelque temps pour se rappeler où il se trouvait ; alors il se redressa avec une exclamation. Non loin de là, Jodoli dormait toujours ; certains guerriers étaient debout et se déplaçaient dans le camp, mais la plupart se pelotonnaient autour des feux et bavardaient à mi-voix. Au cri de Fils-de-Soldat, toutes les têtes se tournèrent vers lui, et certains hommes se levèrent.

« Pourquoi ne m'a-t-on pas réveillé ? » brailla-t-il. Il se montrait injuste, il le savait, mais cela ne faisait qu'alimenter la colère qui l'envahissait. « La troupe aurait dû être debout, armée et prête au départ il y a des heures ! Ce retard met tous nos plans en danger ! »

Jodoli s'asseyait en se frottant les yeux, alors que Firada, déjà en action, faisait signe à ses nourriciers de se dépêcher de servir le repas réchauffé et d'apporter du thé qui infusait dans une bouilloire fumante. De toute évidence, ils devaient être debout depuis un certain temps, puisqu'ils avaient déjà tout préparé pour le réveil de leur maître. Mon double se tourna et constata que même Olikéa, malgré son accablement, était habillée.

« Pourquoi ne m'a-t-on pas réveillé ? » demanda-t-il à nouveau, et je me sentis mal pour lui en entendant le ton infantile et plaintif qu'il prenait. Il dut sentir mon dédain, car il se dégagea de ses couvertures et, d'un geste furieux, fit signe qu'on lui apportât ses vêtements. Il mesurait soudain qu'il avait exagérément dévié de la rigueur militaire et que cela risquait d'avoir de lourdes conséquences ; avec impatience, il arracha ses vêtements des mains de ses nourriciers et les enfila avec des grognements d'effort. Il dut bloquer sa respiration pour passer sur ses mollets ses bottes garnies de fourrure, mais il y parvint et se redressa. « Nous allons manger, remballer nos affaires et reprendre la route ; nous devons avoir atteint l'orée de la forêt près de la route à la tombée du jour. Là, nous attendrons la pleine nuit pour attaquer la ville. Aussi, restaurez-vous bien et remplissez vos outres, car vous n'aurez pas d'autre repas avant la bataille. Emportez quelques vivres, mais seulement ce que vous pourrez consommer en marchant. En avant ! »

Je me réjouissais de les voir prendre un si mauvais départ, mais je dissimulais ma satisfaction. Tout en regardant les guerriers frissonnant de froid, la mine parfois morose, vaquer à leurs préparatifs, je me demandais ce qu'Epinie, l'esprit obscurci par le laudanum, se rappellerait de son rêve, et j'espérais que Spic percevrait l'urgence de mon message ; rien ne me permettrait de savoir si mon avertissement désespéré avait porté ses fruits avant le début des combats. En attendant, je gardai pour moi les doutes qui me rongeaient et alimentai l'inquiétude de Fils-de-Soldat quant à la capacité de ses troupes à s'organiser : je fis resurgir de vifs souvenirs de la rapidité avec laquelle les élèves de l'École rompaient les rangs chaque matin avant l'aube, je lui rappelai le temps où, adolescent, j'admirais les renforts des places-fortes de l'est qui passaient à pied ou à cheval le long de la propriété paternelle ; même à la fin d'une longue journée de marche, les hommes défilaient en colonnes rectilignes et la tête droite. Mon double observait ses guerriers qui s'assemblaient en groupes désordonnés autour de leurs chefs désignés de frais ; il n'y avait rien d'uniforme dans leur vêture ni dans leur attirail, aucune précision dans leur formation, et guère de discipline militaire dans leur attitude ; à ma connaissance, il s'agissait là d'éléments essentiels chez une troupe sur le point de combattre, et ces hommes en étaient dépourvus. En revanche, ils avaient un point fort qui me glaçait les sangs : sur leur visage s'affichaient la haine et l'envie de vengeance, et la volonté, non seulement de tuer, mais de faire un massacre était manifeste dans leurs promesses âpres et les paris qu'ils prenaient auprès de leurs camarades. Il y aurait de nombreux morts ce soir. Sans le vouloir, je me pris à songer au dieu ancien Orandula, et j'écartai brusquement mes pensées de lui ; je ne tenais pas à attirer son attention ni à lui donner à croire que le carnage à venir était de ma part une offre ni un marché que je lui proposais.

Néanmoins, tandis que le contingent hétéroclite de Fils-de-Soldat s'assemblait pour se faire transporter en marche-vite par les Opulents jusqu'à l'orée de la forêt, je ne pus m'empêcher de voir la main du maître de l'équilibre dans la bataille qui se préparait ; la haine et la détermination pouvaient-elles contrebalancer l'organisation et l'expérience ? J'eus une brusque illumination, et je compris pourquoi le dieu de la mort était aussi celui de l'équilibre : on peut toujours obtenir le point de stabilité entre deux choses en déplaçant le couteau de la balance. Et je sentis avec un frisson d'angoisse que j'étais le couteau qu'on venait de déplacer.

Fils-de-Soldat fit ses adieux à Olikéa ; tous les nourriciers, hormis les gardes de Dasie, devaient rester en compagnie de Kinrove et de Jodoli, et les guerriers qui se trouvaient sous l'autorité de l'Opulente et de mon double continueraient seuls. Les rares chevaux que nous possédions suivraient à la longe ; je n'avais jamais vu Dasie monter sur l'animal qui tirait sa carriole, et je tirais une certaine satisfaction à songer qu'elle devait faire une piètre cavalière.

La fin de la matinée puis la maigre lumière du bref après-midi passèrent dans les paysages scintillants de la marche-vite. Entre les arbres dont les branches l'avaient tamisée, la neige reposait, épaisse, sur le sol, et le froid gerçait les lèvres et figeait les visages ; plusieurs guerriers exprimèrent leur inconfort puis leur inquiétude à mesure que la marche s'éternisait ; certains eussent sans doute volontiers fait demi-tour si la marche-vite ne les avait obligés à demeurer parmi nous sous peine d'affronter plusieurs jours de trajet à pied pour regagner le campement. Ceux qui dans d'autres circonstances eussent déserté restèrent, mais bien à contrecœur.

Pour la première fois depuis que Dasie avait fait irruption dans notre existence, nul autour d'elle ne portait de fer. Kinrove et Jodoli avaient refusé ne fût-ce que de tenter de déplacer quiconque arborerait ce métal sous prétexte qu'il perturberait leur magie. J'ignore si l'Opulente craignait ou non que Fils-de-Soldat ne saisît l'occasion de se venger d'elle ; comme lui, elle avait laissé ses nouveaux nourriciers au camp, mais les deux d'origine, vêtus désormais en guerriers, marchaient de part et d'autre d'elle. Leurs épées de bronze paraissaient aussi dangereuses que leurs semblables en fer, et ceux qui les portaient avaient l'air compétent et assuré, car ils n'avaient à se préoccuper que de leur capacité à manier leurs armes sans redouter de causer aucune gêne ni d'infliger aucune blessure à leur Opulente. Derrière elle, un guerrier menait le cheval massif qu'elle monterait au combat et qui servait pour l'instant de bête de somme, chargée de torches enduites de poix.

La journée de marche fut une véritable épreuve pour Fils-de-Soldat et Dasie, alourdis par leur masse et qui avaient perdu l'habitude de faire de l'exercice. Mon double souffrait, non du froid, mais de la chaleur que son organisme générait sous l'effort ; il redoutait de transpirer car il savait qu'il se refroidirait rapidement quand il s'arrêterait, mais il n'y pouvait pas grand-chose. Pour ma part, j'éprouvais de nouveau une sensation de progression par à-coups accompagnée d'embardées sous la force de la magie qui nous poussait en avant ; cela n'avait rien d'agréable, mais je me consolais en songeant que Fils-de-Soldat en était aussi incommodé que moi.

La nuit tomba vite, car nous nous trouvions sur le versant oriental des montagnes dont les sommets bloquaient le coucher de soleil, et nous achevâmes la dernière étape de notre voyage dans l'obscurité. Il y avait quelque chose d'effrayant à se déplacer magiquement dans un paysage qui, tous les quelques pas, devenait plus sombre et plus froid. Quand nous atteignîmes la forêt des ancêtres qui touchait à l'extrémité de la Route du roi, notre transport anormal s'interrompit abruptement. Dans le noir et le froid, les hommes se mirent à tourner en rond en échangeant des propos à mi-voix et en s'efforçant de s'identifier mutuellement à tâtons. Dasie avait tout prévu : elle déchargea les torches et les fit distribuer à mesure que sa magie les enflammait.

Les arbres gigantesques qui nous entouraient étaient alourdis de neige que leurs frondaisons avaient empêchée de parvenir jusqu'au sol ; on en voyait quelques traînées ici et là, mais on n'enfonçait dans la plupart que jusqu'à la cheville à peine. Les hommes ramassèrent des branches mortes, et, en peu de temps, une vingtaine de feux de camp crépitaient, disséminés dans la nuit. Leur lumière faisait des monstres des ombres qui passaient devant eux, et leur chaleur agitait au-dessus d'eux les feuilles, qui laissaient tomber des gouttes d'eau ou de brusques avalanches de neige sur les têtes. Fils-de-Soldat allait de feu en feu et conversait avec les hommes qu'il avait placés à la tête des troupes. Certains faisaient de bons sergents qui prenaient en charge leur guerriers et veillaient à ce qu'ils boivent et se restaurent, tandis que d'autres se révélaient des brutes, fières d'avoir été choisies pour commander mais qui bousculaient et harcelaient leurs hommes au lieu de leur montrer la voie. Je songeai que mon double eût mieux fait de laisser sa troupe désigner elle-même ses chefs, ce qui eût été davantage dans la tradition ocellionne, et je m'étonnai alors d'être capable de me rendre compte que son vernis de connaissance militaire gernienne ne cadrait pas avec leur culture alors que lui-même ne s'en apercevait pas. Jusqu'à quel point avions-nous fusionné, lui et moi ?

Quand il eut achevé le tour du camp, il revint auprès de son propre feu, où se trouvaient les guerriers de son clan. Pendant un long moment, il se perdit en vains regrets de n'avoir pas commencé plus tôt à cultiver leur affection et à les attacher vraiment à sa personne, puis il leur sourit et s'enquit de leurs préoccupations, mais c'est tout juste s'il entendit leurs réponses : dans quelques heures, sa vie risquait de dépendre d'eux alors qu'il les connaissait à peine, ni eux ni aucun des guerriers sous ses ordres. Je lui soufflai qu'il ne valait pas mieux que les officiers distants sous lesquels j'avais servi à Guetis ; sans pitié, je sapai son assurance et sa capacité à commander, tout en me demandant s'il m'avait instillé les mêmes doutes pendant les longues journées où mon père m'avait traité en esclave et en prisonnier. Participait-il de mon incompétence à me libérer et à trouver mon autonomie ? La seule idée que cette possibilité existât attisa les feux de ma colère, et c'est sans scrupule que j'affouillai sa propre estime à l'aide de tous les doutes qui me passaient par la tête, tous les reproches du passé que je pouvais exhumer. Je lui rappelai qu'il se laissait aller, qu'il négligeait sa forme et sa prestance, qu'il avait laissé passer plusieurs occasions de gagner la loyauté de ses hommes, de leur enseigner la discipline, de leur faire comprendre la nécessité de s'exercer et d'obéir promptement.

Il leva les yeux vers le haut du versant, là où se dressait l'arbre de Lisana, et je sentis l'envie qui le tenaillait de gravir la pente enneigée afin de pouvoir, fût-ce l'espace d'un instant, appuyer son front contre son écorce, lui dire qu'il l'aimait et qu'elle lui manquait toujours ; mais je l'en décourageai en faisant valoir la difficulté de l'escalade, le froid dont il souffrirait, et je terminai par l'idée que, s'il n'avait pas dormi comme un verrat indolent, il aurait peut-être eu le temps de tenter l'excursion. À présent, il était trop tard ; il avait à peine le temps de préparer ses troupes mal entraînées à leur mission suicide.

Soudain, je sentis que je poussais trop loin mon avantage : il perçut mon influence et me repoussa brusquement à bout de bras. Il ne m'exila pas comme il l'avait fait naguère, et je compris aussitôt pourquoi : il renâclait à la dépense d'énergie et d'attention que cela lui coûterait. Je ne pus contenir ma joie de découvrir qu'il avait dû payer, pour me maintenir dans les limbes, plus qu'il n'osait dépenser aujourd'hui.

La nuit s'assombrit et le froid s'accentua, absence plus que présence. Tous se rapprochèrent des petits feux qui ne servaient guère qu'à faire la nique à l'hiver, car il n'était pas question de les alimenter assez pour qu'ils irradient au loin leur chaleur et leur lumière ; Fils-de-Soldat les observait déjà d'un œil mécontent en espérant qu'un chasseur errant ou un promeneur nocturne ne les repérerait pas et n'irait pas les signaler à Guetis.

Jamais une soirée ne m'avait paru aussi interminable. Quand l'heure de descendre vers la ville vint enfin, Fils-de-Soldat ordonna qu'on lui amenât Girofle ; à défaut de montoir, il grimpa sur le dos du patient animal à grand ahan et sans dignité, et Dasie ne se débrouilla guère mieux avec sa propre monture ; Girofle, au moins, avait l'habitude de porter un cavalier pesant. Une fois que je me trouvai sur lui, il frissonna de la robe comme pour assurer son nouvel équilibre puis il ne bougea plus ; en revanche, la jument de l'Opulente ne goûta pas l'agitation ni le bruit des guerriers qui aidèrent leur maîtresse, et, une fois Dasie en selle, elle partit en crabe puis, alors que sa cavalière tirait trop fermement les rênes, elle recula et faillit piétiner un groupe pelotonné autour d'un feu. Fils-de-Soldat dut se porter à son secours et perdre de précieuses minutes à lui expliquer les rudiments de la monte. Bien que telle n'eût pas été son intention, il décida de chevaucher en tête de l'armée, avec Dasie derrière lui, flanquée de deux guerriers plus expérimentés qu'elle.

Il traversa le camp en savourant la hauteur et l'autorité que lui conférait le grand cheval mais en serrant les dents pour supporter les douleurs et les tensions que l'exercice éveillait dans ses muscles amollis. Il s'entretint avec ses sergents pour s'assurer qu'ils avaient vérifié les fournitures de leurs hommes ; les torches étaient l'élément critique de son plan, et chaque guerrier en portait trois ; quelques-uns portaient aussi des pots à feu, récipients d'argile garnis de sable dans lesquels brasillaient des charbons ardents. Si la magie de Dasie ne parvenait pas à l'emporter sur le fer présent dans la ville et dans le fort, ils serviraient à allumer les torches. Fils-de-Soldat avait permis à chaque homme de ses troupes de choisir ses armes ; certains arboraient une épée courte, d'autres un arc et un carquois plein, d'autres encore une lance ou un long poignard, et de très rares une simple fronde. Il les forma en deux colonnes parmi lesquelles il dissémina ses cavaliers, puis il remonta prendre la tête de l'armée. Jusqu'à Guetis, il faudrait se déplacer sans aide ; Kinrove et Jodoli lui avaient annoncé qu'ils avaient épuisé leurs forces pour la marche-vite, ce qui avait annulé son projet d'apparaître subitement aux portes de la ville : les deux Opulents ne pouvaient transporter ses troupes vers un objectif aussi saturé de fer. Fils-de-Soldat regrettait de ne pouvoir se matérialiser près du fort pour se dissiper ensuite de la même manière, mais il savait devoir opérer dans les limites qu'on lui imposait. La nuit était d'un noir d'encre quand il leva enfin la main et dit à mi-voix : « En avant ! »

Les hommes se transmirent l'ordre, et, comme une chenille débile, les deux colonnes se mirent en marche d'un pas sans cadence. Mon double les mena jusqu'à l'orée de la forêt puis il s'arrêta un instant : la clairière et, au-delà, la route étaient couvertes de neige molle ; la lune en son premier quartier et les étoiles innombrables du ciel d'hiver dispensaient une faible clarté que le ruban blanc de la route semblait absorber puis renvoyer au firmament. Comme Jodoli l'avait prédit, mon attaque magique n'avait guère laissé de traces, et la plupart des dégâts avaient déjà été réparés, ce qui faisait finalement les affaires de Fils-de-Soldat : en nettoyant le chantier avant l'arrivée de la neige, les ouvriers avaient tracé la voie aux Ocellions. Mon double emprunterait la route qui menaçait de les détruire, et, arrivé à Guetis, enverrait ses troupes semer la mort et la destruction chez ceux qui les avaient amenées parmi nous.

Il serra les genoux, et son grand cheval quitta l'abri des arbres d'un pas nonchalant ; il franchit le sol inégal de la clairière sous son manteau blanc puis parvint sur la route proprement dite. La couche de neige montait à mi-hauteur des jambes de Girofle, et Fils-de-Soldat comprit avec accablement qu'il allait devoir ouvrir une piste pour Dasie, ses gardes et toute la troupe qui les suivait. Il s'arma de courage, trouva sa position sur la selle et poussa sa monture dans la nuit.

7

Massacre

L'inquiétude me rongea pendant l'interminable trajet jusqu'à la ville. Encombrés de vêtements lourds, embarrassés par la neige épaisse, les hommes de Fils-de-Soldat progressaient derrière nous comme une longue colonne de fourmis ; avec une fierté teintée d'amertume, je songeai que des soldats gerniens se fussent ri d'une telle marche, mais, pour les guerriers ocellions, il s'agissait d'une expérience nouvelle qu'ils ne goûtaient pas du tout. La nuit noire, la résistance de la neige et le froid oppressant refroidissaient leur ardeur belliqueuse.

Je surpris Fils-de-Soldat à se demander si tous ses hommes resteraient avec lui durant cette dernière étape du voyage ; il finit par juger préférable d'écarter cette question de ses pensées. Ceux qui l'avaient suivi jusque-là l'avaient fait pour des raisons personnelles : certains par vengeance contre les Gerniens, d'autres pour détruire Guetis et mettre un terme à la danse de Kinrove, d'autres enfin, sans doute, parce qu'ils étaient jeunes et que l'aventure leur avait paru merveilleuse de prime abord. Si certains décidaient de s'en retourner, il n'y pouvait pas grand-chose ; ils étaient tous volontaires, et les Ocellions n'avaient dans leur culture nul mécanisme permettant de tenir quelqu'un à une activité un mois ou une saison, encore moins un an. J'eus de nouveau le sentiment que Fils-de-Soldat tentait d'imposer un modèle gernien aux Ocellions, en opposition avec leurs traditions. Il dut percevoir un effluve de mes réflexions.

« Nécessité fait loi, me dit-il d'un ton bourru. Face à un ennemi impitoyable et malfaisant, nous devons adopter certaines de ses stratégies et recourir à une forme de guerre qui lui soit familière ; alors, ceux qui nous échapperont et parviendront à survivre décriront partout les Ocellions lancés dans une lutte sanglante et sans merci contre tous les Gerniens. Il devra en être ainsi ; ça ne me plaît pas, mais j'irai jusqu'au bout. »

Je ne répondis pas, trop occupé à empêcher mes pensées de s'attarder sur la ville, sur le fort, sur Epinie et Spic ; avec une inquiétude que je m'efforçais de contenir, je me demandais si Spic réagirait ou non à ma mise en garde. Fils-de-Soldat ne devait pas se douter que la ville avait été prévenue de l'attaque, or, s'il sentait que je m'appesantissais sur mes craintes ou mes espoirs, il risquait de tenter de s'infiltrer dans mes pensées. Je ne savais plus ce qu'il m'était possible de lui cacher quand il se mettait en tête de fouiller dans mon esprit.

Girofle avançait avec assurance, voire avec empressement, dans le froid et la nuit ; peut-être reconnaissait-il la région et rêvait-il d'une écurie chaude et d'une bonne ration d'avoine et de paille. Nous progressions toujours, et nos colonnes mal ordonnées évoquaient davantage des files de forçats enchaînés qu'une force militaire en marche. Il faisait un froid si noir que la neige sèche et floconneuse crissait parfois sous nos pas. Quand nous parvînmes à la section de la route où passaient parfois des chariots et des chevaux qui tassaient la neige, nous pûmes accélérer l'allure.

Quand Guetis apparut, les guerriers se reprirent un peu ; j'entendis des vantardises étouffées et le rire dur des jeunes gens impatients de tuer ; malgré l'heure tardive, quelques lumières à l'éclat jaune brillaient dans la ville tapie autour des murs du fort, mais on n'y décelait pas un bruit, pas un mouvement. Elle dormait à poings fermés, et mon cœur se serra. On n'avait pas prêté attention à mes avertissements. Je ne vis nulle sentinelle supplémentaire au sommet de l'enceinte, nulle torche allumée ni aucun signe d'une activité attestant une plus grande vigilance que d'ordinaire. Le plan de Fils-de-Soldat allait réussir ; il allait massacrer les habitants dans leur sommeil.

Mon double se réunit brièvement avec Dasie et ses sergents pour leur rafraîchir la mémoire sur la stratégie à suivre, qui reposait entièrement sur la discrétion et l'organisation. L'Opulente prendrait la ville pendant que Fils-de-Soldat s'efforcerait de pénétrer dans le fort avec ses forces. Les guerriers devaient se déplacer par paire, chacune avec un objectif à découvrir et à incendier. Dasie toucha de nouveau les torches des hommes et les flèches à feu des archers pour les lier à elle : le moment venu, sa magie les enflammerait. Elle possédait une puissante disposition pour la magie du feu et avait la conviction que, malgré le fer présent dans la ville, elle suffirait à allumer les flammes. Chaque archer avait une cible précise : Fils-de-Soldat voulait voir s'embraser les étages supérieurs des tours de guet ; les autres guerriers incendieraient des bâtiments au niveau de la rue avant d'utiliser leurs armes contre ceux qui tenteraient de fuir les flammes. Les torches devaient toutes s'allumer au même instant et mettre le feu à tant d'endroits de la ville que les soldats ne sauraient plus où donner de la tête ; si la magie de Dasie se révélait inefficace, les hommes se rabattraient sur les pots à feu que portaient certains guerriers ; cette tactique ne permettrait pas le déclenchement simultané d'incendies qu'espérait Fils-de-Soldat, mais il jugeait que cela suffirait quand même.

Il rappela une fois de plus à ses troupes qu'elles devaient se retrouver au bout de la Route du roi. Quand il les eut motivées autant qu'il le pouvait, il les salua de la tête, leur souhaita bonne chance, et elles se séparèrent. Le groupe de Dasie devait se déployer et s'infiltrer dans la ville par tous ses abords, avec pour cibles les maisons d'habitation, les auberges, les bordels et les entrepôts.

Fils-de-Soldat se porterait en avant de ses hommes pour éliminer la sentinelle de l'entrée ; une fois la voie dégagée, ils devaient se répandre dans le bourg, les torches prêtes à incendier et les armes prêtes à tuer quiconque sortirait des bâtiments dans la nuit et le froid. Lui-même bouterait le feu aux écuries ; quand ses hommes les verraient flamber, ils devaient embraser leurs cibles désignées puis converger vers lui.

Avant même que nous parvinssions aux abords de Guetis, Dasie et son contingent avaient disparu, avalés par l'obscurité. Mon double fit halte, donna ses dernières instructions à mi-voix, et ses hommes se fondirent dans les ombres ; il reprit sa route, voyageur apparemment solitaire, emmitouflé pour se protéger du froid de la nuit et monté sur un lourd cheval. Les rues étaient désertes : nous avions attendu qu'il fût assez tard pour que même les tavernes fussent fermées et leurs lanternes éteintes. Les sabots de Girofle rendaient un son à peine audible sur le sol enneigé, et, comme nous franchissions sans bruit les carrefours, je me faisais l'impression d'un fantôme revenu sur les lieux de son crime ; le froid de la nuit n'était rien à côté de celui qui me glaçait le cœur.

« Voilà bien pourquoi je ne comprends pas que tu te croies redevable à ces gens, dit Fils-de-Soldat. C'est ici qu'ils t'ont assassiné – ou du moins qu'ils t'auraient assassiné si la magie du Peuple ne t'avait pas sauvé –, et pourtant tu te considères encore comme des leurs, alors que tu ne devrais rêver que de vengeance. »

Je ne sus que répondre et me fis tout petit. Pourquoi ne haïssais-je pas ces gens ? Peut-être parce que je les connaissais trop bien ; je savais quelles peurs avaient donné naissance à la foule en furie qui avait voulu me tuer, et je connaissais les forces qui pouvaient faire d'un homme civilisé un animal. Doit-on condamner quelqu'un définitivement en se fondant sur des actes commis un soir de surexcitation ? Faut-il voir en lui le bon soldat qu'il fut pendant quinze ans ou le complice irresponsable d'un meurtre qu'il fut pendant une heure seulement ?

Je me détournai de ces vaines réflexions. Peut-être, me dis-je, étais-je aussi faible et veule que le pensaient Fils-de-Soldat et mon père ; peut-être mon double avait-il hérité de ma colère et de mes envies de revanche, ne me laissant qu'une compréhension lasse et blasée de ceux qui avaient tenté de me tuer.

Je savais qu'un groupe considérable de guerriers nous suivait, et pourtant je n'entendais pas un bruit ; s'il y avait un domaine dans lequel les Ocellions excellaient, c'était celui de la discrétion.

Fils-de-Soldat s'approcha du poste de garde de la porte du fort ; dans l'air immobile et glacé, la torche brûlait droit dans son bougeoir près du petit édifice. La sentinelle somnolait-elle, serrée contre son fourneau ventru ? Je sentais une vague odeur de fumée, et le fer de l'appareil de chauffage picotait la peau de mon double comme un début de coup de soleil. Il y eut un mouvement dans les ombres du poste, puis le garde sortit, son fusil en travers de la poitrine. « Halte ! Identifiez-vous ! » cria-t-il. Le froid et l'obscurité absorbèrent ses paroles et les rendirent presque insignifiantes.

Fils-de-Soldat tira les rênes et, du haut de sa monture, regarda l'homme en souriant. La sentinelle me dévisagea, baissa les yeux vers mon cheval puis les releva vers moi ; son visage ne devait pas sa pâleur qu'au froid, et il avait la bouche béante. « Par le dieu de bonté ! » s'exclama-t-il d'une voix rauque aussitôt étranglée.

Tout arriva en même temps. Je reconnus l'homme, il me reconnut. C'était celui qui tenait les bras d'Amzil derrière son dos tandis qu'un autre déchirait sa robe pour la dénuder. Il était là la nuit où l'on m'avait tué, et il me regardait à présent, assis sur un cheval qu'il avait identifié aussi, et il croyait voir un revenant. La terreur le paralysait plus sûrement que l'air glacé. « Je regrette, je regrette », bafouilla-t-il, éperdu.

Profitant de ce qu'il avait le visage levé vers moi, Fils-de-Soldat se pencha, saisit d'une main sa capuche et, de l'autre, passa d'un geste nonchalant le fil de son poignard de cuivre sur sa gorge tendue. Il avait agi si vite que Girofle n'avait pas eu le temps de s'effrayer ; d'un petit coup de talon, il remit en route le grand cheval, tandis que, derrière nous, la sentinelle s'écroulait et se convulsait avec des feulements rauques et que le sang noircissait la neige compacte. Comme des ombres, les guerriers ocellions apparurent soudain et franchirent sans bruit la porte à notre suite ; quelques instants plus tard, ils étaient tous redevenus invisibles, déployés dans le fort en quête des bâtiments à incendier.

Fils-de-Soldat continua d'avancer. Il rengaina son poignard gluant de sang dans son fourreau aussi souplement qu'il l'avait sorti. Il s'éloigna mais je restai penché sur la large encolure de Girofle, à passer d'un mouvement fluide la lame sur la chair à nu, et les derniers mots de l'homme résonnaient à mes oreilles : « Je regrette, je regrette. » Éprouvait-il vraiment des regrets de ses actes, ou bien seulement l'émotion que j'avais gravée en lui la nuit où il avait tenté de me tuer ? Le fait même de me poser cette question me laissait pantois : c'était un homme de mon propre régiment, un camarade, qui gisait dans son sang derrière moi.

« Ce n'est pas moi qui l'ai tué, dis-je, puis je répétai comme une litanie : Ce n'est pas moi qui l'ai tué, ce n'est pas moi qui l'ai tué.

— En effet, murmura Fils-de-Soldat dans la nuit, mais tu en avais envie. Vois-y un cadeau de ma part, un peu de ta virilité que je te rends. »

La froideur de ses propos me saisit ; ils se mêlaient au souvenir du poignard acéré qui glissait sur la gorge de l'homme, la légère résistance de la chair qui s'ouvrait, les yeux agrandis de l'homme, levés aux étoiles alors qu'il mourait. En cet instant, je mesurai à quel point mon double et moi détestions ce que nous étions ; par la façon dont on nous avait divisés, nous ne possédions ni l'un ni l'autre les éléments nécessaires à faire l'individu dont nous rêvions. Ma cruauté se trouvait séparée de mon empathie, et nous n'étions chacun qu'une moitié d'homme ; il n'y avait qu'un seul moyen pour moi de recouvrer mon intégrité : cesser d'exister et me fondre à l'autre, à un renégat qui venait de tuer un de ses camarades soldats sans plus de scrupules que je n'en eusse eu à vider un poisson. Ne faire plus qu'un avec l'ennemi.

Pris au piège d'un cauchemar, j'étais incapable de contrarier ses plans. Par les rues désertes et silencieuses de Guetis, il se rendit au bâtiment qui abritait le quartier général sans chercher à se cacher, sans aucune furtivité : il avançait au milieu de la chaussée comme un roi venant reprendre la couronne qui lui revenait de droit. Je perçus la logique qui sous-tendait cette attitude : si, réveillé par le bruit des sabots, quelqu'un avait jeté un coup d'œil à la fenêtre, il n'eût aperçu qu'un cavalier solitaire emmitouflé dans ses vêtements qui suivait lentement la rue – rien de bien inquiétant. À l'angle de l'infirmerie, Fils-de-Soldat mit pied à terre et mena Girofle à l'arrière du bâtiment.

Guetis ne ressemblait pas aux cités de l'ouest. Là-bas, les Gerniens avaient bâti à pierre et à mortier ; ici, sur la frontière orientale, nous avions construit presque entièrement en bois. Fils-de-Soldat, comme tous ses guerriers, cachait trois torches enduites de poix dans son manteau ; il les déballa et les disposa contre les planches sèches à la base du bâtiment, les protégea des deux mains, ferma les yeux et fit appel à sa magie. Un instant, il eut conscience des clous enfoncés dans les murs, puis il prit une grande inspiration, concentra sa haine sur les torches et invoqua son pouvoir. Ce que je n'avais jamais réussi à faire, il y parvint sans difficulté. Une torche s'enflamma ; il s'accroupit, la protégea de son corps et de ses mains des courants d'air, et elle embrasa ses deux voisines. Le froid avait desséché le bois, et les flammes commencèrent à lécher les planches brutes et la peinture qui s'écaillait ; une fois suffisamment chauffées, elles s'enflammèrent, et le feu monta lentement le long du bâtiment. Mon double coinça une torche entre deux planches afin qu'elle continuât d'alimenter l'incendie naissant, et il attendit de voir les flammes escalader le mur avant de se relever et, les deux autres torches à la main, d'emmener Girofle par la ruelle jusqu'aux écuries devant lesquelles s'élevait un monceau de paille de rebut.

Il y jeta une torche, et le tas se mit aussitôt à fumer ; en peu de temps, des flammes bondirent et emportèrent des étincelles et des fétus enflammés dans le ciel obscur. Le brasier dégageait une lumière et une chaleur intense, et je vis bientôt de la vapeur puis de la fumée sortir du mur de l'écurie.

L'éclat du feu était le signal convenu avec Dasie et les hommes du groupe de Fils-de-Soldat ; dès que l'Opulente constata qu'il avait réussi à déclencher un incendie, elle déploya la magie destinée à enflammer les autres torches. Je n'en vis rien, mais je sus que, dans toute la ville et dans l'enceinte du fort, des brandons prirent feu tout à coup ; il en restait un à mon double, qui, sans se soucier désormais de passer inaperçu, mena Girofle jusqu'à une carriole garée entre deux bâtiments et s'en servit pour monter sur le grand cheval ; puis, la torche brandie, il se dirigea vers une caserne voisine, et d'autres Ocellions munis de brandons sortirent des venelles pour se rallier à lui. Sempayli, un large sourire aux lèvres, jaillit en courant de l'obscurité pour marcher à côté de lui. « Et maintenant nous allons voir leur sang couler », dit-il d'un ton plein d'assurance ; il portait un arc.

On n'entendait que le bruit des larges sabots de Girofle et le choc doux des bottes de fourrure des guerriers sur la neige tassée ; de temps en temps, une torche crépitait et crachait. Nul ne disait rien, et tous se déplaçaient avec la discrétion propre aux Ocellions. Pourtant, on ne sentait rien de sournois dans cette foule vengeresse.

Fils-de-Soldat tira les rênes et donna ses instructions à ses hommes. Il les divisa en trois unités et en envoya deux s'occuper de deux autres casernes plus loin dans la rue principale tandis que lui-même se dirigeait d'un air décidé vers une troisième, plus proche. Je la reconnus : les troupes du capitaine devaient y dormir. L'horreur me noua l'estomac : cherchait-il encore à exercer sa vengeance en mon nom en choisissant ce bâtiment comme cible personnelle ?

J'entendis un cri strident au loin, puis une voix de femme qui hurlait : « Au feu ! Au feu ! Réveillez-vous, réveillez-vous ! Il y a le feu ! » Quelque part dans la ville, les flammes escaladèrent soudain le flanc du bâtiment et s'élevèrent dans la nuit en jetant une lumière rougeâtre. Les écuries, pleines de foin engrangé, lancèrent un brusque rugissement, et le toit parut littéralement sauter du bâtiment. En l'espace de quelques secondes, la fumée roulait dans les rues comme le flot d'une inondation tandis que des fétus enflammés s'envolaient dans le ciel d'encre pour se déposer plus loin et déclencher de nouveaux foyers d'incendie.

Où était Spic ? Pourquoi n'avait-il averti personne ? Dormait-il, ainsi qu'Epinie, Amzil et les enfants ? Se réveilleraient-ils avant que la fumée ne s'introduisît chez eux et ne les asphyxiât ? Les habitants qui avaient choisi de se droguer au reconstituant de Guetis émergeraient-ils de leur sommeil ou bien brûleraient-ils sans reprendre conscience ?

« Ça suffit ! » criai-je à Fils-de-Soldat qui s'approchait de la caserne.

Le bâtiment flambait déjà par un des angles à l'arrière, et la porte s'ouvrit soudain. Un soldat en sortit en sautillant, s'efforçant d'enfiler son pantalon tout en courant ; il hurlait : « Au feu ! Au feu ! Debout ! Debout ! Au feu !

— Rassemble tes guerriers et va-t'en, dis-je à mon double. Tu as déclenché des incendies un peu partout dans le fort, ils ne pourront pas les combattre tous ; Guetis va brûler. Laisse à certains l'occasion de s'enfuir ; ne voulais-tu pas qu'ils restent en vie pour répandre la nouvelle de l'attaque des Ocellions ?

— Je veux qu'ils répandent la nouvelle d'une guerre des Ocellions contre eux, non d'un incendie accidentel qui s'est propagé et a ravagé la ville. Nous sommes en train de crever un abcès ; serre les dents et tais-toi pendant que je fais le nécessaire ! »

Sempayli avait déjà levé son arc et visait la porte ; on entendit comme un bruit de papier qui se déchire, et le soldat sautillant s'abattit dans la neige, la main crispée sur la hampe d'une flèche qui dépassait de sa poitrine. Il nous vit alors et il eut le mérite de lancer un cri d'avertissement, hélas réduit à un gargouillis aux postillons de sang qui tachèrent son menton et la neige de gouttelettes noires. Deux autres soldats à demi dévêtus jaillirent pour tomber aussitôt eux aussi, criblés de flèches et bloquant la porte derrière eux.

Il y avait deux issues à la caserne, et les guerriers de Fils-de-Soldat les gardaient toutes deux. Le bâtiment brûlait bien à présent, embrasé en trois points au moins. J'entendis un hurlement terrible à l'autre porte lorsqu'un homme fuyant le feu trouva la mort sous un coup d'épée. Les flammes bondissaient dans la nuit ; à l'intérieur, on percevait des cris, le tonnerre des meubles qu'on renversait et des quintes de toux. Une des deux fenêtres explosa quand une chaise la traversa ; l'homme qui tenta de suivre le même chemin retomba dans la caserne, une flèche en travers de la gorge. Des exclamations épouvantées jaillirent à ce spectacle, mais un autre soldat se jeta aussitôt par l'ouverture pour s'écrouler dans la neige, moribond, percé par une flèche de Sempayli.

J'ignore combien d'hommes dormaient dans la caserne cette nuit-là ; peut-être certains périrent-ils suffoqués par les émanations de l'incendie ; en tout cas, tous ceux qui s'enfuirent par les portes ou les fenêtres furent abattus avant d'avoir fait deux pas dehors. C'était un massacre, non une bataille, car les soldats ahuris et aveuglés par la fumée ne comprenaient manifestement pas ce qui leur arrivait. Dans leurs efforts désespérés pour échapper au feu et à l'asphyxie, ils se rendaient compte trop tard qu'un autre ennemi, tout aussi meurtrier, les attendait dehors. Les cadavres s'entassaient dans la neige tandis que de l'intérieur montaient des appels au secours et des hurlements d'hommes en proie aux flammes.

Je ne pouvais détourner le regard, incapable de me faire obéir de mes yeux. Horrifié, je n'aspirais qu'à me couper de Fils-de-Soldat, qu'à me retirer là où plus rien de ce spectacle ne me parviendrait. Sous mon double, Girofle s'agitait et secouait la tête, renâclant devant le feu, la fumée, les cris et le sang ; mais, comme moi, il était forcé d'assister au carnage : Fils-de-Soldat tenait durement ses rênes. Et le calvaire se poursuivit pour nous deux.

Durant ce temps où le temps s'étirait à l'infini, je sentis deux transformations s'opérer en moi. Devant ces hommes qui mouraient ignominieusement, à demi nus, aveuglés par la fumée, hébétés par le choc, je les perçus soudain comme mes camarades et leur ensemble comme mon régiment ; le mal qu'ils m'avaient fait, ils me l'avaient infligé en se fiant à leur rude sens de la justice ; ils s'étaient trompés de coupable, je le savais, mais eux l'ignoraient. Mon régiment n'était pas cette foule déchaînée qui m'avait acculé et avait tenté de m'assassiner ; rétrospectivement, je savais que seule une dizaine d'hommes avaient participé de leur plein gré à cette folie ; les autres n'avaient été que les témoins à leur corps défendant ou des spectateurs effarés de la scène. Je refusais de juger mon régiment sur les actes ignobles commis par quelques-uns en une période où régnaient la peur et la colère.

Je comprenais aujourd'hui ce qu'ils étaient devenus quand la fureur les avait pris car je voyais comment moi-même je me comportais. Dépouillé d'empathie ou de sympathie, Fils-de-Soldat me renvoyait l'image de ce qu'on peut devenir quand on se laisse dominer par la haine et un but obsessionnel – ce que j'étais devenu, en fait, car il était moi ; c'eût été folie que de le nier. Il se conduisait comme je l'eusse fait si je m'étais trouvé en position de haïr quelqu'un au point de perdre de vue son humanité.

Un souvenir de passage me vint. Je devais avoir quatorze ans quand une étrange combinaison d'éléments climatiques produisit une brusque explosion de la population des rats ; ils infestaient les granges et les silos à grain, et, quand ils avaient commencé à apparaître dans la cuisine, mon père en avait eu assez. Il avait envoyé chercher le ratier, ainsi nommé parce qu'il s'affirmait capable, avec sa meute de chiens de terrier, de débarrasser des rats n'importe quelle maison en quelques jours. À son arrivée, mon frère et moi l'avions suivi, avec ses chiens surexcités, jusqu'aux granges ; il avait donné l'ordre au palefrenier d'écarter bétail et chevaux de la zone, puis il nous avait lancé « Ne laissez pas vos pieds traîner par terre ! », sur quoi mon frère et moi nous étions juchés sur une mangeoire. « Tuez-les tous, mes petits ! » avait crié le ratier, et ses chiens s'étaient aussitôt dispersés dans tous les coins du bâtiment pour courir le museau le long des murs, gratter tous les trous, glapir avec agitation et se montrer les dents, emportés par leur rivalité. Le ratier, non moins actif que ses terriers, s'élançait de-ci, de-là, pour éliminer les obstacles qui eussent pu gêner ses chiens ; avec une fourche, il avait soulevé une planche mal ajustée, et les chiens s'étaient précipités sur les rats grouillants ainsi découverts. Et que je t'attrape, et que je t'envoie en l'air ! Les terriers saisissaient leurs victimes l'une après l'autre, les secouaient violemment puis les rejetaient, pantelantes, pour passer aux suivantes. Les petits cadavres volaient et retombaient à nos pieds à mesure que le ratier ouvrait les cachettes à ses assistants.

Comme nous avions ri, mon frère et moi ! Agités par l'hilarité, nous avions bien failli tomber de nos perchoirs dans la curée. Le ratier s'était mis à danser une gigue frénétique quand un rat avait voulu grimper le long de sa jambe ; un de ses chiens avait saisi l'animal par la tête, un autre par l'arrière-train et un troisième par le milieu, et ils l'avaient mis en pièces ; le sang avait giclé jusque sur le visage de mon frère. Il s'était essuyé avec sa manche, et nous avions ri à nous en étrangler devant ce raz de marée de rats qui mouraient avec des cris et des couinements affolés dans des giclements de sang, qui fuyaient, se cachaient et montraient leurs dents jaunes quand ils se retrouvaient acculés.

Ce que nous nous étions amusés !

Et les traits de Fils-de-Soldat affichaient le même sourire empreint de joie mauvaise qu'à l'époque : il exterminait des nuisibles qui avaient infesté son territoire, et les voir mourir le laissait insensible.

L'incendie poussa un brusque rugissement, et le toit s'embrasa brutalement ; bardeaux et morceaux de chevrons enflammés commencèrent à tomber dans le bâtiment, et les cris de terreur se firent plus forts. Puis, avec un grand craquement, le toit céda et s'effondra. Tout était fini. La nuit s'assombrit quand le brasier qui flamboyait comme un phare se replia sur lui-même. Fils-de-Soldat secoua la tête comme s'il s'éveillait puis chercha du regard sa cible suivante. D'autres rats se terraient encore qu'il fallait débusquer.

Partout dans le fort et dans la ville, des cris montaient, appels à l'aide, hurlements d'agonie et de désespoir ; les flammes avaient une voix propre, crachante et crépitante ; une lumière hésitante et des ombres qui dansaient follement peuplaient la ville. Les hennissements suraigus des chevaux s'élevaient toujours de l'enfer des écuries, l'air s'épaississait de fumée, de cendre et de braises. J'entendis des coups de feu du côté de la prison et me demandai ce qui se passait là-bas. Quand il fut évident qu'il ne restait plus âme qui vive dans la caserne, Fils-de-Soldat leva la main. « Venez ! cria-t-il. Suivez-moi ! »

Il talonna Girofle, et le grand cheval s'éloigna de la bâtisse en feu avec plaisir. Je formai le vœu que nous nous en allions, que les Ocellions aient assouvi leur soif de sang, mais mon double nous mena plus loin dans le fort. Dans le noir, au milieu de la fumée, je ne voyais guère où nous nous trouvions, mais il m'apparut bientôt qu'il nous conduisait vers la zone où retentissaient les détonations. Les flammes et les exhalaisons des incendies se combinaient pour transformer la nuit en un crépuscule rougeâtre. Comme nous passions devant une ruelle obscure, un jeune homme, ou peut-être un fils militaire, vêtu d'une chemise de nuit, en sortit en courant, un guerrier ocellion à ses trousses ; le chasseur embrocha sa proie d'un coup de lance puis la jeta au sol avant de l'achever d'un coup de pied au visage. Fils-de-Soldat ne s'arrêta pas et continua d'avancer à la tête de sa troupe. Du coin de l'œil, je vis le guerrier extraire sa lance de la dépouille du jeune homme et s'intégrer à nos rangs.

Peu à peu, je m'aperçus que j'entendais non plus des coups de feu erratiques mais des salves organisées, et l'espoir renaquit en moi : quelqu'un avait rallié quelques troupes et leur avait imposé un certain degré de discipline. La même pensée vint apparemment à Fils-de-Soldat, car, assombri, il appela Sempayli et lui ordonna de retrouver les autres guerriers et de les ramener. Son lieutenant acquiesça de la tête et s'en fut en courant dans la nuit et la fumée. Mon double poursuivit sa route en direction de la prison.

Il avait prévu de mettre le feu au bâtiment tout en libérant les prisonniers afin d'ajouter à la confusion. Je compris avant lui, je pense, ce qui se passait : au lieu de s'enfuir, les captifs, en voyant les Ocellions en maraude, avaient pris ce qui leur tombait sous la main pour s'en prendre à leurs libérateurs ; peut-être n'avaient-ils pas saisi qu'ils avaient ouvert leurs geôles exprès, à moins qu'ils n'eussent décidé de se ranger dans le camp de leurs compatriotes face à des sauvages aux intentions inconnues. Quoi qu'il en fût, les Ocellions ne s'attendaient pas à ce qu'ils s'en prissent à eux avec une telle fureur.

La section du fort qui abritait les prisonniers avait été bâtie de façon à ce que la tour de guet dominât leurs quartiers et l'enceinte extérieure. Je devais apprendre par la suite que certains d'entre eux avaient éteint les incendies déclenchés près de la tour tandis que d'autres avaient combattu corps à corps les Ocellions afin de les contenir. Leur courage avait permis aux gardes de s'organiser et de se replier à l'étage de la tour de guet ; des flammes dansaient sur le toit – une flèche enflammée au moins avait touché sa cible – mais les défenseurs ne se laissaient pas abattre. Du haut de leur position, leurs fusils se révélaient meurtriers sur les assaillants, et la zone au pied de la tour était jonchée de cadavres, dont nombre d'Ocellions. Comme nous approchions, il m'apparut évident que les prisonniers et les gardes avaient uni leurs forces, car on entendait aussi des coups de feu en provenance du rez-de-chaussée de la tour. Tant que les défenseurs ne tombaient pas à court de munitions, les Ocellions n'avaient aucune chance de s'en emparer.

Je le savais et, par conséquent, Fils-de-Soldat le savait également.

En revanche, ses guerriers ne semblaient pas s'en rendre compte. Alors que nous parvenions sur le théâtre des combats, une poignée d'entre eux, plus courageux que réfléchis, se précipitèrent à découvert, l'arc tendu, pour tirer leurs flèches vers les fenêtres supérieures ; ils n'avaient pas d'autre solution pour se placer à portée efficace, mais les soldats attendaient précisément cette manœuvre. J'entendis au loin crier « Feu ! », puis les fusils aboyèrent. Tous les Ocellions s'écroulèrent ; quatre s'agitaient faiblement par terre, et un seul tenta de regagner les ombres protectrices en rampant ; une nouvelle détonation, et lui aussi cessa de bouger. Une convulsion ébranla Fils-de-Soldat comme si la balle l'avait atteint.

Une idée glaçante me vint soudain : s'il y avait un bon tireur dans la tour, je me trouvais à la limite de sa portée ; je pouvais mourir à tout instant. La terreur me fouailla le ventre comme si j'avais avalé une petite créature armée de griffes acérées. Pourtant, sans hésiter, je m'enroulai autour de ma peur et n'en laissai rien paraître ; sans rien dire à mon double, je lançai une prière au ciel : *Dieu de bonté, faites que ça arrive ; faites que tout cesse.* J'avais la conviction que, si une balle abattait Fils-de-Soldat, ses hommes s'égailleraient aussitôt.

Les fusils jetèrent à nouveau des éclairs ; bizarrement, je ne me rappelle pas avoir entendu les détonations. Entre l'éclat de lumière et l'impact des balles de fer, j'éprouvai mille regrets de voir mon existence s'achever, je dis mille adieux. À ma gauche, un guerrier s'effondra en hurlant, les mains crispées sur son genou fracassé ; à ma droite, un homme tomba sans un cri ;

devant moi, comme un petit orage de grêle, les balles provoquaient des explosions de neige et de glace. Avais-je été touché ? J'attendis la douleur.

Mais non Fils-de-Soldat. D'un geste brutal, il tira la grosse tête de Girofle de côté tout en enfonçant les genoux dans les flancs de l'animal. « Repliez-vous ! » cria-t-il en gernien, puis, après un juron dans la même langue, il lança : « Fuyez ! Reculez, ne restez pas à découvert ni à la lumière ! Reculez ! »

Cet idiot ne leur avait jamais appris à battre en retraite en bon ordre ; dans son arrogance, il n'avait pas songé qu'ils pussent en avoir besoin. Ses instructions désordonnées et sa fuite apparente suscitèrent leur peur, et ceux qui le suivirent détalèrent sans précaution. J'entendis une nouvelle salve de tir et des cris derrière moi : certains de ses guerriers, trop pressés de se mettre à l'abri du danger, n'avaient pas écouté sa recommandation de rester à couvert.

Quasiment au même instant, j'entendis un son qui ne parut jamais plus doux à mes oreilles : celui d'un clairon sonnant l'appel aux armes. Et, miracle ! au loin, de l'extérieur du fort, je perçus la réponse d'un autre clairon, puis, le cœur bondissant, une sonnerie de charge. L'espoir, moribond en moi quelques minutes plus tôt, rejaillit soudain. La première trompette retentit à nouveau dans le fort, et elle me parut beaucoup plus proche. Des cris de joie jaillirent soudain de la tour, puis une volée de balles cribla la terre près de nous ; quelques-unes, peut-être propulsées par une charge de poudre un peu supérieure à la normale, ou bien par pure chance, pénétrèrent dans les ombres qui nous dissimulaient et firent mouche à l'aveuglette ; trois guerriers hurlèrent de douleur, et un autre s'effondra brusquement pour ne plus bouger.

« Suivez-moi ! » cria Fils-de-Soldat, et il lança Girofle au trot. Sans demander leur reste, ses guerriers se mirent à courir à ses côtés ; les flammes bondissantes et l'épaisse fumée qui l'aidaient jusque-là semblaient désormais se retourner contre lui. Il emprunta une rue, et un bâtiment en feu branla soudain avant de s'effondrer sur son chemin dans une bourrasque d'air brûlant et de braises. C'en fut trop pour le paisible Girofle, qui se cabra à demi en hennissant de peur. Fils-de-Soldat faillit bien connaître l'humiliation de la chute avant de parvenir à le maîtriser et à lui imposer de faire demi-tour, pour se retrouver devant ses guerriers qui lui barraient le chemin et tournaient en rond, indécis. Il dut se frayer un chemin parmi eux en criant : « Laissez passer, laissez passer ! »

Le clairon retentit de nouveau alors qu'il traversait la cohue ; le son était encore plus proche. Aux yeux de mon double, le fort avait désormais l'air d'un labyrinthe, d'autant plus complexe que certaines rues précédemment dégagées étaient à présent bloquées par des décombres enflammés. Il poussa un juron, et je perçus son désarroi grandissant. Quand il eut franchi les rangs de ses guerriers, il leur cria : « Il faut regagner la porte ! Ne nous laissons pas enfermer dans le fort ! » Il lança de nouveau Girofle au trot, et ses guerriers lui emboîtèrent le pas. Je sentais en lui une rage et un sentiment d'impuissance bouillonnants devant son incapacité à rassembler ses forces dispersées, à contacter tous ses guerriers pour leur dire qu'ils devaient se retrouver à l'extérieur de l'enceinte du fort.

Nous battîmes en retraite au milieu d'un cauchemar. Les incendies s'étaient propagés comme il l'avait prévu, la fumée envahissait les rues jonchées de débris en feu. On voyait aussi des cadavres, gerniens pour la plupart, mais aussi quelques Ocellions et, en une occasion, j'aperçus une mère avec un nourrisson dans les bras et une petite fille à la main ; quand elle nous vit nous engager dans la rue, elle s'enfuit sans un cri, en tirant la fillette derrière elle, et elles tournèrent dans une venelle. Lorsque nous passâmes devant l'entrée de la ruelle, elles avaient disparu, et nul ne leur donna la chasse. Fils-de-Soldat était aussi décidé à faire sortir ses guerriers du fort qu'il l'avait été à les y faire pénétrer.

Girofle aussi n'aspirait qu'à quitter cet enfer. Ma placide monture rongeait son frein et s'agitait lourdement, prête à se mettre au galop dès que son maître lui lâcherait la bride, mais mon double la tenait fermement et criait à ses guerriers de ne pas se laisser distancer. Il eût pu s'enfuir et les laisser sur place ; je dois reconnaître qu'il ne les abandonna pas, et ce ne fut pas sa faute si, au sortir d'un carrefour, des ombres à sa gauche, des tirs éclatèrent, touchant les hommes immédiatement derrière lui. Sous le coup de la peur, Girofle s'élança en avant, tandis que les guerriers qui avaient vu tomber leurs camarades devant eux faisaient demi-tour et détalaient à toutes jambes en hurlant. Fils-de-Soldat tira durement les rênes, fit tourner le grand cheval et le talonna pour rattraper les fuyards ; il eut de la chance que les agresseurs dissimulés fussent occupés à cet instant à recharger leurs armes. Girofle renâcla en passant sur les corps étendus, mais il franchit l'obstacle et parvint à la hauteur des survivants de la troupe.

« Restez avec moi ! Il faut prendre un autre chemin et sortir par une autre porte ! » leur cria-t-il. Il jeta un coup d'œil au ciel dans l'espoir de s'orienter aux étoiles, mais la fumée interdisait toute visibilité. Au carrefour suivant, il tourna dans une rue, un peu au hasard, je pense, et poursuivit sa route à la tête de son contingent. Cette partie de la ville était à peu près intacte, maisons d'habitation et bâtiments de faible importance qui avaient échappé aux incendies. Je souhaitais ardemment que ceux qui s'y trouvaient y restassent et que Fils-de-Soldat fût trop occupé à fuir pour leur faire du mal. La lumière des brasiers à plusieurs rues de là dansait de façon sinistre sur les vitres des maisons basses ; leurs occupants avaient pris la fuite ou bien ils se tapissaient à l'intérieur, sans éclairage et sans un bruit. Nous ne vîmes personne, et nul ne nous barra le chemin.

L'air s'éclaircissait mais l'obscurité s'approfondissait. L'éclat des incendies nous entourait jusque-là, et aucun d'entre nous n'avait songé à emporter de torche. Fils-de-Soldat maudit sa propre inconséquence puis, avec un grognement d'effort, fit appel à sa magie, et la lumière émana de son corps. Seul sans doute je sus ce qu'il lui coûta d'opérer ce sort dans un environnement où le fer était omniprésent ; même les clous qui fixaient les planches des bâtiments devant lesquels nous passions en hâte semblaient accrocher et déchirer notre pouvoir. L'éclat que dispensait mon double permettait à nos guerriers de nous suivre, mais n'éclairait pas le chemin devant lui ; je songeai qu'il faisait une cible parfaite, mais je gardai cette pensée pour moi-même.

Un nouveau tournant, et la porte se dressa devant nous ; ouverte, flanquée de torches, elle n'attendait que nous. Je m'étonnai que les sentinelles, sûrement alertées par les feux et le clairon, ne fussent pas sur le pied de guerre, mais peut-être s'étaient-elles jointes aux combats car je n'en vis pas trace. La gueule ouverte de la porte nous annonçait la liberté ; située au nord, c'était la moins utilisée, car, selon la plaisanterie de la garnison, elle ne menait nulle part. Au-delà, un mince semis de maisons s'étendait entre nous et les terres incultes. Le côté septentrional du fort était le plus exposé aux vents dominants ; la neige s'y entassait et les bourrasques y hurlaient plus qu'ailleurs. Seules les pires masures s'y construisaient, où logeaient pour la plupart les veuves et les orphelins des forçats défunts, sans feu et dans la pénombre. L'insignifiance et l'inutilité de cette population l'avaient sauvée de l'attention des Ocellions. Les rues tortueuses offraient de nombreuses ombres et cachettes, et le soulagement naquit dans le cœur de Fils-de-Soldat. « À moi ! » commanda-t-il à sa troupe réduite, et il lança Girofle dans un trot ballant.

Mon double franchit la porte, et, un instant plus tard, sa troupe se rassembla autour de lui ; ils avaient réussi à échapper aux murailles du fort. Alors qu'il parcourait les alentours du regard, cherchant à s'orienter, il surprit un petit éclair de lumière, reflet de la lune filtrée par la fumée sur une boucle de ceinturon. Le sergent Duril n'avait pas passé en vain des années à m'imposer ses exercices : Fils-de-Soldat se jeta au sol, le long de son cheval, plaçant la masse de l'animal entre les embusqués et lui, et il éteignit la lumière qu'il émettait. Il y eut des éclairs, des détonations et des abeilles furieuses sifflèrent à ses oreilles. Girofle hennit d'une voix suraiguë quand un projectile lui emporta un bout de l'encolure. Un rideau de fumée monta du canon des armes et alla se mêler à celle des bâtiments en feu, accompagnée d'une odeur d'œuf pourri.

Derrière nous, des guerriers hurlèrent : ils n'avaient pas vu le reflet sur la boucle et n'avaient pas plongé au sol pour éviter la grêle meurtrière qui les avait abattus comme une faux abat un andain de blé. Ceux qui restaient debout avaient été protégés par leurs camarades. Par terre, dans le noir, les hommes se tordaient de douleur. Au loin à notre droite, j'entendis une voix familière dire : « Premier rang, rechargez ; deuxième rang, un pas en avant. »

Spic aurait pu réciter dans une salle de classe tant l'émotion était absente de son ton. Ne m'avait-il donc pas vu ? Ne m'avait-il pas reconnu ? Allais-je tomber sous les balles de mon meilleur ami ? Je l'espérais avec ferveur. Le temps s'était figé.

« Prêts…

— Dispersez-vous ! brailla Fils-de-Soldat. Retournez au point de rendez-vous ! » Ceux qui le pouvaient obéirent. Il ne les suivit pas du regard mais, faisant étalage d'une force et d'une agilité amplement aidées par une poussée de magie, il se jeta sur Girofle et remonta en selle.

« En joue… »

Il fit brusquement virer le grand cheval en direction des tireurs et le talonna. Surpris, Girofle s'élança, et, avant que Spic eût le temps de donner l'ordre de tirer, nous enfonçâmes dans la première ligne ; elle céda sous notre assaut, les hommes bondirent de côté, et les fusils partirent en tous sens. À la lumière d'un éclair, j'aperçus l'expression horrifiée de Spic ; il levait vers moi des yeux immenses où l'on lisait la blessure de la trahison. Dans le vacarme des détonations, je vis ses lèvres prononcer avec une affreuse déception un mot : *Jamère !* Le canon de son pistolet me suivait, pointé sur ma poitrine ; il n'avait plus qu'à presser la détente.

Il ne la pressa pas.

Fils-de-Soldat franchit les lignes de soldats et s'en alla au galop dans la venelle obscure. Même s'il l'avait voulu, je ne crois pas qu'il eût pu arrêter Girofle ; le grand cheval n'avait jamais été formé au combat, et cette nuit avait été pour lui une longue succession d'horreurs. On lui donnait l'occasion de fuir dans le noir et il la saisissait. Fils-de-Soldat ne pouvait qu'espérer que les guerriers en état de se replier l'avaient fait ; pour ceux qui gisaient morts ou mourants, il ne pouvait rien. Il songea soudain aux blessés et, trop tard, se demanda comment on les traiterait si on les capturait ; je lui fournis la réponse.

« As-tu mis le feu à des maisons où vivaient des familles ? Découvrira-t-on des femmes et des enfants criblés de flèches ou mutilés à coups d'épée ? Si oui, tes guerriers recevront le traitement réservé à ceux qui massacrent des femmes et des enfants. »

Je crois qu'en cet instant son envie de mourir fut aussi forte que la mienne.

8

Retraite

Pendant que nous fuyions par les ruelles obscures, Fils-de-Soldat tendait l'oreille en quête de bruits de poursuite ; nous n'entendîmes rien hormis quelques coups de feu derrière nous. « Les soldats tuent ceux que tu as abandonnés, lui dis-je brutalement, bien que je n'en eusse nulle certitude. Ils achèvent les blessés. » Spic n'eût jamais autorisé pareille barbarie s'il lui était revenu de donner les ordres, mais, durant la bataille, les hommes obéissent en priorité aux ordres de leur cœur, et les officiers ne les reprennent parfois en main que trop tard.

Une aube d'hiver, grise et triste, envahissait lentement le ciel de l'est ; sa lumière ne tarderait pas à percer le rideau de fumée des incendies. Si l'attaque s'était déroulée comme prévue, les Ocellions eussent dû avoir déjà disparu, mais le dédale du fort avait retardé Fils-de-Soldat, et la nuit ne protégerait plus ses hommes – ni lui. Girofle avait pris la main, les dents serrées sur le mors, et le grand cheval ne cherchait qu'à s'échapper sans souci de discrétion ; il passa les dernières cahutes de la ville et s'enfonça au galop dans les terres. Parvenu au bout de la piste en neige tassée, mon double réussit enfin à l'arrêter ; Girofle fit encore quelques pas en fringuant puis s'immobilisa brusquement en soufflant et en reniflant. Une longue traînée de sang striait son encolure couverte de sueur, et il y avait aussi du sang séché sur son flanc, résultat d'une blessure que Fils-de-Soldat n'avait pas remarquée. Le cœur cognant dans la poitrine, les poumons en feu, mon double se retourna sur le chemin qu'il venait de parcourir et s'efforça de réfléchir à sa prochaine manœuvre.

L'éclat rouge des flammes se reflétait sur la fumée qui cachait le ciel, et donnait au jour et à la ville une étrange teinte orangée. Avec l'aube, une brise se leva qui emporta cendres et braises ; Fils-de-Soldat essuya son visage maculé de suie, battit des paupières, toussa puis dirigea Girofle vers les piémonts, qui lui offraient l'abri le plus proche. Le grand cheval était fatigué, et mon double dut le talonner pour l'obliger à entamer la montée dans la neige vierge ; dans les sillons et les broussailles des escarpements, Fils-de-Soldat pourrait disparaître et regagner le lieu de rendez-vous en sécurité. Il agissait maintenant d'instinct, sans songer à l'honneur, à la victoire ni même à la défaite, uniquement préoccupé de survivre aux dix minutes suivantes.

À la première côte un peu plus raide, il tira les rênes et se retourna ; de hautes colonnes de fumée montaient toujours des ruines noircies, et, en cinq ou six points de la ville, les flammes s'élevaient encore avec force. La tour de guet qui dominait la prison brûlait bien. Dans le ciel, des vols de corbeaux approchaient, portés par le vent ; au-dessus d'eux, parfaitement identifiables à leurs vastes ailes malgré la distance, des croas tournoyaient inlassablement. Le vacarme des batailles et la fumée des destructions attirent toujours ces nécrophages, et ceux-ci se nourriraient indifféremment des Ocellions, des Gerniens et des chevaux à demi carbonisés. Mon double les suivit des yeux avec un rictus plein de haine, puis il regarda de nouveau le fort et la ville en proie aux flammes.

De sa position en hauteur, il constata qu'il leur avait porté un coup rude mais non aussi complètement destructeur qu'il l'espérait ; les gens pourraient encore y trouver refuge, et l'enceinte du fort, noircie par le feu en de nombreux endroits et fumant encore en une section, demeurait intacte. Les troupes de cavalla stationnées à Guetis s'y regrouperaient, et son attaque ne ferait qu'exciter leur esprit de vengeance au lieu de les intimider. Il avait échoué, lourdement échoué. À cet instant, un petit groupe de cavaliers, sous pavillon du régiment, apparut à sa vue, parcourant la périphérie de la ville. Prudent, il fit franchir à Girofle le sommet de la colline afin de se cacher à leurs regards, avec le sentiment d'être un lâche de s'enfuir seul. Où étaient ses guerriers ? Quelques jours plus tôt, il les jugeait indignes de lui, mais peut-être, en vérité, ne méritait-il pas d'autres combattants, inexpérimenté qu'il était et incapable de prévoir toutes les éventualités. Il avait mené au combat non une troupe disciplinée mais une bande de pillards, et, s'il connaissait un tant soit peu les Gerniens, ils assembleraient une force de représailles avant même que les incendies ne fussent éteints. Il devenait urgent qu'il se mît à l'abri avec les guerriers qu'il trouverait.

Il crispa les mâchoires. Il avait abandonné ses troupes, non pas volontairement, mais il les avait abandonnées. Il rit amèrement de sa bêtise ; il s'était imaginé entrant en trombe dans la ville, lui portant un coup retentissant, disparaissant puis revenant faire le ménage, et voici qu'il demeurait seul, coupé de tous ses guerriers, isolés eux aussi. Il ne lui restait plus qu'à espérer qu'ils penseraient à retourner au point de rendez-vous ; il les y attendrait. Il ne pouvait rien de plus pour quiconque.

Sous le ciel qui s'éclaircissait, il poussa Girofle dans la neige vierge des combes qui creusaient les versants et suivit un chemin sinueux pour rejoindre le lieu de ralliement. Il souhaitait que ses guerriers eussent le bon sens de rester invisibles tout en se dirigeant vers la forêt des arbres des ancêtres ; il s'efforça de ne pas songer à eux, à pied, par un climat dont ils n'avaient pas l'habitude, fatigués, affamés, souffrant du froid et peut-être de blessures ; il repoussa aussi de son esprit sa propre faim qui lui tordait les entrailles, l'épuisement, et le froid qui s'insinuait par la moindre ouverture de ses vêtements. Il y ferait face quand il le faudrait ; pour le moment, seul comptait pour lui de parvenir vivant au lieu de rendez-vous.

À deux reprises, les méandres de son chemin l'amenèrent plus près de la route qu'il ne l'eût aimé, et, par moments, il entendait des coups de clairon furieux qui se répondaient : les troupes gerniennes reformées chassaient à cheval les retardataires ocellions. Il tenta de se rassurer en songeant au talent de ses hommes à se fondre dans les bois, mais je lui fis remarquer que ce qui fonctionnait en été ne fonctionnait pas obligatoirement en hiver, où il ne reste que des squelettes des taillis dépouillés de leurs feuilles, et où les hommes laissent des traces dans la neige.

Après le milieu de la matinée, Fils-de-Soldat arriva au camp où ils avaient bivouaqué le soir précédent, et il reprit tout d'abord courage en voyant que d'autres y étaient parvenus avant lui. Il reconnut le cheval que montait Dasie, ainsi que plusieurs de ses guerriers. Il serra les dents en songeant qu'elle avait sans doute réussi là où il avait échoué : les incendies avaient bien pris, et elle avait apparemment retiré ses troupes en bon ordre. Elle était assise sur un tronc abattu, son large dos tourné vers lui, devant un petit feu. Il sentit des odeurs de cuisine, et, malgré les grondements de son estomac, le mécontentement l'envahit : rien, pas même une flambée, n'eût dû trahir leur présence.

Mais ces considérations s'effacèrent promptement quand un des nourriciers de l'Opulente l'aperçut ; l'homme, accroupi près d'elle, poussa un cri de soulagement et se leva d'un bond ; il courut vers Fils-de-Soldat et les mains suppliantes qu'il leva étaient rouges de sang jusqu'aux coudes. Il se mit à crier avant même d'arriver près de mon double.

« Je ne parviens pas à l'empêcher de saigner, Opulent, et elle dit qu'elle n'a plus de magie. On lui a tiré dessus avec du fer ! Vite, vite, viens, il faut le lui enlever et la guérir ! »

Comme ils avaient confiance en lui, et comme ils se trompaient ! Le guerrier voulut saisir la bride de Girofle de ses mains ensanglantées, mais le grand cheval était à bout ; il releva sa grosse tête et parvint même à se cabrer légèrement. Fils-de-Soldat avait dégagé un de ses pieds de l'étrier et, quand l'animal retomba, il fut jeté à bas de sa selle ; par miracle, il atterrit sur ses pieds et ne se tordit pas le genou, mais il fit quelques pas maladroits dans la neige avant de s'arrêter. Il écarta la main que le garde de Dasie tendait pour le soutenir. « Où a-t-elle été touchée ? demanda-t-il sèchement. Montre-moi. »

Son courage l'avait abandonné. Il ignorait quasiment tout sur la façon de soigner une blessure par balle, mais il ne devait rien en laisser paraître. Il suivit l'homme jusqu'auprès de Dasie. D'une casserole de gruau frémissant montait une vague de vapeur et d'arôme ; il se tourna vers elle, et ses yeux se fermèrent à demi de leur propre volonté : il mourait d'envie de manger, et la faim étouffait ses facultés intellectuelles. Le garde s'en rendit compte. « Va la voir, Opulent, je t'en prie ; pendant ce temps, je te préparerai de quoi te restaurer. »

Il eût dû ordonner qu'on éteignît le feu, mais, hébété, il acquiesça seulement de la tête puis se tourna vers Dasie. Elle avait l'air mal en point. Elle ne le salua pas, assise les épaules voûtées sur son tronc, les mains crispées sur le ventre ; son autre nourricier était à genoux devant elle, son épée abandonnée non loin de là dans la neige. À l'approche de Fils-de-Soldat, le jeune homme leva vers lui des yeux empreints d'un affolement mal maîtrisé. Des deux mains, il plaquait un tissu dégouttant de sang sur le bas de la jambe de l'Opulente. « Je crois que l'os est brisé, dit-il d'une voix chevrotante. Peux-tu la soigner ? »

Bien sûr que non. « Laisse-moi regarder. »

Mon double s'agenouilla gauchement devant Dasie qui ne réagit pas. Le froid seul n'expliquait pas sa pâleur ; autour de ses pieds, une flaque de sang rouge vif avait fait fondre la neige. « Qu'on m'apporte de la corde, une ficelle, un lien, une lanière de cuir, n'importe quoi que je puisse serrer autour de sa jambe – et aussi un petit bâton », ordonna Fils-de-Soldat au premier nourricier ; à celui qui tenait le pansement, il dit : « Continue d'appuyer fermement.

— Mais ça lui fait mal ! C'est juste là où l'os est cassé !

— Il faut l'empêcher de se vider de son sang. Appuie fermement. » L'Opulent vit les mains du nourricier se crisper, mais avec circonspection, comme s'il voulait attraper un œuf, insuffisamment pour bloquer l'hémorragie. Agacé, mon double se pencha pour poser les mains sur celles de l'homme et l'obliger à exercer une pression plus forte, mais il recula aussitôt instinctivement. Du fer ; il y avait du fer dans la blessure et il brûlait sa magie. Il imagina le martyre qu'endurait Dasie, et pourtant elle se taisait et restait impassible ; il admira son courage.

Il la regarda. Elle avait les yeux fixes. « Dasie ? » fit-il tout bas.

Son nourricier secoua la tête. « Elle a dû nous quitter pour échapper à la douleur. Si nous lui faisons trop mal, ça la ramènera, mais pour l'instant elle est tranquille. »

Fils-de-Soldat hocha brièvement la tête. Il n'avait pas tout compris, mais il jugea que cela n'avait pas d'importance. L'autre nourricier lui apporta enfin une longue bande de linge tissé et un bout de bois. Dasie laissa échapper un petit gémissement accompagné d'un spasme quand mon double lui toucha la jambe ; il plaça le garrot au-dessus du genou et commença de tourner le bâton. Le cœur au bord des lèvres, il regarda le tissu mordre de plus en plus profondément dans la chair épaisse. « Ote tes mains ; le sang a-t-il cessé de couler ? » demanda-t-il à l'homme à genoux près de lui.

Le nourricier retira lentement le pansement qu'il tenait puis enleva un autre bandage détrempé qui se trouvait dessous. Le sang sourdait encore, mais moins qu'avant. Fils-de-Soldat sentit qu'il ne tiendrait pas une minute de plus agenouillé. « Nettoie bien la blessure et refais le pansement ; pendant que tu opéreras, quelqu'un d'autre devra tenir le bâton. Attendez un peu puis desserrez le garrot et voyez si la blessure saigne encore ; dans le cas contraire, redonnez quelques tours. Le plus important pour le moment, c'est d'empêcher Dasie de se vider de son sang. »

Les deux hommes posèrent sur lui un regard épouvanté. Celui qui tenait le bâton demanda enfin : « Ne peux-tu pas la guérir par la magie ? Elle soigne toutes sortes de blessures grâce à son pouvoir ; pas toi ?

— Tant qu'il y a du fer dans sa chair, non ; je ne puis même pas la toucher. Il faut la ramener au col puis chez elle, là où des guérisseurs habiles pourront extraire la balle. »

Les nourriciers eurent l'air effrayés. « Mais… peux-tu la transporter en marche-vite si elle a du fer en elle ? Comment l'amènerons-nous là-bas ?

— Je ferai tout mon possible. Si je ne puis la déplacer en marche-vite, nous nous servirons des chevaux pour l'acheminer au plus vite ; je ne puis rien de plus. »

Ils le regardèrent, les yeux écarquillés, l'un d'eux bouche bée, avec une déception effarée ; leur expression disait clairement qu'il avait trahi leur confiance ; ce n'était pas la première fois qu'on le regardait ainsi ce jour-là. Il refoula le souvenir du visage de Spic et voulut se relever ; il crut qu'il n'y parviendrait pas jusqu'au moment où il sentit qu'on lui prenait le bras pour l'aider. Il se tourna et reconnut Sempayli.

« Je me réjouis de voir que tu es arrivé sain et sauf, Opulent ; j'ai ramené tous ceux que j'ai pu. »

Mon double leva les yeux et vit les hommes qui s'étaient groupés autour d'eux alors qu'il s'efforçait de soigner Dasie, ceux-là mêmes qu'il avait abandonnés à leur sort. Ils le regardaient fixement, leur visage tacheté maculé de suie, de fumée et, pour certains, de sang ; ils avaient l'expression qu'affichent tous les soldats fatigués, quel que soit leur camp, qu'ils aient goûté la victoire ou subi la défaite. Ils avaient froid, ils étaient épuisés, ils avaient faim et ils avaient assisté à des scènes que nul ne doit voir, commis des actes que nul ne doit commettre. Fils-de-Soldat s'attendait à lire sur leurs traits la colère, la déception et l'amertume de l'échec, mais, s'ils éprouvaient ces émotions, ils n'en montraient rien. Inexpérimentés dans les choses de la guerre, peut-être ignoraient-ils s'ils avaient gagné ou perdu.

Il comprit alors qu'ils reconnaissaient comme son droit de s'en aller et de les laisser se débrouiller seuls : c'était un Opulent empli de magie, et il obéissait à ses propres lois. À la différence des soldats gerniens, ils n'attendaient rien de leurs chefs, ils ne les considéraient pas comme liés à eux par un contrat de commandement ; ils n'escomptaient de lui que ce qu'il leur avait appris à escompter. Il leur avait répété qu'ils devaient lui obéir, qu'ils ne devaient pas refuser le combat, mais il ne leur avait jamais promis, si la bataille tournait défavorablement, de ne pas les abandonner.

Ils n'attendaient donc pas de lui ce comportement, qui relevait des valeurs gerniennes, non ocellionnes. Pourtant, il brûlait de honte à l'idée de ne s'être pas montré à la hauteur de ces valeurs et de ces attentes.

« Au fond, tu es peut-être plus gernien que tu ne le crois, et tu ne sais peut-être pas commander à ces guerriers. » Je poussai mes réflexions au premier plan de ses pensées.

« Tais-toi ! » Sa haine de moi, de sa part gernienne, me frappa si violemment que je me sentis tournoyer dans le néant, et j'eus toutes les peines du monde à m'accrocher à mon identité.

Quand je repris contact avec la réalité, du temps avait passé et l'obscurité m'entourait. Fils-de-Soldat nous transportait en marche-vite dans une forêt enneigée ; derrière nous, Girofle traînait un travois improvisé, guidé par un des gardes-nourriciers de Dasie et éclairé par une torche que portait l'autre. Par les yeux de mon double, je parcourus les alentours du regard. Nous voyagions en compagnie d'une petite troupe, guère plus d'une dizaine d'hommes. Les pertes avaient-elles donc été si lourdes ? Il me semblait avoir compté davantage de guerriers près du feu de camp de Dasie, mais… Alors que je reprenais courage, Fils-de-Soldat anéantit mes espoirs. « Tu es resté absent plusieurs jours, imbécile. J'ai déplacé nos forces jusqu'au col en marche-vite, et là, par le même moyen, Jodoli m'a aidé à ramener auprès de Dasie un guérisseur qui a réussi à extraire la balle de la blessure. À présent, nous la conduisons là où elle trouvera chaleur, vivres et repos. »

Son ton me dit ce qu'il me cachait. « Mais elle est en train de mourir ; sa blessure est empoisonnée. »

Il me frappa de nouveau, mais moins fort, et, dans la faiblesse de son coup, alors que je culbutais dans les ténèbres, je sentis le froid, la faim terrible et l'épuisement de sa magie dont il souffrait. Plus discrètement qu'une araignée, je me remis d'aplomb puis fouillai dans ses souvenirs lugubres des derniers jours.

Il avait trahi la confiance de tous, et près d'un tiers de son petit contingent avait été tué ou capturé. Je ne m'étais pas trompé : les troupes gerniennes avaient pourchassé et abattu tous les traînards qu'elles avaient pu trouver, et seule la chance les avait empêchées de découvrir Dasie. Quand Fils-de-Soldat avait transporté jusqu'au col ce qui restait de son armée, les premiers mots que Kinrove lui avait adressés avaient été : « Mais où sont les autres ? » Mon double n'avait pu que garder le silence, et les magiciens avaient lu la réponse sur son visage.

Jodoli avait alors exposé au grand jour une terrible crainte. « Ainsi nous avons échoué ; et, maintenant qu'ils nous savent en guerre contre eux, ils pointeront leurs fusils sur nous dès qu'ils nous verront. Nous ne pourrons même plus nous servir de la Danse de la Poussière contre eux. Nous n'avions qu'une chance de réussir, de les surprendre et de les détruire, et elle n'existe plus. Désormais ils nous attendront toujours, et toujours avec du fer. La haine et la colère des sans-taches ne s'éteindra que lorsqu'ils nous auront traqués jusqu'aux confins de la terre. »

Fils-de-Soldat n'avait pas bougé, un goût de cendre dans la bouche. Il ne pouvait nier aucune de ces affirmations.

Kinrove avait eu un sourire où se mêlaient la tristesse et la satisfaction. « Dasie et toi aviez la certitude de connaître un moyen plus efficace que ma danse de remporter la victoire, mais que nous avez-vous fait ? Combien de danseurs dois-je encore enlever au Peuple pour tenter de protéger nos arbres des ancêtres ? » Il avait alors regardé Jodoli et s'était adressé à lui seul, reléguant Fils-de-Soldat au rang de magicien sans sagesse. « Je dois te laisser ramener nos guerriers du mieux que tu pourras, car je dois maintenant rejoindre vite mes danseurs pour leur adjoindre tout le pouvoir dont je dispose et préparer un nouvel appel afin de grossir leurs rangs. La fureur qui doit animer les intrus les mettra un peu à l'abri de ma magie ; si je ne leur barre pas la route par la peur, ils franchiront mes barrières et détruiront les arbres des ancêtres par pur esprit de représailles ; en outre, ils risquent de pourchasser ceux qui demeurent du mauvais côté des montagnes, voire de suivre nos pistes jusqu'à notre col secret. Je dois aller voir si je puis réparer les dégâts commis par ces deux impétueux jeunes gens. »

Et, sans plus de complications, Kinrove avait repris sa position de pouvoir et d'autorité. L'Opulent des Opulents était alors parti en marche-vite avec quelques-uns de ses hommes clés ; en quelques instants, ils eurent disparu, certains interrompus en plein travail. Firada était venue se placer près de Jodoli tandis que ce dernier disait à Fils-de-Soldat sans le regarder : « J'ai beaucoup à faire. Choisis le guérisseur que tu désires et je t'aiderai à le conduire en marche-vite auprès de Dasie. Je ferai ce que je peux pour ceux qui sont présents ici, mais au-delà je n'aurai pas de pouvoir à te consacrer. » Il avait tourné le dos à mon double et s'était éloigné.

Alors que Fils-de-Soldat croyait avoir touché le fond, Olikéa lui avait dit, derrière lui : « Nous avons donc échoué, et la danse de Kinrove m'a pris définitivement mon fils. » Il ne l'avait pas regardée, mais j'avais senti ses épaules se voûter sous le poids des paroles de l'Ocellionne. Elle s'était approchée de lui, et il s'était préparé à supporter l'assaut de sa colère ; mais, au bout d'un moment, elle lui avait touché doucement l'épaule et dit d'une voix étouffée : « Je vais te faire à manger avant que nous ne repartions. »

Un mot. « Nous. » Malgré la peine qui l'accablait, malgré son évidente résignation devant mon échec, elle avait dit « nous ». Il n'eût pu imaginer moindre réconfort, mais c'était le seul qu'on lui eût apporté, et les larmes lui avaient piqué les yeux, humiliation supplémentaire qui avait ajouté un prix plus personnel à sa défaite ; pourtant, malgré le froid, la faim, la fatigue et le désespoir, une résolution nouvelle, que j'avais sentie prendre forme en lui, s'était éveillée : s'il avait échoué sur tous les autres plans, il n'échouerait pas dans celui-ci.

J'ignore s'il prit conscience que je fouillais dans ses souvenirs ou si celui-là se présenta seul à son esprit. « J'agirai selon mon devoir », fit-il tout bas. Il s'exprimait comme un homme qui attache son courage à une idée, décidé à la suivre jusqu'au bout. « Que mijotes-tu ? » lui demandai-je, mais, sans juger utile de me répondre, il rentra la tête dans les épaules pour affronter le vent glacial et poursuivit son chemin. La forêt obscure passait par à-coups au rythme heurté de la marche-vite. Je sentais la magie s'épancher de lui à chacun de ses pas comme le sang d'une artère ouverte ; il ne lui restait guère de réserves. Il dut percevoir ma pensée.

« Nous y arriverons », dit-il d'un ton buté. L'entendant murmurer, un de ses hommes lui jeta un coup d'œil par-dessus son épaule, mais garda le silence.

Il faisait nuit noire quand nous parvînmes au col. Le camp que nous avions établi dans la première section abritée était quasiment désert ; un feu nous accueillit néanmoins, sur lequel Olikéa avait laissé de la soupe à mijoter. À notre arrivée, une dizaine de nourriciers et de gardes de Dasie se précipitèrent vers elle ; ils avaient préparé un feu de leur côté, et une couche de fourrures et de frondaisons de pin pour l'Opulente, ainsi que toutes sortes de plats savoureux. Fils-de-Soldat les regarda l'emporter et sentit un reproche dans leur façon de l'arracher à ses soins. À l'évidence, ils lui en voulaient de ne pas avoir sauvé leur maîtresse ; maintenant qu'ils l'avaient récupérée, ils lui tournaient le dos.

Il courba la tête, il se dirigea vers son feu et Olikéa ; elle avait confectionné un lit avec des rameaux de conifère et des couvertures, rien d'aussi élaboré que celui de Dasie mais tout à fait acceptable. Elle l'aida à ôter ses épaisseurs de vêtements puis enfila à ses pieds des pantoufles chaudes et moelleuses à la place des bottes encroûtées de glace qu'elle venait de lui enlever. Elle lui avait préparé de l'eau tiède pour ses ablutions et un linge doux pour se sécher. Comment de si petits agréments pouvaient-ils apporter tant de réconfort ? Sans un mot, la mine grave, Olikéa lui fit signe de s'asseoir pendant qu'elle servait le repas, et il découvrit avec étonnement Jodoli et Firada déjà installés. « Je vous croyais rentrés chez vous », leur dit-il d'un ton brusque.

L'autre Opulent répondit d'un ton solennel : « J'ai songé que tu aurais peut-être besoin d'aide pour transporter Dasie et ses nourriciers en marche-vite ; la dernière fois que je t'ai vu, tu avais l'air épuisé. »

C'était vrai ; trop épuisé même pour entretenir sa colère. Il poussa un soupir de résignation. « À la vérité, ton aide me serait précieuse », dit-il simplement.

Jodoli répondit : « Alors, demain matin. » Et, pendant quelque temps, ils n'échangèrent que de rares paroles pendant qu'Olikéa leur servait la soupe qu'elle avait tenue au chaud pour Fils-de-Soldat ; elle était bonne, épaisse et pleine de morceaux de viande et de champignon ; à chaque bouchée, mon double sentait la chaleur et la vigueur refluer dans son organisme. Il jeta un regard vers le grand feu de Dasie ; ses nourriciers s'agglutinaient autour d'elle comme des abeilles s'occupant de leur reine. Ils avaient retrouvé leur maîtresse, mais le murmure de leurs voix me parvenait inquiet plutôt que rassuré.

Dasie lui avait à peine parlé depuis leur rencontre après la bataille ; ses nourriciers avaient expliqué à plusieurs reprises à Fils-de-Soldat qu'elle s'était retirée ailleurs pour éviter la douleur de sa blessure, mais même l'extraction de la balle n'avait pas réussi à la rappeler. Il avait vu la plaie : le projectile avait fracassé l'os avant de se loger entre les esquilles. Le guérisseur qui avait opéré avait sorti la bille de fer ainsi qu'un petit fragment d'os qu'il avait nettoyé pour s'en servir afin de suturer la blessure ; il avait froncé le sourcil devant le garrot mais il avait été soulagé de constater que Dasie réagissait quand il lui piquait les orteils.

« Maintenant qu'on a retiré le fer, elle va se guérir toute seule », avait déclaré un de ses gardes d'un ton confiant. Fils-de-Soldat ne partageait pas son assurance et se demandait si ce retrait en elle-même était dû seulement à sa souffrance physique ; son esprit avait peut-être été plus atteint que son corps. Il avait entendu parler de jeunes soldats qui ne se remettaient jamais complètement du spectacle de leur première bataille.

Du peu que les hommes de Dasie lui avaient raconté, il avait compris que l'embrasement de la ville et le massacre des habitants à mesure qu'ils tentaient de s'enfuir avaient été une « réussite », si l'on pouvait employer ce mot pour une telle mission ; l'Opulente avait participé activement et avec enthousiasme au déclenchement des incendies, et avait abattu elle-même un aubergiste et ses trois grands fils lorsqu'ils avaient sauté de leur lit et étaient sortis en chemise de nuit pour combattre les flammes.

Mais le garde avait aussi parlé d'une femme qui avait jeté un nourrisson par la fenêtre d'un étage pour le sauver avant de sauter à sa suite, la chemise de nuit en feu, et de se rompre le cou ; l'homme avait pourchassé et éliminé deux petits garçons qui fuyaient dans les rues, pieds nus et main dans la main. Il avait évoqué l'épisode avec gourmandise, revivant la satisfaction de sa haine, et Fils-de-Soldat avait convenu qu'il avait agi comme il le fallait ; mais il se demandait à présent si Dasie avait bien compris en quoi consisterait sa mission et à quel spectacle elle assisterait en pénétrant dans Guetis. Ni par nature ni par culture les Ocellions n'étaient un peuple violent ; même dans les villages et les clans, les disputes se réglaient rarement par des coups. Le plan de Fils-de-Soldat avait-il poussé l'Opulente au-delà de sa volonté de sauver son peuple ? Je n'éprouvais guère de compassion pour elle : elle avait seulement vu ce que sa haine avait déclenché ; qu'elle en mesure donc les conséquences !

« Il n'y avait pas d'autre solution, me dit mon double. Les Gerniens nous y ont forcés. Nous avions tout essayé pour les obliger à s'en aller ou au moins à respecter notre territoire ; nous n'avions plus le choix.

— Mais ça ne s'est pas déroulé comme tu l'avais prévu, répondit Jodoli, croyant qu'il s'adressait à lui. Les autres guerriers nous l'ont appris : en s'en allant, ils ont vu que la ville et le fort brûlaient encore, mais pas assez pour les réduire en cendres. Alors que comptes-tu faire ? Attendre encore et les surprendre à nouveau ? »

Mon double fit non de la tête, geste typiquement gernien ; il s'en rendit compte et s'arrêta. « Nous ne pourrons plus. Nous avions une seule chance de nous glisser parmi eux et de les prendre par surprise ; je l'ai gâchée sans grand résultat. Si nous recommencions, nous trouverions des tireurs d'élite sur les remparts et des guetteurs dans la tour ; ils nous massacreraient avant de nous laisser approcher. »

Jodoli se tut un long moment puis demanda : « Alors que faisons-nous maintenant ? »

Fils-de-Soldat remarqua le « nous » et faillit sourire, sans savoir s'il devait s'en réjouir ou s'en offusquer. « Notre » plan ? Jodoli ne s'était pas exposé au danger et n'avait guère contribué à la mise au point stratégique ; toutefois, s'il voulait se présenter comme partie prenante de ses plans, Fils-de-Soldat aurait sans doute intérêt à l'accepter comme allié. Il se pencha sur son bol de soupe et mangea quelque temps en silence sans répondre. Je sentais les aliments pénétrer dans son organisme et remplir ses réserves de magie. Lentement, par un effort de volonté, il ramena ses pensées sur le sujet. « Que faisons-nous maintenant pour éliminer les intrus ? fit-il enfin.

— Oui.

— Je l'ignore. La magie ne me montre pas la voie. » Les autres parurent choqués de cet aveu ; pour ma part, je n'éprouvai qu'une satisfaction froide et dure. Moi non plus je ne savais pas à quels actes cette magie devait m'amener ; le fait que Fils-de-Soldat reconnût lui aussi son ignorance signifiait peut-être qu'il s'agissait d'une vaste méprise. Les Ocellions fondaient d'immenses espoirs sur lui depuis longtemps, mais peut-être se trompaient-ils ; peut-être la magie elle-même se trompait-elle. Jodoli prononça les mots affreux que je connaissais bien.

« Mais je l'ai vu dans mes rêves : c'est toi qu'elle a choisi. Tu devais faire quelque chose qui devait chasser les intrus et sauver le Peuple. »

Fils-de-Soldat posa son bol vide sur le sol glacé ; il se sentait soudain très fatigué, las de cette existence où il avait été projeté. Il répondit simplement et sans détour : « Elle m'a confié quelques petites missions que j'ai toutes accomplies. Je lui ai permis de voir par mes yeux, et j'ai donné le signal aux danseurs de la Poussière qui avaient été envoyés dans la ville ; j'ai copieusement écrit dans un livre, et, quand j'ai quitté les intrus, je l'ai laissé derrière moi ; j'ai transporté un caillou, et, quand le moment m'a paru bien choisi, je l'ai transmis. Rien que des missions simples, voire stupides, et aucune n'a rien changé. Et par deux fois j'ai agi non comme elle me l'ordonnait mais d'une façon qui, à mon sens, devait servir au mieux les intérêts du Peuple ; une fois, lorsque j'ai brûlé toutes mes réserves de pouvoir pour aider la forêt à dévorer la Route du roi, et une autre quand, à la tête de tous les guerriers que j'ai pu rassembler, j'ai marché sur Guetis. Mais, que j'aie obéi à la magie ou à moi-même, je ne suis parvenu à aucun résultat, et je n'ai plus d'idée. Je crois que la mission que tous me prêtent est au-delà de mes capacités ; aussi, je vais en choisir une que je m'estime capable d'exécuter et m'y consacrer exclusivement. »

Olikéa l'écoutait-elle seulement ? Je n'en suis pas sûr ; il y avait en elle quelque chose de mort, d'aussi vide que les yeux de Dasie. Elle avait renoncé à la vie et ne faisait plus que semblant d'être vivante. Elle tendit la main pour prendre le bol de mon double et le remplir, mais il la lui prit et la tint, non comme un homme tient la main de la femme qu'il aime, mais comme un grand frère tient celle de sa petite sœur pour l'assurer de son sérieux. « Je vais ramener Likari à Olikéa. » Il leva les yeux vers elle et modifia son discours. « Je vais ramener Likari chez nous ; si ma vie et ma magie ne servent à rien d'autre, elles serviront à ça. Cette mission, ce n'est pas la magie qui me la donne, c'est moi qui la choisis. »

Les deux Ocellionnes observaient un silence pesant, mais je vis des larmes perler aux yeux de Firada, et elle se pencha pour prendre l'autre main de sa sœur. Jodoli, lui, ne paraissait nullement se rendre compte de l'importance de la déclaration quand il demanda d'un ton brusque : « Et comment t'y prendras-tu ? Kinrove l'a appelé à la danse, et l'enfant y est allé. Nous te l'avons déjà dit : tu ne peux pas le ramener comme ça, il ne resterait pas ; il pourrait même ne pas nous reconnaître. » Il prit l'air agacé et se redressa sur son siège. « Jamère, tu parles trop souvent de ce que tu vas faire de ton pouvoir ; tu crois toujours tout mieux savoir que la magie. Dasie et toi, avec votre certitude de pouvoir détruire Guetis alors que la magie ne vous avait pas confié cette mission ! Et voici que, par je ne sais quel prodige, tu vas nous ramener Likari ! Quelle cruauté de faire miroiter un tel espoir à ces femmes ! La magie a pris Likari ; comment pourrais-tu t'en servir contre elle-même ? Un couteau peut-il se couper lui-même, le feu se brûler lui-même ? NON ! Quand apprendras-tu que, quand tu te places au-dessus de la magie ou que tu t'opposes à elle, tu te trompes ? Que tu ne peux qu'échouer ? » Il secoua la tête et poursuivit plus bas : « Kinrove et moi avons commis une erreur grossière en te laissant nous forcer à t'aider ; nous aurions dû te combattre par tous les moyens. Mais tu ne nous y reprendras pas ; j'ignore quel plan stupide tu mijotes, mais ne cherche pas à nous y entraîner, ma nourricière et moi ! »

Jamais je n'avais entendu Jodoli s'exprimer sur un ton aussi acerbe, et ses paroles cinglèrent Fils-de-Soldat ; celui-ci bouillait de fureur et d'indignation mais ne savait que répondre. « Je n'aurai pas besoin de votre aide », dit-il enfin, mais lui-même se rendit compte du ton infantile qu'il prenait : on avait égratigné son amour-propre. Pour ma part, je percevais surtout sa détermination à poser un acte qui prouverait sa valeur aux yeux de tous. Tenterait-il de s'opposer à Kinrove ? Avec l'appui de Dasie, il pourrait interrompre à nouveau la danse, mais, à mon avis, il commettrait une erreur ; avec Guetis aussi énervée qu'un nid de frelons dérangés à coups de bâton, seule la danse de Kinrove empêcherait les Gerniens de poursuivre les Ocellions jusque dans la forêt et de les annihiler ; la suspendre reviendrait à un suicide pour tous les Ocellions.

Tandis que les deux Opulents se regardaient en chiens de faïence, un hurlement monta soudain du groupe qui entourait Dasie, suivi de cris d'incrédulité et de douleur. Tous restèrent un instant paralysés, puis Firada et Olikéa se dressèrent d'un bond et se ruèrent vers l'autre feu. Fils-de-Soldat se leva plus pesamment sans quitter des yeux les nourriciers en pleurs.

« Que se passe-t-il ? demanda-t-il avec angoisse.

— Elle est morte, répondit Jodoli sans ambages. En hiver, c'est la pire époque ; il faudra agir vite.

— Je ne comprends pas. » Tels furent les mots qu'il prononça, mais d'autres résonnaient en lui : *Jodoli avait raison, tout est ma faute ; je n'ai pas su la guérir.* Sans relation avec son épuisement, une vague de ténèbres envahit la périphérie de sa vision, et il craignit de s'évanouir. Plus il tentait d'arranger la situation, plus elle s'aggravait. Dasie était une héroïne pour son clan et au-delà ; elle avait libéré les danseurs de Kinrove puis elle s'était battue pour son peuple. Sa mort, alors qu'elle n'avait même pas pu revenir chez elle, auréolée de la maigre gloire de l'attaque, porterait un coup terrible aux siens. Une pensée de lâche s'insinua en lui, glaciale : les Ocellions risquaient de se retourner contre lui ; où irait-il alors ? Auprès de qui pourrait-il chercher gîte et couvert ?

Jodoli répondit, non à cette question mais à une autre inquiétude : « Il n'y a pas pire saison pour mourir dans le cas d'un Opulent ; il va falloir transporter la dépouille de Dasie jusqu'au val des ancêtres. À cette époque de l'année, les arbres sont quasiment dormants, et celui qu'elle a choisi aura du mal à l'absorber. Nous aurons beaucoup plus de difficultés à la joindre à son arbre, et une partie d'elle risque de se perdre.

— Se perdre ? répéta Fils-de-Soldat sans le vouloir.

— Il faudra faire vite. Plus vite elle arrivera à son kaembra, mieux ça vaudra ; l'idéal serait que son corps ait conservé un peu de chaleur. Lorsque mon heure viendra, je forme le vœu de mourir alors que mon arbre m'étreint déjà et au milieu de mon clan qui m'entoure en chantant. Dasie, elle, devra aller seule, en hiver, avec seulement quelques personnes pour chanter. Ah, ce n'est pas bon signe ! »

Jodoli ne se rendit même pas près de l'autre feu pour vérifier ses assertions ; au lieu de cela, il entreprit ce que Fils-de-Soldat ne l'avait jamais vu faire : s'habiller tout seul, fermer son propre manteau à capuche encore froid et humide du trajet de la journée. Avant que mon double eût le temps d'attraper ses vêtements, plusieurs nourriciers de Dasie convergèrent sur eux, et il eut l'impression qu'ils l'inséraient de force dans ses habits et ses bottes ; Olikéa vint les aider. Tous pleuraient en travaillant, mais cela n'adoucissait nullement leurs gestes. Jamais je n'avais vu des Ocellions œuvrer aussi vite et avec tant de concertation ; le temps d'apprêter Fils-de-Soldat, ils avaient déjà rechargé la dépouille emmaillotée de Dasie sur le travois. Quand mon double voulut parler à Jodoli de la suite des événements, l'Opulent le fit taire d'un air sévère. « Ne la distrais pas par tes paroles, ne dis rien qui puisse attirer son attention sur nous. Quelle que soit la colère que tu éprouves contre moi, mets-la de côté. Ce temps n'est pas le nôtre mais le sien ; garde le silence et apprends comment un Opulent va à son arbre. »

Ainsi, dans le froid et l'obscurité de la nuit, ils quittèrent le maigre abri du surplomb rocheux du col et prirent encore une fois la route de la forêt des ancêtres, Jodoli en tête ; le cheval tirait le travois de Dasie, les deux nourriciers fatigués de l'Opulente l'accompagnaient à nouveau, ainsi que les gardes et les autres nourriciers qui campaient dans le refuge rocheux, et Fils-de-Soldat marchait à l'arrière.

Jodoli donna le rythme de la marche-vite, mon double le tint, et, ensemble, ils déplacèrent la procession funéraire dans la nuit. La tâche n'avait rien de facile pour Fils-de-Soldat : c'était la cinquième fois en quelques jours qu'il parcourait ce trajet en puisant dans sa magie ; je sentais aussi une difficulté accrue du fait qu'ils transportaient le corps de Dasie, mais la raison m'en échappait, tout comme je ne comprenais pas pourquoi il était possible de convoyer un cheval à la bride en marche-vite, mais beaucoup plus difficile d'en faire autant monté sur lui. Fils-de-Soldat, épuisé, découragé et rongé de tristesse, était content de laisser à Jodoli le soin de gérer la magie de la marche-vite et de se borner à entretenir le flux de pouvoir. Il avait les jambes de plomb et le dos horriblement douloureux, avec comme de petites piqûres aiguës de part et d'autre de la colonne vertébrale. Impitoyable, je lui représentai un pont suspendu dont les câbles cédaient sous la surcharge.

« Fiche-moi la paix », répondit-il, à bout de force.

Après cela, je me tus.

La brève journée d'hiver s'éclaircit quand nous parvînmes enfin dans le val des ancêtres. Il faisait froid, mais beaucoup moins que la nuit où nous avions attaqué le fort ; la brise agitait le sommet des arbres, et la neige délogée tombait en cascade ou par blocs, mais l'air demeurait calme sous la voûte des frondaisons entremêlées, au bois nu ou hérissé d'aiguilles. Arrivé à l'orée de la vallée, Jodoli interrompit la marche-vite ; les nourriciers de Dasie prirent la tête de la procession, et, glacés jusqu'aux os, nous les suivîmes à pas lourds. Nul ne parlait. Des oiseaux chantaient de temps en temps, la neige crissait sous nos pas et le travois tiré par Girofle frottait sur le sol, mais les Ocellions gardaient le silence, et Fils-de-Soldat les imitait : ses propres pensées faisaient un tel vacarme qu'il n'eût pu guère suivre une conversation même s'il en avait eu envie. Les nourriciers de Dasie traversaient la forêt sans hésitation, et il les suivait.

Ils parvinrent enfin dans une zone où la voûte des arbres devenait moins dense ; parmi les géants les plus âgés, plusieurs avaient souffert du feu, mais, entre deux énormes souches noircies, un petit kaembra se dressait. Bien longtemps auparavant, la foudre avait tué ses aînés et laissé une trouée dans les frondaisons, par où la lumière du soleil avait encouragé l'arbrisseau à croître. D'autres baliveaux poussaient plus près de la périphérie de la clairière. L'arbre de Dasie avait une écorce lisse et gris-vert, et son tronc avait à peine le diamètre d'un muid ; c'était un jeune arbre, aux yeux des Ocellions. Une épaisse couche de neige couvrait le sol autour de lui. Jodoli demeura près de la dépouille de l'Opulente pendant que ses gardes et ses nourriciers entreprenaient de dégager le terrain, évacuant la neige à pleines poignées et à coups de pied jusqu'à ne laisser que la couche givrée de feuilles mortes et de mousse. Après avoir déblayé un cercle de dix pieds de diamètre à la base de l'arbre, ils retournèrent auprès du travois.

Jodoli s'écarta et, une fois encore, Fils-de-Soldat l'imita. Les nourriciers de Dasie se mirent au travail avec une efficacité qui n'excluait pas le respect ; à l'aide d'un poignard tranchant, l'un d'eux ouvrit ses vêtements de la nuque jusqu'aux reins, puis plusieurs gardes s'avancèrent pour l'aider à déplacer le corps jusqu'à l'arbre choisi. Avant de l'installer dos au tronc, l'homme incisa la peau tout le long de la colonne vertébrale, du cou jusqu'à la raie des fesses ; l'entaille laissait voir la chair mais le sang n'en coulait pas, et, avec une froide efficacité, le nourricier l'ouvrit davantage. Lorsqu'enfin ils déposèrent le corps contre l'arbre, il le déplaça jusqu'à ce que la plaie s'abouchât à l'écorce. Très bas, Jodoli dit : « Parfois, en hiver, quand les arbres dorment profondément, le contact du sang peut les réveiller ; c'est ce que nous espérons pour Dasie. »

On la lia ensuite au tronc avec de grandes lanières de cuir pour la tenir fermement en place ; on déplia ses jambes, on plaqua ses bras le long de ses flancs, et un des nourriciers l'attacha au niveau des genoux et des chevilles pour les empêcher de s'écarter tandis qu'un autre achevait de la fixer à l'arbre par la gorge et le front. Quand ils eurent fini, ils reculèrent et restèrent immobiles et silencieux.

Nul ne bougea pendant un long moment.

Une imperceptible tension montait peu à peu. J'ignorais ce qu'ils attendaient, mais je sentais clairement leur gravité. Après un temps considérable, un des gardes s'avança devant le chef des nourriciers, lui tendit son bras nu, et, de l'autre main, un poignard. « Peut-être que du sang frais éveillerait… » Il s'interrompit : l'autre nourricier poussait un petit cri de joie.

« Là ! » s'exclama-t-il avec bonheur. Nous regardâmes tous Dasie, mais je ne remarquai rien ; toutefois, un instant plus tard, le coin de la bouche de l'Opulente s'agita, puis, alors que je me demandais si j'avais bien vu, sa tête bougea légèrement.

Près de moi, Jodoli poussa un soupir de soulagement. « L'arbre l'accueille », annonça-t-il, et je perçus comme un ondoiement chez les nourriciers qui échangèrent des regards ; les larmes recommencèrent à couler, mais semblables cette fois à celles qu'on verse quand, à l'issue d'une naissance difficile, un enfant viable voit le jour : l'angoisse cède le pas à la joie puis à la paix. Les nourriciers se remirent promptement au travail : ils enveloppèrent l'Opulente de la tête aux pieds dans une couverture tissée qu'ils arrosèrent d'eau et plaquèrent sur elle. « Elle va geler ainsi, expliqua Jodoli, et fixer Dasie à l'arbre pour empêcher les charognards d'emporter ce qui revient au kaembra. Ça se passe mieux que je ne le craignais ; j'aurais préféré assister à une union plus vivante, mais ça suffira : Dasie a son arbre. »

Les nourriciers et les gardes récupéraient à présent la neige qu'ils avaient déblayée autour du kaembra pour recouvrir le corps. Jodoli recula à quelque distance, et Fils-de-Soldat fit de même, mais, au lieu de suivre l'Opulent, il se rapprocha de l'orée de la clairière et scruta la pénombre de la forêt aux larges piliers dominés par les branches entrecroisées des kaembras. Quand il tourna le dos à l'espace dégagé, le jour parut s'assombrir et le bois gagner en mystère ; il eut presque l'impression d'entendre une voix l'appeler doucement.

« Jamère… Jamère… » Une voix d'homme. Il tourna la tête rapidement à droite et à gauche en fouillant les arbres du regard, mais ne vit personne.

Puis il perçut plus distinctement : « Jamais, vieille crapule, vous ne voulez donc pas me dire bonjour ? »

Buel Faille. Il eût reconnu n'importe où son ton moqueur.

Fils-de-Soldat tourna lentement la tête vers l'arbre près de lui, jeune kaembra à peu près du même âge que celui auquel s'était unie Dasie. Le cœur battant, il s'en rapprocha d'un pas, sentit quelque chose sous son pied et battit aussitôt en retraite ; il ne s'agissait pas d'une branche mais d'un os – un tibia.

« C'est un grand honneur qu'ils m'ont fait : ni Opulent ni Ocellion, mais le clan de Dasie savait que j'avais servi la magie du mieux possible, et du coup on m'a transporté ici pour me donner un arbre. Je n'ai jamais eu l'occasion de vous remercier, Jamère, alors j'en profite aujourd'hui : merci d'avoir tenu parole même après avoir appris que je vous avais trahi ; merci d'avoir laissé les Ocellions sortir mon corps de sa caisse en bois et me déposer ici.

— Buel ! » Fils-de-Soldat prononça le nom en même temps que moi ; j'ignore quelle partie de moi-même était la plus abasourdie, l'ocellionne ou la gernienne, de découvrir que mon ami et traître vivait encore dans cette forêt. Fils-de-Soldat retira son gant épais et posa sa paume nue sur l'écorce du kaembra.

« Attention ! s'exclama Buel, debout devant moi comme si la chair recouvrait encore ses os. C'est un jeune arbre, et je ne suis là que depuis quelques mois ; il dort à poings fermés, mais s'il se réveille et qu'il a faim, il s'attaquera à vous comme un serpent à un rat. Mais regardez-vous un peu ! Qui s'est ennomadisé maintenant, mon vieux ? Avec les taches et tout ! »

Fils-de-Soldat répondit : « Je ne suis pas celui que vous croyez. »

Un sourire malicieux étira les lèvres de Buel. Il ne ressemblait pas tout à fait au souvenir que j'avais gardé de lui : il était plus grand, plus musclé, et il avait les cheveux peignés. Je compris soudain que je voyais sa version idéalisée de lui-même ; voilà qui ouvrait des aperçus inattendus sur Lisana, et j'en eusse volontiers fait profiter Fils-de-Soldat si Buel n'avait tenu à cet instant des propos qui me laissèrent pantois. Il secoua la tête, et son sourire de fantôme s'élargit.

« Mais non, mon vieux, vous êtes exactement celui que je crois, et peut-être plus encore. » Il pencha la tête pour me regarder dans les yeux sans cesser de sourire, et je sentis soudain qu'il me voyait tel que j'étais à présent, mais qu'en même temps il voyait aussi Fils-de-Soldat. Il prit un air compatissant. « Eh bien, pas d'erreur, vous voilà encore dans de beaux draps, mon ami ! Peut-être encore plus beaux que la dernière fois où je vous ai vu, même si c'est difficile à croire. Vous m'avez pardonné, non ? Non ? » Son sourire avait laissé la place à une expression grave.

Je ne savais plus où j'en étais. Lui avais-je pardonné ? Comment aurais-je pu ? Il avait tué une femme en maquillant le crime pour me faire accuser, il avait propagé des rumeurs qui avaient tant monté l'opinion publique contre moi qu'une foule déchaînée avait voulu m'écharper. Certes, il avait agi contraint par la magie, mais, même sachant cela…

Fils-de-Soldat répondit pour nous deux : « Je vous comprends ; parfois, lorsqu'on comprend quelqu'un de manière aussi profonde, le pardon n'a plus de sens. Vous avez agi comme vous le deviez, Buel Faille ; vous avez obéi aux ordres de la magie. »

L'éclaireur nous regarda sans rien dire – non : il me regardait, moi. Du fond de mon double, je déclarai : « Je n'ai pas à pardonner Buel Faille ; ce n'est pas lui qui m'a trahi, mais la magie. »

Je sentis Fils-de-Soldat froncer les sourcils et compris qu'il m'avait entendu. Toutefois, quand Buel afficha de nouveau son sourire espiègle, je sus qu'il ne pourrait que se dérider aussi. « Peu importe qui est responsable, Jamère, je regrette cet épisode ; mais je ne regrette pas ce qu'il m'a rapporté : une nouvelle vie.

— Ça vous plaît, d'être un arbre ? » Derrière moi, les autres achevaient leurs tâches ; ils avaient recouvert de neige le corps de Dasie emmailloté dans sa couverture gelée, et les nourriciers caressaient la neige comme s'ils lissaient une délicate courtepointe sur un enfant endormi.

« Être un arbre..., répéta-t-il en souriant. C'est une façon de voir les choses. » Il poussa un soupir, comme on soupire non de découragement mais de satisfaction devant une existence bien remplie.

« Jamère ! » cria Jodoli, et Fils-de-Soldat se tourna vers lui. L'Opulent lui fit signe de revenir ; les autres formaient un cercle autour de Dasie, et il devait se joindre à eux.

Alors que nous nous écartions de l'arbre, Buel nous lança une dernière recommandation, en s'adressant à moi. Il manquait encore de vigueur dans son kaembra, et sa voix s'affaiblissait à mesure que nous nous éloignions, mais j'entendis ses paroles.

« Ça vaut le coup, Jamère ; on y perd pas mal, on doit renoncer à beaucoup de choses, on doit commettre des actes répréhensibles, mais ça vaut le coup. Acceptez, mon vieux, laissez faire la magie, vous ne le regretterez pas, je vous le promets. »

Fils-de-Soldat eut un petit hochement de tête. Je me raidis en lui, buté. *Non.*

Il se détourna de l'arbre et du tas de neige qui, maintenant qu'il le regardait, évoquait en effet un homme assis, le dos contre le tronc. Les autres se rassemblaient autour du kaembra de Dasie où un amas de neige similaire mais beaucoup plus considérable marquait la

« tombe » de l'Opulente. Alors que Fils-de-Soldat les rejoignait à pas lents, Jodoli lui emboîta le pas et dit, comme si leur dispute n'avait jamais eu lieu ou qu'il n'y attachât nulle importance : « Heureusement, l'arbre l'a acceptée. Elle l'avait choisi il y a des années, quand elle a découvert qu'elle devait devenir Opulente, et elle lui rendait visite régulièrement pour lui faire offrande de son sang afin de l'éveiller et de se l'approprier ; néanmoins, par grand froid, il arrive parfois qu'un kaembra ne prenne pas le corps d'un Opulent. Alors il n'y a pas grand-chose à faire.

— Que va-t-il se passer maintenant ?

— Nous allons lui chanter notre adieu ; nos chants lui rappelleront qui elle était, pour que ses souvenirs demeurent vifs quand l'arbre la prendra. Naturellement, en principe c'est tout son clan qui devrait l'accompagner, non deux de ses nourriciers et une poignée de ses gardes. Mais c'est comme ça. Jamère, nous serions très avisés de l'honorer par de longs chants, aussi longs que nos forces nous le permettront, sur tout ce que nous savons d'elle ; comprends-tu ?

— Je crois. » Jodoli voulait dire *politiquement* avisé. « Je t'observerai puis je ferai de mon mieux.

— Très bien. Joignons-nous aux autres. »

Jamais je n'eusse pu imaginer cérémonie plus différente d'un enterrement gernien. Nous formâmes un cercle autour de l'arbre et nous donnâmes la main ; pour cela, nous dûmes ôter nos gants, car les Ocellions jugeaient très important le contact de la peau, et, peu après, j'en compris la raison : la magie se mit à parcourir notre cercle en provoquant une sensation de courant, comme si nous tenions un tube où circulait de l'eau, comme si elle circulait en nous.

Les nourriciers entamèrent les chants, ainsi que le droit leur en revenait. C'étaient moins des chants que des mélopées, sans mélodie ni rimes. Le premier évoqua tout ce qu'il se rappelait d'elle, de leur rencontre jusqu'à sa mort en passant par le temps qu'il avait vécu près d'elle ; il chanta jusqu'à ce que sa voix s'éraillât, puis il continua jusqu'à ne plus émettre que des feulements rauques. Quand il ne put enfin plus rien dire, l'autre nourricier reprit son récit, racontant lui aussi sa rencontre avec Dasie et tout le temps et toutes les manières dont il l'avait servie ; il évita de répéter ce que son prédécesseur avait déjà narré, mais néanmoins le jour s'achevait quand il termina.

Toutefois, la nuit n'apporta nul répit. La litanie se poursuivit de garde en garde, chacun caressant ses souvenirs de Dasie et s'efforçant de se rappeler pour la disparue son apparence, sa façon de s'exprimer, de manger, de s'habiller, de rire à une situation comique ou de pleurer devant un événement triste. Certains l'évoquèrent lorsqu'elle était enfant et maltraitait les plus petits qu'elle, d'autres parlèrent de son mauvais caractère d'adulte, d'autres encore pleurèrent en se remémorant l'Opulente et sa mort, mais rirent aussi et s'exclamèrent joyeusement aux images d'elle qui leur revenaient. L'un d'eux décrivit les activités de Dasie le jour de la bataille, et je frissonnai d'horreur en l'entendant parler des morts dont ils avaient été témoins, et des Gerniens qu'elle avait tués de ses propres mains, mais l'homme ne nous épargna nul détail ; tout, absolument tout devait être dit afin de préserver la personne de l'Opulente dans sa mémoire.

J'en appris bien plus sur la vie de Dasie que je n'en savais jusque-là. Quand le tour de Jodoli vint, Fils-de-Soldat se creusait déjà la cervelle pour savoir quoi ajouter. L'autre Opulent évoqua sa rencontre avec Dasie et décrivit en détail la nuit où elle avait libéré les danseurs de Kinrove, les repas qu'ils avaient partagés et les présents qu'ils avaient échangés en tant qu'Opulents du Peuple, et allongea son récit en ajoutant toujours plus de détails.

Fils-de-Soldat avait les jambes et les pieds gonflés, et le froid le tenaillait ; seule la magie qui circulait de main en main lui permettait de supporter l'épreuve : il sentait son énergie alimenter le courant, mais le sentait aussi puiser dans toutes les personnes présentes et revenir à lui.

Il faisait nuit noire quand Jodoli se tut enfin. Le froid s'était insinué dans le cercle et enveloppait tout le monde ; mon double le sentait gercer son visage. Les poils de ses narines étaient devenus raides et piquants, et il ne percevait plus guère de sensations dans ses pieds. Pis, il ne voyait pas quoi dire, alors que Jodoli l'avait prévenu qu'il devait au moins tenter de parler longuement de Dasie.

Les autres ne lui avaient apparemment pas laissé grand-chose à évoquer, mais il s'acquitta bien de sa tâche. Il parla de la première fois où il avait vu Dasie au camp de Kinrove, de ce qu'elle avait dit, de l'impression qu'elle lui avait faite ; il raconta la libération des danseurs, et, sentant que ses gardes et ses nourriciers aimaient l'entendre décrite comme une héroïne, il broda sur cet épisode. Il narra aussi la haine qu'elle avait éprouvée pour lui dès l'abord, les menaces qu'elle avait proférées à son encontre, et je me rendis compte que beaucoup des hommes réunis ignoraient tout de cet aspect de leur rencontre. Mais, comme les autres, mon double n'omit ni n'édulcora aucun détail, ni sur leur prise de contact ni sur le peu de compassion qu'elle avait montré quand Likari avait été appelé à la danse. Il raconta leurs préparatifs pour la bataille, les instants qui avaient précédé leur séparation pour s'occuper de leurs tâches respectives, puis le moment où il l'avait revue, blessée et les yeux fixes, où il l'avait laissée aux soins de ses fidèles nourriciers pour aller chercher un guérisseur, puis où il l'avait ramenée dans le col où elle avait succombé.

Quand il parvint au bout de son évocation, l'obscurité était totale. De petites étoiles scintillaient dans la trouée au milieu des arbres, et une brise vagabonde nous soufflait de la neige au visage. Mon double se tut, et le grand silence de la forêt nous engloutit. La magie circulait toujours de main en main, mais elle ne parvenait plus à détourner l'esprit de Fils-de-Soldat des douleurs qui l'assiégeaient. Il avait le dos et les jambes raides et ankylosés, il avait froid, il avait faim et, pour ne rien arranger, il savait qu'une longue marche-vite l'attendait avant qu'il pût espérer apaiser ses inconforts. Mais les autres ne bougeaient pas, main dans la main, et il les imita ; il sentait qu'ils attendaient quelque chose, mais il ignorait quoi.

Soudain, tous s'approchèrent d'un pas de l'arbre, et il avança lui aussi en trébuchant ; ils firent encore un pas, puis un autre, jusqu'au moment où ils se trouvèrent serrés contre le tronc et le corps recouvert de neige de Dasie. La magie se mit à circuler plus vigoureusement entre leurs mains jointes et les lia en une seule entité. L'obscurité disparut pour laisser la place à un éclat étrange qui émanait de chacun, tandis que les arbres de la forêt se muaient en colonnes de lumière douce. Chaque être vivant en émettait à sa mesure. Fils-de-Soldat sentait Dasie fermement centrée dans le kaembra ; tout d'elle était là, chaque bribe d'elle-même, chaque instant de son existence, chaque souvenir qu'ils avaient partagé avec elle. À peine mise au monde, elle riait de sa conscience croissante de cette nouvelle vie ; complète et en paix, elle nous remercia vaguement en s'effaçant dans la satisfaction de son union avec son arbre.

Mais Fils-de-Soldat percevait bien davantage. Par les mains qui tenaient les siennes, il sentait toutes les personnes présentes, la vie des arbres qui les entouraient, et même la houle lente de la grande vie de la terre sous ses pieds. Réchauffé, rassasié, il sentit s'apaiser la peine qui le taraudait. Pendant que cela dura, il ne fit plus qu'un avec la forêt des ancêtres, avec les Ocellions, avec le Peuple, et des larmes lui piquèrent les yeux. Sa place était ici, parmi les siens, et, quand l'heure viendrait, son arbre l'attendrait dans ces bois, le deuxième baliveau qui avait jailli du tronc de Lisana. Là, il prendrait racine dans cette sagesse et cette vie partagée. Comme si ses pensées l'avaient appelée, il perçut un fil de Lisana dans sa connexion au monde, loin dans la foule mais luisant de sa lumière particulière. Il mourait d'envie de la rejoindre, mais une autre voix me parla.

« Vous voyez ce que je veux dire, mon vieux ? Ça en vaut la peine. C'est ça que je ressens tout le temps ! »

Fils-de-Soldat ne prêtait nulle attention à la voix désincarnée de Buel Faille ; il se tendait vers Lisana, et elle vers lui, et, pendant un long moment, leur conscience s'effleura, se mêla puis, comme des bûches que le feu consume et qui se séparent en croulant, ils retombèrent chacun de son côté. Nous nous retrouvâmes debout dans les ténèbres glacées d'une forêt obscure. Les étoiles lointaines ne pouvaient ni nous éclairer ni nous réchauffer, et une brise froide balayait le sommet des arbres en nous saupoudrant de neige délogée.

« Son arbre l'a prise. Il est temps de nous en aller et de la laisser à son kaembra », déclara Jodoli.

Et nous partîmes.

9

Nouvelles

Quand nous parvînmes enfin à l'ancienne hutte de Lisana, Fils-de-Soldat dévora comme un chien affamé. Il ne dit pas un mot aux nourriciers qui l'avaient attendu, qui avaient préparé le repas et entretenu le feu dans l'âtre ; il laissa Olikéa s'occuper d'eux, alla se coucher et dormit presque un jour entier. Il se réveilla tard dans la nuit, se leva pour uriner et boire de l'eau, puis se remit au lit aussitôt ; la deuxième fois qu'il émergea du sommeil, il faisait grand jour et ses nourriciers vaquaient à leurs tâches en échangeant des propos à mi-voix. Peut-être était-ce la fin de l'après-midi ; mon double demeura immobile comme un renard tapi qui espère échapper aux limiers ; les yeux fermés, il écouta les bruits qui l'entouraient sans donner signe de son réveil. Tous ses muscles, toutes ses articulations lui faisaient mal, et son dos n'était qu'une colonne de douleur.

Sans bouger, il respirait aussi lentement que s'il dormait. Il faisait chaud dans le lit, et son ventre digérait encore. Il fourra son visage dans l'oreiller, son oreiller garni non seulement de duvet mais aussi de sachets d'écorce de cèdre, de fleurs et de feuilles séchées ; je me rendis compte soudain qu'il avait l'odeur de Lisana.

Allongé sur sa couche, dans sa hutte, il baignait dans des parfums qui évoquaient son souvenir, et il s'efforçait de croire que les bruits qu'il entendait provenaient d'elle alors qu'elle se déplaçait dans la hutte.

« Berce-toi d'illusions tant que tu veux, lui dis-je, moqueur, mais elle est morte depuis des années, et tu ne peux pas la rejoindre. »

Mes paroles réduisirent son rêve en lambeaux, et il ne put le retrouver. Néanmoins, il ne bougea pas.

« La mort de Dasie ne t'a-t-elle donc rien appris ? rétorqua-t-il. Lorsque mon tour viendra, on me déposera au pied d'un arbre et je ne ferai plus qu'un avec la forêt des ancêtres ; et Lisana et moi marcherons à nouveau côte à côte. »

J'éclatai d'un rire narquois. « Après tes échecs à répétition, tu t'imagines que les Ocellions voudront encore te faire l'honneur d'un kaembra ? Quel naïf ! Tu n'as pas plus aidé ton peuple que moi le mien. Regarde les dégâts que tu laisses derrière toi ! Dasie est morte ; des jeunes et beaux guerriers qui t'ont courageusement suivi au combat, un tiers a succombé, et nombre de ceux qui sont revenus sont blessés et démoralisés ; la danse a emporté Likari, et Olikéa a perdu toute joie de vivre ; Kinrove te regarde comme son ennemi, Jodoli comme un rival incompétent ; le fort de Guetis tient toujours debout, et tu as porté au point d'ébullition la haine des Gerniens envers les Ocellions. Non seulement tu n'as pas réussi à arranger la situation, mais tu l'as aggravée. Le printemps prochain, quand nous retournerons dans les forêts de l'autre côté des montagnes, nous y trouverons non des pelletiers mais des soldats qui nous attendront. Pas d'objets à troquer, Fils-de-Soldat, pas de miel, pas de perles chatoyantes, pas de tissus, pas de tabac, rien à fumer pour le Peuple ni rien à apporter au Troc.

Les fusils viseront les Ocellions, et ils n'auront à troquer que des balles de fer contre vos vies.

— Silence ! » cracha-t-il, et il me frappa. Je me fis tout petit et réussis à éviter le coup ; j'arrivais de mieux en mieux à esquiver ses attaques. Tel un moustique, je zonzonnais à ses oreilles et disparaissais quand, exaspéré, il s'assenait une claque.

Depuis ma cachette, je l'observai discrètement avec satisfaction. J'avais mis en pièces son rêve de Lisana, je ne lui avais laissé à voir que la froide réalité, et j'avais semé comme une mauvaise herbe tous ses échecs dans son esprit. Son immobilité se mua en un mutisme morose, et, pour la première fois depuis son assaut sur Guetis, il disposa du calme nécessaire pour réfléchir. Il ne pouvait plus se dissimuler ses propres pensées ; le temps et le silence ne lui offraient aucun autre sujet de contemplation.

Il se passa et se repassa les images de la bataille, étudia les erreurs qu'il avait commises, les situations qu'il avait omis de prévoir, les instructions qu'il avait manqué de donner à ses troupes. Chaque fois que je parvenais à empiéter sur ses réflexions, je lui imposais mes propres souvenirs : la sentinelle qui s'effondrait, la gorge tranchée, les Ocellions blessés qui se tordaient en hurlant dans la neige après l'embuscade, et lui-même s'enfuyant, les soldats qui avaient péri en s'efforçant d'échapper à la caserne en feu, massacrés comme du bétail dans un abattoir. Mes pensées tranchaient les siennes comme un poignard tranche la peau. « Seul un lâche tue ainsi des soldats ; ils n'ont même pas pu se défendre. »

Il repoussa mes remarques et répondit d'un ton moqueur : « Tu restes persuadé que la guerre est un jeu, soumis à des règles et à des limites ? Non ; la guerre consiste à tuer l'ennemi ; il n'y a pas de "combat loyal" ni aucune de tes idées biscornues sur l'honneur et la gloire. L'honneur et la gloire ! La guerre, c'est le sang et la mort. J'avais pour seul but de tuer autant de Gerniens que possible et perdre aussi peu d'hommes que possible, de détruire un nid de nuisibles. Ne cherche pas à susciter chez moi un sentiment de culpabilité parce que je veux exterminer les intrus ; si tu tiens à me scier les nerfs, pense plutôt à mes hommes que je n'ai pas su protéger, reproche-moi ce que je n'ai pas fait pour sauver les guerriers du Peuple, condamne-moi parce que les murs de Guetis sont toujours debout, non parce que les fusils nous viseront par-dessus l'enceinte en moins grand nombre. »

Je gardai le silence ; je refusais de me laisser entraîner dans une discussion sur ses échecs ; je pouvais ironiser sur ses décisions et ses négligences, mais je ne réussirais qu'à lui apprendre à mieux faire la fois prochaine. Je le traitai donc par le mépris et me tapis dans ma tanière. Je songeais avec horreur que ce boucher impitoyable était en réalité une partie de moi-même, et la partie dominante actuellement ; je n'avais nulle envie de me reconnaître aucun lien avec lui. Je me retirai dans mes propres ténèbres pour méditer sur les actes que j'avais – qu'il avait – commis et qui m'épouvantaient encore, la sentinelle assassinée, les soldats massacrés... Le pire, je crois, était de revoir l'expression de Spic au moment où il m'avait reconnu. Que devait-il penser de moi ? Et, s'il m'avait identifié, d'autres en avaient-ils fait autant ? Je n'avais aucun moyen de savoir ce qui s'était passé après l'attaque du fort, et cela me rongeait.

Amzil et les enfants avaient-ils survécu ? Et Epinie et son nourrisson ? Et, s'ils avaient échappé aux incendies et aux Ocellions, quelle vie menaient-ils aujourd'hui ? Souffraient-ils du froid et de la faim ?

Mes pensées revenaient sans cesse à la nuit où j'avais rendu visite en marche-rêve à Epinie. Qu'elle prît du laudanum m'inquiétait, et je m'efforçais de trouver un sens à ses divagations ; elle avait envoyé mon journal de fils militaire à mon oncle, mais il était tombé entre les mains de ma tante, qui en avait fait je ne savais quoi ; mais c'était en relation avec la reine, et cela mettait en péril la réputation des Burvelle. Je rapprochai cette pensée inquiétante de l'idée que Fils-de-Soldat m'avait incité à y écrire bien au-delà de ce qu'un fils militaire note normalement dans son journal ; il avait la conviction qu'il obéissait, ce faisant, aux ordres de la magie. S'il avait raison, qu'est-ce que cela entraînait pour moi ? Avais-je couché sur le papier des informations que j'ignorais ? En quoi mon journal et ce qu'il renfermait participaient-ils de la stratégie du pouvoir pour chasser les Gerniens des terres ocellionnes ? Le caillou dont il parlait était à coup sûr celui que j'avais donné à Caulder ; quelle importance avait-il pour la magie ? Je n'y comprenais rien, et je ne pouvais me renseigner auprès de personne ; Fils-de-Soldat lui-même ignorait pourquoi il avait dû écrire tant et quel impératif l'avait forcé à laisser le journal derrière lui quand il avait fui dans les montagnes. Je n'avais personne à qui soumettre mes questions.

Hormis, peut-être, Lisana.

« Lisana. » Mon double prononça son nom à voix haute ; avait-il conscience de mes pensées ou bien les siennes avaient-elles effleuré mon esprit ? Maintenant que je portais mon attention sur lui, je m'apercevais qu'il soupirait après elle comme un collégien, et il ne demeurait sans bouger dans son lit que pour savourer ses souvenirs d'elle et éviter toute interaction avec des tiers ; il ne voulait penser qu'à elle, convaincu qu'elle seule pouvait lui apporter le réconfort et la compréhension auxquels il aspirait. Pour le reste du monde, il devait rester un Opulent inébranlable, même s'il jugeait que ses entreprises avaient toutes échoué. Il n'y avait qu'avec elle qu'il pouvait reconnaître franchement sa peur et sa désorientation. Je le sentis alors la chercher, tâtonnement magique qui parcourut un cercle futile et revint à lui ; il ne pouvait pas la trouver, la toucher, la percevoir, ni même se rendre auprès d'elle en marche-rêve : cette capacité demeurait ma prérogative. « La magie t'a donné Lisana, fit-il d'un ton amer. Et moi, qu'ai-je obtenu ?

— Apparemment, le talent de tuer des gens sans rien éprouver ; ou d'assister à la mort de quelqu'un, comme Dasie, et d'y rester insensible. »

À cet instant, je sentis qu'il me cachait quelque chose avant de me répondre : « Ah, donc toi aussi tu veux pleurer la disparition de Dasie ? Elle savait les risques qu'elle courait, elle ne nous portait pas dans son cœur, et c'est tout juste si elle n'a pas éclaté de rire quand la danse a emporté Likari. Mais, j'oublie, tu n'as pas le cran de haïr tes ennemis. Alors ne te prive pas : pleure-la, et pleure aussi les hommes qui se réjouissaient de t'assassiner quand l'occasion s'était présentée de commettre leur crime sous couvert d'une foule de lâches. Sur qui ne pleurerais-tu pas, Jamère ? Soupirerais-tu sur le lapin qui mijote dans la marmite ? » Il se tut un instant. « Franchement, tu aurais dû naître fils prêtre, ou mieux encore, fille, toujours en train de pleurnicher et de se moucher.

— Je soupire sur Likari, répondis-je méchamment à mi-voix. Likari, que tu as condamné à mourir, tué par la danse. Ça prend un peu plus longtemps que trancher la gorge d'un homme, mais c'est sûrement tout aussi efficace à long terme. »

Il me frappa, et je sentis le coup. « Je te hais ! Tu fais partie de moi et ça me dégoûte ! »

Je me raidis et supportai le choc, et je le sentis surpris que j'y parvinsse. « L'écœurement est réciproque », répliquai-je d'un ton glacial.

Un froid soudain l'envahit, une haine si puissante qu'elle faillit me geler. « Tant que tu vivras en moi, je ne pourrai apprécier aucun aspect de mon existence, je m'en rends compte ; tu seras toujours là, à l'affût, prêt à me critiquer ; il y aura toujours une conscience de mauviette gernienne qui pleurnichera sur le moindre de mes gestes. » Il se tut puis déclara : « Je trouverai le moyen de te tuer.

— Tu peux toujours essayer, rétorquai-je en dissimulant ma peur derrière ma colère. C'est une habitude chez toi : tu veux toujours tuer ce qui s'oppose à toi, ceux qui cherchent à te faire réfléchir. Alors tue-moi si tu peux, mais, à mon avis, tu détruiras par le même coup ton dernier lien avec Lisana – et ça ne serait que justice. Elle n'est pas comme toi, Fils-de-Soldat ; elle a un cœur, elle, et elle n'a rien à faire avec un assassin sans âme tel que toi !

— Pas pire que toi, Jamère Burvelle – ou bien nierais-tu que tu as tenté de nous tuer, Lisana et moi ? Tu as même cru avoir réussi ; mais tu te trompais, et maintenant c'est mon tour. »

J'attendis une attaque ou une dernière pique, mais rien ne vint. Du temps s'écoula ; il s'agita sur le lit et aussitôt ses nourriciers se précipitèrent. Aucun officier de la cavalla gernienne, si haut gradé fût-il, n'eût supporté d'être ainsi dorloté. Ils s'agglutinèrent autour de lui pour lui offrir à manger, à boire, le vêtir et lui enfiler des chaussures ; ils le choyaient comme s'il eut été le souverain de Gernie, et il acceptait leurs attentions comme si c'était son dû. Comment tolérait-il ces assiduités ?

« Es-tu un homme ou une poupée ? » lui demandai-je insidieusement, mais il ne répondit pas. Souvent, quand il se taisait ainsi, je percevais sa réaction à mes piques, mais cette fois, je ne captai rien, et je me rendis compte que je ne détectais absolument rien de ses pensées. Sans me prêter aucune attention, il reprit ses activités matinales ; il fit ses ablutions, se restaura, puis Sempayli vint se présenter au rapport. L'homme s'exprimait d'une voix douce et basse, et je dus tendre l'oreille ; apparemment, il donnait un compte rendu tout militaire sur les guerriers qui étaient revenus, sur leur état, et sur la façon dont l'attaque s'était déroulée pour ceux qui ne se trouvaient pas sous les ordres directs de Fils-de-Soldat. Celui-ci l'écouta attentivement, mais je ne perçus rien de ses sentiments ni de ses réactions ; j'avais l'impression d'avoir les oreilles bourrées de laine.

Mon double se leva et sortit de la hutte à la suite de son lieutenant ; une partie de ses troupes s'étaient assemblées pour la revue. Près de quatre cents guerriers l'avaient suivi lors de l'attaque, il en avait perdu presque un tiers, et seule une cinquantaine l'attendait aujourd'hui, parmi eux les plus fidèles naguère et les plus désenchantés à présent ; une dizaine souffrait de blessures plus ou moins graves. Ils le regardèrent, l'air désorienté, et il s'efforça de leur rendre courage ; je me demandai pourquoi il prenait cette peine. « Tu ne mèneras plus jamais ces hommes au combat », lui disje d'un ton moqueur, mais, comme précédemment, je ne sentis nulle réaction à mon sarcasme ; j'avais de plus en plus de mal à percevoir les paroles qu'on lui adressait, et il me devenait quasi impossible d'entendre ce qu'il répondait. Je compris qu'il me coupait peu à peu de lui, ce qui supposait, bizarrement, qu'il m'avait laissé jusque-là m'introduire dans ses pensées.

Et à présent il me l'interdisait. À quoi devais-je m'attendre ?

Alors que la journée passait, je me trouvais de plus en plus isolé ; je voyais par les yeux de mon double, j'entendais ce qu'il entendait et même ce qu'il répondait, mais de manière étouffée ; j'avais conscience de ses mouvements, de ce qu'il ingurgitait, de ce qu'il faisait, mais il s'était séparé de moi. Je perdais le goût et l'odorat à la suite de l'ouïe, et même mon sens du toucher me paraissait amoindri, comme lointain. Ce n'était pas le néant absolu dans lequel il m'avait abandonné naguère, mais un monde encore plus étrange où il me semblait n'avoir aucune prise sur ma vie.

Ma vie… Pouvais-je encore la décrire ainsi ? J'avais plutôt l'impression d'être emprisonné dans le corps d'un pantin, incapable de prévoir quel fil le marionnettiste allait tirer. Chaque jour, le monde extérieur me devenait moins accessible ; Fils-de-Soldat s'entretenait quotidiennement avec des gens, Sempayli, ses guerriers, ses nourriciers et Olikéa ; je percevais ses propos et les réponses, mais rien de ses émotions, que je savais souvent opposées aux miennes. Je vivais vraiment dans un corps étranger ; quand j'eusse voulu consoler Olikéa lorsqu'elle pleurait sans bruit la nuit, il n'avait pas un geste vers elle ; quand, à mon avis, il eût dû reprendre un de ses serviteurs ou louer un de ses guerriers, il faisait souvent le contraire. Cet éloignement de ses pensées devint pour moi une sorte de folie atroce, très différente de celle qui me menaçait dans le néant ; c'était comme lire un livre dans lequel mots et phrases fussent subtilement incompréhensibles. J'étais incapable de prévoir ses actions.

Pendant les périodes où il dormait et où je demeurais éveillé, je songeais souvent à l'attaque du Guetis, et je m'efforçais de ne pas m'imaginer ce qui avait dû s'ensuivre. Les entrepôts alimentaires avaient été incendiés au même titre que nombre de maisons, et j'évitais de penser aux familles dépourvues de vivres ou de toit dans le froid noir de l'hiver. Parfois, je me demandais si Spic avait refusé d'écouter mon avertissement ou bien s'il en avait tenu compte, mais d'une façon qui m'échappait. Manifestement, il se trouvait hors de l'enceinte du fort cette nuit-là ; avait-il évacué sa famille de la garnison ? Où eussé-je caché Epinie, Amzil et les enfants si j'avais su une incursion ocellionne imminente ? Paradoxalement, je me réjouis de m'apercevoir que je l'ignorais ; quand on ne connaît pas un secret, on ne peut pas le trahir.

Les jours d'hiver s'égrenaient lentement. Fils-de-Soldat retrouva son embonpoint tandis qu'Olikéa demeurait pour moi une énigme, apathique et sans expression ; elle remplissait toujours ses tâches de nourricière, mais son entrain d'antan avait disparu. Elle ne parlait jamais de Likari ; avait-elle perdu tout espoir de le revoir ? Elle paraissait indifférente à tout, et, même quand elle soulageait les appétits charnels de mon double, elle ne se souciait pas de son propre plaisir. Qu'éprouvait-il dans ces moments-là ? Ses sentiments me demeuraient cachés. L'Ocellionne, elle, ne se montrait jamais cruelle ni méprisante à son égard ; on avait l'impression que toute émotion intense avait disparu d'elle, ne laissant qu'une femme aussi grise que le ciel d'hiver.

Le statut de Fils-de-Soldat parmi le Peuple avait décru, mais il restait un Opulent. Ses nourriciers ne l'avaient pas abandonné, geste inconcevable pour un Ocellion ; néanmoins, il me semblait qu'ils devaient travailler plus dur pour lui ; le clan avait reporté son attention sur Jodoli, qui profitait des fruits de la chasse et de la cueillette. On ne manquait de rien chez Fils-de-Soldat, mais ce n'était plus l'abondance somptueuse de naguère. Si mon double s'en apercevait, il n'en laissait rien paraître devant ses serviteurs.

Pendant quelque temps, ses guerriers continuèrent à le fréquenter ; ils se réunissaient devant sa hutte pour bavarder et fumer, puis chasser et pêcher ensemble ;

j'ignorais s'ils obéissaient à l'habitude ou s'ils espéraient que, par quelque miracle, une victoire sortirait de leur échec. Chaque matin, Fils-de-Soldat sortait les saluer, mais chaque jour ils venaient un peu moins nombreux. Il n'avait rien à leur offrir ; ses promesses de succès avaient été vides ; les intrus demeuraient à Guetis, la menace pesait toujours sur les arbres des ancêtres, et les danseurs de Kinrove restaient otages de la magie. Aucune des récompenses qu'il leur avait promises en échange de leur dur labeur ne s'était concrétisée. Finalement, ils ne prirent plus la peine de l'attendre et retrouvèrent leurs camarades avant de s'en aller par petits groupes chasser et pêcher. Nul ne parlait plus de refouler les Gerniens par la force des armes ; son armée n'existait plus.

De mon côté, je m'efforçais de ne pas rester oisif ni passif ; à plusieurs reprises, je tentai de voir si je pouvais lui fausser compagnie en marche-rêve, mais je n'y parvins jamais. Il reconstituait ses réserves de magie et les surveillait si jalousement que je ne perçus aucun moyen d'y puiser ; je l'observais constamment, à l'affût de quelque vulnérabilité, mais, à mesure que les jours passaient, mes espoirs s'amenuisaient ; j'avais l'impression d'être un animal oublié dans une cage de plus en plus petite. Souvent, Fils-de-Soldat s'asseyait au coin de l'âtre et regardait les flammes, perdu dans ses pensées ; réfléchissait-il à une stratégie pour retrouver le pouvoir ou bien ruminait-il seulement son échec et l'anéantissement de ses projets ? Il m'apparaissait comme un homme qui n'a plus de but dans la vie.

Comme le printemps approchait, les Ocellions commencèrent à se préparer pour leur migration annuelle. On apprêta les vivres, on les emballa pour le voyage pendant qu'on mettait les huttes en ordre et qu'on rangeait soigneusement les ustensiles et les vêtements d'hiver. J'entendais plus souvent des conjectures sur l'été suivant, surtout des discussions où l'on s'interrogerait : commercerait-on peu ou prou avec les intrus ? Cette question paraissait tracasser le peuple plus que le risque d'une vengeance des Gerniens. Sans connaître les réflexions de Fils-de-Soldat, je me voyais à nouveau confronté à la différence radicale de pensée entre les Ocellions et mes compatriotes. Ces deux cultures ne trouveraient jamais de terrain d'entente, et la thèse de Dasie s'avérerait peut-être : la guerre ne cesserait que le jour où un camp aurait détruit l'autre.

La veille du départ de notre migration, chacun eut fort à faire, hormis Fils-de-Soldat. Pivot immobile, assis sur son fauteuil rembourré, il suivait des yeux ses nourriciers qui s'activaient autour de lui tandis qu'Olikéa supervisait le rangement de la hutte. Elle choisit quelles casseroles nous emporterions et lesquelles resteraient sur place, quelle quantité de vivres à emballer, et qui se chargerait de quoi. Elle s'absorbait tant dans sa tâche qu'elle paraissait redevenue elle-même, jusqu'au moment où une des femmes vint lui demander où elle voulait entreposer les affaires de Likari.

L'enfant ne possédait pas grand-chose, et ses biens tenaient dans un coffre de cèdre de taille réduite. Ses vêtements se trouvaient en l'état où il les avait laissés, froissés, chiffonnés, sales encore de la dernière fois où il les avait portés, et la plupart montraient les signes d'usure et les accrocs dont sont habituellement victimes les habits des enfants de cet âge. Je songeai qu'ils étaient sans doute déjà trop petits pour lui, puis je me demandai s'il suivait une croissance normale ou si danser sans arrêt la freinait, comme je l'avais entendu dire. Il avait aussi, non des jouets, mais les outils d'un jeune garçon qui apprend à devenir un homme ; par les yeux de Fils-de-Soldat, je regardai Olikéa les sortir un à un du coffre ;

un couteau, un briquet dans un sac usé que lui avait donné sa mère, un filet pour le poisson, le cristal effilé dont mon double s'était servi pour se marquer la peau comme un Ocellion, soigneusement enveloppé dans un carré de cuir souple. Enfin, Olikéa tira du meuble ma fronde. Je ne me rappelais pas l'avoir donnée à Likari, mais elle était là, au milieu du bric-à-brac. L'Ocellionne ramassa une paire de chaussures éculées, et soudain la serra sur sa poitrine en éclatant en sanglots déchirants. Elle berça les vieilles chaussures comme un nourrisson, en les tenant contre elle et en criant « Likari ! Likari ! » d'une voix qui pénétra mon ouïe affaiblie.

Fils-de-Soldat n'avait pas participé à la préparation du voyage ; assis sur un fauteuil près d'Olikéa, il l'avait regardée travailler. Je pensais qu'il allait la prendre dans ses bras, ou au moins prononcer quelques mots de réconfort, mais non : il se leva pesamment et s'éloigna. À la porte, il hésita puis s'enfonça dans la douceur de la nuit printanière. Une nourricière se dressa d'un bond, prête à le suivre, mais il la repoussa d'un geste sec. Pour la première fois depuis des semaines, il sortit seul.

La zone qui entourait la hutte s'était transformée en un village miniature ; la lumière des feux dans les âtres se diffusait dans la nuit par les volets et les portes ouverts pour laisser entrer l'air frais. Mon double passa devant les petites habitations qu'occupaient ses nourriciers et certains de ses guerriers pour emprunter le sentier mousseux qui menait à la rivière, devenu une piste manifestement fréquentée. Là où poussaient des broussailles et des ronces quand Likari et lui avaient découvert la hutte s'ouvrait désormais un espace dégagé sous les arbres immenses. On avait ramassé depuis longtemps les branches mortes et le bois sec pour alimenter les cheminées, et Fils-de-Soldat découvrait, en descendant vers l'eau, de nouveaux chemins qui s'entrecroisaient. Même la rivière avait changé : on avait bâti sur elle un pont de fortune. Il le franchit et poursuivit sa route vers l'aval.

J'ignorais où il se rendait. Parvenu à un élargissement du cours d'eau, il s'assit sur une pierre. Se reposait-il ? Il n'avait plus marché autant depuis des jours. Il resta immobile un moment ; autour de nous, le soir soufflait son haleine printanière dans la forêt ; des chatons pointaient au bout des branches du saule qui poussait sur la berge ; l'eau coulait, vive et froide, alimentée par la fonte des neiges dans les montagnes, et gargouillait entre les rochers. Après que mon double fut resté silencieux quelque temps, de petites grenouilles reprirent leurs coassements nocturnes, et il écouta leur chœur.

Tout à coup, il s'adressa à moi. « Je dois me rendre auprès de Lisana ; il faut que je la voie, que je la touche, que je lui parle. Il le faut. »

J'entendis ses mots mais je ne captai toujours rien de ses émotions. Je répondis avec circonspection : « Mais tu ne peux pas, sauf si je te conduis à elle. »

Il baissa les yeux pour contempler, dans le lit de la rivière, les cailloux que le flot rapide rendait flous. « En effet ; alors quel prix demandes-tu ? »

Ce marchandage sans détour me laissa pantois et méfiant. « Que proposes-tu ?

— Je n'ai pas le temps de barguigner avec toi. » La colère déformait ses paroles. « Dis-moi ce que tu veux et je te le donnerai probablement ; il faut que je parle à Lisana.

— Je veux parler à Epinie, et aussi à Yaril. »

Il se gratta la tête. Ses cheveux avaient poussé pendant l'hiver, et Olikéa avait commencé à les tresser. Le peuple de la forêt ne possédait guère de miroirs, et, comme Fils-de-Soldat laissait ses nourriciers s'occuper de lui, il n'en avait que rarement l'usage, ce dont je me réjouissais : je devais avoir l'air encore plus ridicule qu'autrefois.

« Très bien, répondit-il enfin d'une voix tendue. Je ne vois pas quel mal tu peux me faire en leur parlant – je ne vois d'ailleurs pas le bien que tu en retireras non plus ; mais si c'est ce que tu exiges... Amène-moi à Lisana tout de suite ; et je tiens à rester seul pendant que je m'entretiens avec elle. » A contrecœur, il ajouta : « Je te fournirai la magie dont tu auras besoin pour te rendre en marche-rêve auprès de ta cousine et de ta sœur. » Cela me convenait bien mieux que tout ce que j'eusse pu demander ; distrait par Lisana, il ne pourrait pas espionner mes conversations. Naturellement, la réciproque était vraie, et j'avais la conviction qu'il l'avait voulu. « Lisana, alors, dis-je avec empressement. Tout de suite ?

— On ne peut pas faire plus tôt », répondit-il, et il ferma les yeux.

Je me rapprochai de lui et de son pouvoir. Un instinct prudent me disait qu'il s'agissait peut-être d'une ruse pour me détruire : pour puiser dans la magie qu'il m'offrait, je devrais me rendre accessible à lui comme lui-même m'était accessible. Alors que j'estimais le danger que je courais, je m'aperçus soudain que je m'en moquais ; s'il m'anéantissait, au moins tout serait fini. Toutefois, je ne croyais pas qu'il voulût risquer de perdre son lien avec Lisana en me tuant. Certes, il pouvait se montrer impitoyable, mais je devais tenter ma chance ; je n'aurais peut-être pas d'autre occasion de m'entretenir avec ma cousine pour m'assurer qu'elle avait survécu à notre attaque de Guetis.

Je pensais que l'opération présenterait des difficultés, mais ce fut comme tendre la main à quelqu'un. Je savais que Lisana attendait ce moment ; elle m'attira littéralement en elle et, pendant de longues secondes, je flottai dans l'étreinte tiède et bienfaisante de son esprit.

Dès lors, il n'y eut ni conversation, ni questions ni réponse, rien qui pût ressembler à des pensées ; il n'existait plus qu'un amour inconditionnel, similaire à celui que devait éprouver pour moi ma mère quand j'étais petit enfant, même si, à y réfléchir, je m'étais toujours demandé si elle avait bien eu ces sentiments à mon égard. Aspect le plus heureux de cette union, je sentais ce que Lisana ressentait pour moi ; tous les doutes que les amoureux doivent endurer étaient absents de cette rencontre. Une telle intimité interdisait toute tromperie. Lisana m'aimait infiniment mieux que je ne m'aimais moi-même, et je le lui rendais bien.

J'eusse pu m'abandonner pour toujours dans ce baume apaisant si Fils-de-Soldat ne m'avait soudain écarté. « Va faire ce que tu veux et laisse-moi ici un moment, dit-il d'un ton brusque. Ma magie te servira.

— Vous êtes toujours séparés ? Vous ne vous êtes pas réunis ? nous demanda-t-elle, atterrée.

— Il refuse », répondit mon double d'un ton maussade.

Je perçus un doux reproche dans la voix de Lisana. « Et, dans ton cœur, tu ne souhaites pas qu'il accepte ; tu le tiens à l'écart comme lui-même te tient à l'écart. Es-tu jaloux de toi-même ? Crois-tu que je puisse t'aimer sans t'aimer tout entier ? »

Confondu par ces paroles, je ne pus m'empêcher de sourire. Seul le cœur d'une femme pouvait être assez grand pour embrasser deux individus aussi différents et n'en faire qu'un. Je sentis le pouvoir de Fils-de-Soldat me repousser, mais Lisana avait eu le temps de capter ma pensée, et sa chaleur me suivit tandis qu'elle enveloppait mon double dans son étreinte.

Enfin libre, je filai comme une flèche à travers ce qui n'était ni l'espace ni le temps, en couvrant ce qui n'était pas une distance. Avec une précision sans faille, Fils-de-Soldat m'avait projeté auprès de ma cousine Epinie. Je la trouvai en train de se balancer dans un fauteuil à bascule près d'un feu, ni endormie, ni éveillée, mais assommée de fatigue après une journée difficile. Elle avait toujours vu les enfants comme de douces petites créatures qui dormaient, mangeaient puis dormaient à nouveau, et elle sourit au souvenir de sa petite sœur ; à peine Purissa commençait-elle à émettre des gargouillis de mécontentement que sa nourrice l'emportait, et ses pleurs s'éteignaient à la fermeture de la porte de sa chambre. Epinie avait toujours imaginé que la nourrice découvrait promptement ce qui la contrariait, résolvait le problème, et que Purissa redevenait dès lors un poupon placide et satisfait. Mais Solina n'était un poupon placide et satisfait que dans les bras de sa mère et bercée, bercée sans arrêt. Plus loin dans la chaumière, j'entendis une voix d'enfant s'élever, à la fois plaintive et querelleuse, et Amzil la faire taire, agacée ; Dia était contrariée. Dans les bras de ma cousine, l'enfant s'agita et poussa un petit vagissement de protestation par solidarité.

Epinie soupira, et des larmes perlèrent à ses yeux. Elle était fatiguée, épuisée, et elle avait mal à la tête. Spic avait cessé de prendre le reconstituant de Guetis et l'avait interdit à tous les habitants de la maison ; Amzil avait failli partir : si elle avait eu un point de chute, elle s'en fût allée. L'accablement s'était abattu sur tous depuis le décret de Spic, qui refusait d'entendre raison : il refusait de laisser entrer une seule goutte du mélange, fût-ce pour calmer les enfants quand ils avaient des cauchemars.

« Mais il a raison, tu sais, Epinie. » Je m'immisçai dans les méandres de ses pensées.

« Peut-être, mais ça ne le mène pas loin. Il avait raison à propos de l'attaque des Ocellions, mais ça ne lui a valu que de se faire réprimander parce qu'il n'avait pas lancé l'alarme assez fort et pris assez de mesures défensives.

— Qu'a-t-il fait cette nuit-là ? »

Elle poussa un soupir. Le nourrisson ne se calmait pas mais continuait de geindre avec une constance désespérée ; de l'orteil, Epinie relança le balancement du fauteuil. « Le matin, il a dit qu'il avait rêvé de toi, et il m'a demandé si je t'avais vu aussi ; j'en avais l'impression, mais les détails ne me revenaient pas, hormis que tu étais très agité et répétais que je devais prévenir tout le monde. Il a donc tenté d'expliquer à tous qu'il avait un mauvais pressentiment et qu'il fallait se montrer extrêmement vigilant la nuit suivante, mais naturellement on s'est moqué de lui ; les Ocellions quittent la région en hiver, chacun le sait. Alors, sur ses instructions, Amzil et moi avons pris les enfants, des affaires de couchage, des victuailles, et sommes allées passer la nuit dans une chaumine à l'extérieur de l'enceinte ; la maison est abandonnée depuis des années, il y faisait un froid de canard, mais Spic nous avait interdit d'y faire du feu et d'y allumer aucune lumière, si bien que nous avons fini pelotonnés les uns contre les autres comme des souris sous un paillasson. Il a rassemblé ses hommes, des soldats qui travaillent d'habitude à l'intendance, et leur a annoncé qu'il organisait un exercice de nuit auquel ils devaient se présenter armés et vêtus pour le froid. Il les a emmenés hors du fort pour patrouiller dans la ville, pensant que, si l'attaque se produisait, il entendrait les coups de feu et les cris des hommes ; mais il a compris que les Ocellions avaient pénétré dans la garnison seulement au moment où les incendies ont éclaté. Il revenait au fort au galop quand… Jamère ? Tu es là ? Tu es vraiment là, avec moi ?

— Oui, Epinie ; je suis venu en marche-rêve. Je voulais m'assurer que vous n'aviez pas souffert de l'attaque.

— Pas grâce à toi ! s'exclama-t-elle d'un ton soudain acerbe. Jamère, Spic t'a vu cette nuit-là ! Il dit que tu l'as regardé droit dans les yeux ; il s'apprêtait à tirer mais, en te reconnaissant, il n'a pas pu ! » L'indignation la convulsa. « Certains le lui reprochent et le traitent de lâche ou de traître ! Mais aucun d'entre eux ne s'est trouvé face à toi ! Comment osent-ils dire ça sur lui ? Comment ? Et comment as-tu pu le placer dans une telle position, Jamère ?

— Mais tu sais que je suis pieds et poings liés, Epinie ! J'ai fait mon possible pour vous prévenir ; je ne pouvais pas aller au-delà ! » Son ton accusateur me déchirait le cœur. Comment pouvait-elle croire que j'avais agi de mon propre chef ? « En ce moment même, on me tient en laisse ! Je n'ai que peu de temps pour te parler.

— Je sais ; je sais bien. Mais c'est un lourd fardeau à porter pour lui, car il ne peut rien expliquer. D'autres t'ont vu, Jamère, ou du moins ce qu'ils ont pris pour ton fantôme revenu sous l'aspect d'un Ocellion. Les pertes les plus lourdes ont été subies par les hommes qui ont voulu te mettre en pièces la nuit de ton évasion ; il ne reste plus que cinq survivants parmi les témoins de ta mort, et les rumeurs vont bon train. On prétend que ton fantôme menait l'attaque pour se venger de la ville. La caserne où les hommes se sont fait massacrer en tentant de s'échapper ? Ces soldats étaient sous le commandement du capitaine Thayer. Tu te le rappelles, n'est-ce pas ? L'époux de Carsina ? Le monstre prêt à laisser ses hommes violer et assassiner Amzil pour ajouter à ton supplice avant de te rouer de coups et de te tuer ! Aujourd'hui, chaque fois qu'il croise Amzil ou même la petite Kara qui fait une course, il la suit d'un œil noir et exorbité ; on dirait un dément ! Il dirige ses troupes comme un despote. Il me fait peur, Jamère ; je crains que rien ne l'arrête tant qu'il n'estimera pas avoir réparé le tort qu'on lui a fait. Il clame haut et fort qu'Amzil est pire qu'une prostituée et qu'il le prouvera. Ah ! Comment as-tu pu venir te venger puis nous laisser supporter la rancune que tu as suscitée ? »

Ses pensées s'échauffaient, et le balancement du fauteuil s'accélérait en conséquence ; la petite Solina n'avait pas cessé de vagir, et, sentant sa mère émue, se mit à pleurer plus fort.

« Je t'en prie, Epinie, je ne me suis pas vengé ! Ce n'était pas moi. Malgré la façon dont ils m'ont traité, ces hommes étaient des soldats du roi, ils faisaient partie de mon régiment ; jamais je ne les aurais massacrés ainsi ! Je ne puis te décrire ce que j'ai vécu cette nuit-là ; je les ai vus se faire tuer comme des moutons à l'abattoir. Jamais je n'aurais assassiné nos soldats comme ça, les innocents avec les coupables ; je ne veux voir personne mourir ainsi ! Tu me connais assez, tout de même !

— Je le croyais, murmura-t-elle. Chut, ma petite, chut. Chut, par pitié ! » Les pleurs de son nourrisson la heurtaient, l'ébranlaient d'une façon qui échappait à ma compréhension. Elle ne dormait pas, je le savais, mais se trouvait dans une transe légère.

« Calme-toi, Epinie ; calme-toi pour ta fille et pour moi. Reste avec moi, reste avec moi. » Je l'enveloppai de pensées apaisantes. « Pense à un moment agréable ; pense… » Je me référai à ce que je savais d'elle en m'efforçant de rappeler un souvenir de paix et de bonheur, mais rien ne me vint ; le trouble et l'agitation paraissaient la suivre partout. « Pense au premier soir où nous avons joué au tousier chez ton père, par terre dans le salon. La première fois où tu as passé du temps avec Spic. Retrouve ces moments, accroche-toi aux souvenirs agréables. »

Une vague de tristesse l'inonda, noyant son agitation, et elle se balança moins vite. « Vivrai-je un jour à nouveau dans une demeure aussi confortable ? demanda-t-il d'un ton plaintif. Pourrai-je un jour cesser de compter les tranches de pain, de devoir dire à ceux qui vivent sous mon toit "Ça suffit maintenant, tu as eu ta part quoi qu'en dise ton estomac" ? Oh, chut, mon bébé, chut ; dors un peu, je t'en supplie ; laisse-moi me reposer.

— Vous avez donc tant de difficultés ?

— Difficultés ? Ce terme ne s'applique que quand il y a de l'espoir. Nous mourrons de faim, Jamère ; si la terre ne se réchauffe pas bientôt et que la peur ne cesse pas d'empêcher nos hommes de chasser, nous succomberons tous. Hier, Amzil s'est promenée autour du fort et nous a rapporté des légumes sauvages ; qu'ils avaient bon goût ! Mais il n'y en avait guère. Guetis est en ruine, Jamère. » Elle eut un petit rire empreint d'amertume. « Notre soldat fossoyeur nous a manqué après l'attaque ; personne n'avait eu ta prévoyance de creuser des tombes d'avance pour l'hiver ou d'engranger du bois pour les cercueils ; les gens te taxaient de morbidité, à attendre ainsi que nous mourions. Après les incendies, de terribles disputes ont éclaté entre ceux qui voulaient récupérer le bois pour fabriquer des bières pour les morts et ceux qui jugeaient plus important de chauffer les survivants. La terre était trop gelée pour y creuser des tombes, et il a fallu entreposer les cadavres. Il paraît qu'une véritable muraille de cercueils se dresse maintenant dans le cimetière ; le dégel a légèrement amolli le sol, mais la peur et l'abattement déferlent de la forêt comme un torrent empoisonné. Il est difficile de pousser les gens à travailler, et plus difficile encore de trouver quelqu'un qui travaille assez pour que les choses avancent. »

Je songeai à Quésit et Ebrouc, et je compatis à leur sort, certain qu'ils avaient écopé de cette tâche.

« Nous manquons de tout. Les Ocellions savaient apparemment où frapper ; ils ont mis le feu aux entrepôts, aux granges, aux écuries, et à tant de maisons ! Ceux qui sont restés ont dû se regrouper tant bien que mal dans les bâtiments intacts tandis que beaucoup d'autres ont préféré fuir quand la peur est revenue ; ils n'arrivaient plus à la supporter, même avec le reconstituant de Guetis. Non seulement des familles mais aussi des soldats ont déserté par dizaines. J'ignore ce qu'ils sont devenus ; nombre d'entre eux, sans doute, ont dû simplement s'allonger dans le froid et la neige, et se laisser mourir.

— Epinie, Epinie, je regrette tant ! » Les détours de sa pensée n'avaient plus le caractère amusant ni cancanier de ses bavardages habituels ; elle décrivait un cercle sans fin de désespoir. Que lui demander d'autre ? Voulais-je connaître le détail des destructions qu'avait subies la ville ? Non. Tardivement, je regrettais qu'elle m'eût appris où Spic avait caché sa famille, car Fils-de-Soldat risquait de débusquer ce qui se cachait dans mon esprit.

« L'accablement et la peur, c'est le pire, Jamère ; ils s'abattent sur nous en un flot plus épais que jamais, et même les enfants évoquent la mort comme moyen d'y échapper. Il y avait des problèmes de suicide parmi les forçats, comme tu le sais sûrement, mais pas comme aujourd'hui ; tous les jours, on retrouve des prisonniers pendus. Certains des gardes en rient et s'en réjouissent sous prétexte que nous avons à peine de quoi les nourrir, mais je plains ces malheureux. J'ai moins de compassion pour les meurtriers et les violeurs qui partent ainsi, mais certains de ces gens sortaient à peine de l'enfance quand on les a envoyés à l'est, et parfois au simple motif qu'ils avaient volé un mouchoir en soie !

» J'ai peur de mourir ici, Jamère. Je vais te dire franchement ce que je n'ose pas avouer à Spic : j'ai peur de mourir de ma propre main ! » Elle prit une inspiration hachée ; si j'avais eu un cœur, il eût été glacé d'horreur. Lentement, elle leva la main pour tapoter le dos de son enfant ; les pleurs de la petite Solina se calmaient, par épuisement plus que par le réconfort de sa mère. « C'est elle qui me retient ici, murmura Epinie. Je ne vis plus pour les joies de cette vie ni pour l'amour de mon mari, mais parce que je sais que, si je me suicide, ma fille sombrera dans un malheur encore pire. Pauvre petit lapin ! Je sens quand la peine et le découragement s'abattent sur elle ; parfois, je la trouve dans son berceau, les yeux fixés au mur, sans même pleurer ; ce n'est pas le comportement normal d'un bébé, Jamère. Je m'étonne qu'elle parvienne à éprouver de pareilles émotions sans en mourir. Elle ne mange pas assez, elle ne dort pas bien ; pas étonnant que tant d'enfants nés à Guetis meurent avant d'avoir un an. Ils n'ont pas envie de vivre. » Sa voix s'éteignit, puis elle reprit dans un chuchotement empreint de honte : « Hier soir, j'ai demandé à Spic de déserter ; je lui ai dit que, dès que les routes seraient moins boueuses, nous pourrions tous nous enfuir, peu importe où. Ça ne peut pas être pire qu'ici ; la vie ne peut pas être plus horrible qu'ici.

— Qu'a-t-il répondu ? » J'avais prononcé ces mots sans le vouloir, abasourdi par les paroles d'Epinie, mais plus horrifié encore par l'infime espoir que j'avais senti naître en moi, celui qu'il ferait ce qu'elle proposait.

« Rien, fit-elle d'un ton accablé. Rien du tout. Il venait de rentrer pour le dîner – si l'on peut parler de dîner, étant donné le peu qu'il y avait à manger. Il n'a même pas mangé sa part ; il a renfilé son manteau et il est ressorti, sans doute pour rejoindre les équipes du chantier. Elles ont repris le travail hier ; le froid et la faim sont désormais indifférents aux prisonniers. Les soldats sont allés les tirer de leur prison, mais ils n'ont pas eu besoin de les forcer. La moitié de nos hommes les ont escortés. J'ignore ce qui se passe, Jamère, mais Spic n'est pas rentré hier soir, et je ne sais pas s'il rentrera du tout. Ni Amzil ni moi n'osons sortir pour le chercher ; Guetis est devenue dangereuse pour une femme ou un enfant seul. Il n'y règne que les ténèbres même en pleine journée, et je crois que je mourrai ici d'une façon ou d'une autre. J'en suis venue à comprendre les peurs d'Amzil ; le pire serait d'agoniser en sachant que j'abandonne mon bébé. Ce serait le pire. »

Une horreur indicible m'envahit. « Epinie, ne fais pas de bêtise ; je t'en prie... Continue à vivre, un jour à la fois, une nuit à la fois. Ça s'arrangera. »

Cette affirmation ne s'appuyait sur rien ; au contraire, je craignais comme elle que tout ne s'aggravât pour elle et pour tous les habitants de Guetis. Mais je persistai vaillamment à mentir. « Les chariots d'approvisionnement reprennent toujours leurs trajets au printemps, et ils sont sans doute déjà en route. Tiens bon encore un peu ; aie foi en Spic et crois en toi-même. Tu es courageuse et forte, plus qu'aucune femme que je connaisse ; ne baisse pas les bras. »

On eût dit que formuler sa pensée lui demandait un effort surhumain. « Je te le répète, Jamère, je ne puis baisser les bras tant que Solina est vivante et a besoin de moi.

— Et elle vivra, je te le promets ; et toi aussi. » J'hésitai, puis me jetai à l'eau. « Dès que les routes auront séché, Epinie, dès qu'elles redeviendront carrossables, attelle ta carriole et retourne à Tharès-la-Vieille. Si tu révèles à Spic ce que tu viens de me dire, il comprendra. Quitte Guetis, va chez ton père et réfugie-toi là-bas en attendant qu'on donne un meilleur poste au régiment.

— Fuir comme la lâche que je suis, murmura-t-elle. Retourner vivre dans le confort de la fortune de mon père, écouter ma mère me sermonner sur la bêtise que j'ai commise en épousant le fils d'un nouveau noble, supporter son mépris de Solina... Non, Jamère ; mourir me paraîtrait moins difficile. Mais je ne choisirai ni l'une ni l'autre solution ; j'ai donné ma vie à Spic quand nous nous sommes mariés, et je resterai ici en me débrouillant du mieux possible.

— Pourtant, tu l'as encouragé à fuir.

— Et j'ai eu tort. Si... Quand il reviendra, je lui dirai que je me suis trompée et je lui demanderai de me pardonner. Non, je resterai avec lui quoi qu'il arrive. » Elle poussa un grand soupir.

Sur sa poitrine, le nourrisson dormait enfin, mais Epinie n'osait pas bouger de peur de le réveiller. Sa respiration devint plus profonde et notre lien plus ténu. Au lieu de capter ses sensations, le balancement du fauteuil, son dos douloureux, la chaleur du petit feu, la faim et le poids de l'enfant sur elle, je me surpris à tenir ses mains et à la regarder. Elle se présentait à moi sous un aspect très jeune et banal ; elle se voyait sans doute comme une enfant impuissante à modifier sa situation. Elle avait les lèvres gercées, et des mèches folles s'échappaient de ses tresses. Je lui agrippai les mains et m'efforçait de parler avec chaleur. « Epinie, tu es courageuse et forte, et quand tu partages ces qualités avec Spic, qui les possède lui aussi, vous vous enracinez l'un l'autre. Ne baisse pas les bras. Tu as raison, j'ai eu tort de te conseiller de te réfugier chez ton père ; quoi qu'il doive vous arriver, vous devez l'affronter ensemble. »

Elle plongea ses yeux dans les miens. « Je resterai ici ; quelle que soit la façon dont tout cela finira, je resterai. Je n'ai qu'une requête à formuler, Jamère : rends-toi auprès de mon père en marche-rêve, et explique-lui notre situation ; puis reviens me voir pour me dire qu'il va nous envoyer de l'aide. Je t'en prie, Jamère, peux-tu le faire ?

— Je l'ignore. » Sa supplique me laissait indécis. Connaissais-je assez bien mon oncle pour tenter l'aventure ? Je n'avais jamais eu de mal à trouver Epinie en rêve : ses talents de médium laissaient son esprit endormi ouvert à mes intrusions. Mon lien étroit avec ma sœur Yaril m'avait permis de la contacter par le passé, mais quelle foi accordait-elle à ces « visions » de moi ? Mon oncle ? Je le respectais, certes, et ses efforts à mon égard lui valaient mon affection, mais pénétrer dans son sommeil et lui parler ? « J'essaierai », dis-je, alors qu'un mauvais pressentiment me gagnait ; il ne devait guère me rester de temps, et je tenais à voir Yaril pour savoir si elle allait bien. Dilemme cruel : employer le temps dont je disposais encore à m'efforcer de contacter mon oncle puis retourner auprès d'Epinie pour lui donner un peu d'espoir, ou bien voir comment ma jeune sœur affrontait un mariage arrangé dans une maison sous les ordres de mon père dérangé. « J'essaierai ; je vais essayer tout de suite », répondis-je en lâchant ses mains.

Trouver mon oncle ; trouver Sefert Burvelle, sire Burvelle de l'Ouest. C'était le fils héritier de l'ancienne lignée de ma famille, propriétaire de la demeure familiale et des domaines à l'intérieur et à l'extérieur de Tharès-la-Vieille. Mon père, fils militaire, était son frère ; il avait bien servi la Gernie durant les guerres contre les

Nomades, et le roi l'avait élevé au rang de seigneur en lui octroyant quelques terres, le faisant entrer au nombre de ses « nouveaux nobles ». L'épouse de mon oncle en avait pris ombrage : dame Daraline Burvelle considérait qu'un seigneur et une dame Burvelle suffisaient amplement, et que mon père outrepassait sa position de naissance ; cela m'avait valu un accueil guindé de sa part quand j'étais venu à Tharès-la-Vieille commencer mes études à l'École de cavalla. Elle m'avait reproché d'avoir favorisé la rencontre et l'amour entre sa fille Epinie et un autre fils de « nouveau noble », désargenté par-dessus le marché ; la fuite scandaleuse de ma cousine avec lui avait été la goutte qui avait fait déborder le vase. Mon oncle me conservait son affection, mais ma tante me regardait comme celui qui avait anéanti ses chances de trouver pour Epinie un bon parti à la cour.

Je tâchai de mettre de côté mon aversion pour ma tante, car elle obscurcissait mon souvenir de mon oncle, et je ne voulais pas la laisser m'obnubiler au point de risquer de pénétrer dans son rêve par accident. Je cherchai le calme dans mon âme, m'efforçai de négliger le sentiment tenace que le temps qui m'était imparti s'égrenait implacablement, et me concentrai sur l'image de mon oncle. Je fis appel à tous les sens qui me rattachaient à lui, l'odeur de son tabac, le goût de son eau-de-vie, la chaleur et le confort détendu de son bureau de Tharès-la-Vieille ; je me rappelai les détails de sa main chaleureuse serrant la mienne chaque fois qu'il m'accueillait, et le son de sa voix quand il prononçait mon nom.

« Ah, te voici, Jamère ! Comment vas-tu ? Veux-tu faire une partie de tousier avec moi ? »

Je ne pus réprimer un sourire, sachant à quel point il détestait ce jeu inepte dans lequel Epinie et sa cadette, Purissa, l'entraînaient souvent. Dans son rêve, ses filles se trouvaient dans la même pièce que lui, cartes en mains, mais, à l'instant où j'apparus, elles se fondirent dans l'arrière-plan comme des ombres ; elles continuèrent à jouer, à abattre leurs cartes et à se dresser vivement en poussant des cris de joie chaque fois qu'elles marquaient un point, mais leurs mouvements et leurs voix devinrent flous et lointains.

« Mon oncle, j'ai peu de temps. Je m'introduis dans votre sommeil pour vous dire que la situation est désespérée à Guetis ; les Ocellions ont attaqué le fort, les réserves de vivres sont pratiquement vides et le moral est au plus bas. Epinie et Spic font tout leur possible ; ils ont un enfant, une petite fille du nom de Solina ; mais la faim les assiège, et les pluies de printemps ramènent le froid et accroissent leur épreuve. Je sais que les routes sont mauvaises, mais Epinie m'a prié de vous contacter comme je le fais, et je veux pouvoir lui dire que vous lui envoyez de l'aide. Même si elle ne doit pas arriver avant plusieurs semaines, cela lui rendra courage. Croyez-moi, la situation est désespérée à Guetis.

— Veux-tu boire un verre de vin avec moi, Jamère ? » Mon oncle me souriait ; je m'aperçus que nous avions un contact plus ténu que je ne l'imaginais. Au matin, il se rappellerait peut-être m'avoir vu en rêve, mais peut-être ne se souviendrait-il de rien. Une parole que m'avait dite Epinie me revint soudain.

— Mon journal mon oncle, mon journal de fils militaire ; Epinie vous l'a fait remettre. Si vous l'avez lu, vous connaissez la magie que je pratique, la marche-rêve. Je me trouve vraiment là, dans vos songes, et ce dont je vous parle existe réellement. Epinie a besoin de vous. Par pitié, oncle Sefert !

— Ce fichu bouquin ! Mon épouse m'a beaucoup déçu, Jamère, beaucoup. Ne se rend-elle donc pas compte qu'elle risque de souiller le nom des Burvelle ? Epinie avait dit de ne pas le lire, et je suis un homme d'honneur ! Mais mon épouse n'avait pas donné sa parole, et elle a la tête farcie de fredaines mystiques depuis trop longtemps ! Elle va révéler sur la place publique l'aliénation mentale de mon neveu, car c'est sûrement ce dont il s'agit ! Malheureux Jamère ! Keft l'a traité trop durement, trop durement, comme il le reconnaît à présent dans ses lettres. Mais que dois-je faire ? Il a chassé son fils de sous son toit, et le dieu de bonté seul sait ce qu'il est devenu. Je ne crois pas que mon frère doive lier son nom à celui des Stiet, et surtout pas fiancer sa fille à un garçon, lui-même fils militaire déshérité d'un fils militaire qui n'a jamais servi dans l'armée ! Quel avantage en tirerait-il ? Je lui ai dit de m'envoyer la petite Yaril pour que je lui trouve un bon parti, un parti sans risque, mais je crains qu'il n'ait plus toute sa tête ; son écriture ressemble à une ligne d'encre tremblotante, et ses propos divaguent encore plus que sa main ! Maudits soient les Ocellions et leur peste répugnante ; j'ai bien peur qu'ils ne causent la perte des Burvelle ! »

Je l'avais bouleversé, et je pris soudain conscience qu'il avait froid au dos ; au même instant, il sentit le courant d'air et me quitta, émergeant du sommeil juste assez pour remettre ses couvertures en place. Je demeurai dans un néant gris, mais, malgré mes espoirs, il se rendormit sans rêver. « Seigneur Burvelle ! criai-je dans le vide. Écoutez-moi ! Votre fille a besoin de vous. Elle a faim, elle a froid et la peine l'accable ; envoyez-lui de l'aide ! Je vous en prie, dites-moi que vous lui enverrez de l'aide ! »

Il ne répondit pas, et une idée risquée me vint tout à coup ; téméraire, je décidai de l'appliquer. Un parfum persistant, une main chargée de bijoux dont les bagues cliquettent contre un verre de vin à la table du dîner, des yeux froids au regard glacial. « Dame Burvelle. Daraline Burvelle ! »

Je dégringolai dans son rêve comme si une trappe s'était ouverte sous mes pieds, et le regrettai aussitôt. Je n'eusse jamais cru qu'une femme de son âge et de son rang pût se laisser aller à des imaginations aussi lubriques. Elle partageait l'étreinte non pas d'un jeune homme viril mais de deux, et, d'après ses halètements, elle s'absorbait complètement dans les sensations que leurs efforts conjugués éveillaient en elle. J'étais horrifié, scandalisé et très gêné. « Dame Burvelle ! Votre fille Epinie se trouve dans une terrible situation et a besoin de vous ! Les Ocellions ont attaqué Guetis et ont laissé la ville en ruine. Faites tout pour envoyer de l'aide ! » Ces mots, lancés avec brutalité, la tirèrent de son rêve, et je me retrouvai plongé dans un univers de grisaille.

Combien de temps me restait-il ? Ma première impulsion fut de retourner auprès d'Epinie, mais je n'avais aucune bonne nouvelle à lui annoncer ; ni son père ni sa mère ne prêteraient sans doute attention à mes messages.

Peut-être aurais-je tout de même le loisir d'aller voir Yaril, voire de remplir la mission d'Epinie. Je filai auprès de ma sœur et la rejoignis sans peine. Le rêve dans lequel je m'introduisis me parut dépourvu de toute logique : Yaril épinglait des poissons au mur du salon, comme autrefois elle épinglait les papillons pour sa collection ; mais il s'agissait de poissons vivants, glissants et qui se débattaient, ce qui rendait ses efforts vains et salissants. À peine avait-elle planté les petites pointes dans la queue et les nageoires qu'ils se décrochaient à mouvements spasmodiques et tombaient par terre. Pourtant ma sœur paraissait tenir essentiellement à mener sa tâche à bien.

Avant même que j'eusse le temps de m'adresser à elle, elle remarqua ma présence. « Jamère, tiens-moi celui-ci, s'il te plaît ; ainsi, je pourrai le fixer convenablement sans qu'il puisse se détacher.

— Pourquoi fais-tu ça ? » lui demandai-je non sans un certain amusement. Son entreprise m'avait fait oublier l'urgence de ma visite.

Elle me regarda comme si j'étais stupide. « Mais, sinon, ils resteraient par terre et on s'y prendrait les pieds tout le temps ; que veux-tu que je fasse d'autre ? Applique bien cette queue sur le mur. Là, ça y est ! » Elle enfonça une deuxième punaise dans l'appendice du poisson puis recula pour admirer l'effet.

« Yaril, dis-je à mi-voix alors qu'elle choisissait un autre poisson parmi ceux qui jonchaient le plancher, tu te rends compte que tu dors et que tu rêves cette scène ?

— Et qu'en sais-tu ? répondit-elle d'un ton tolérant. Tiens, regarde, essayons ce crapet !

— Je le sais parce que je me sers de la magie ocellionne pour venir te voir dans tes rêves. J'ai un message important à te remettre et de nombreuses questions à te poser.

— Pose-les, du moment que tu me tiens ce poisson. Tiens. Attention, il est glissant !

— Je préfère te dire d'abord ce qui m'amène », dis-je en lui prenant des mains le poisson qui se tordait. Je m'efforçai d'employer un ton calme et léger ; je ne voulais pas l'effrayer au point qu'elle sortît de son rêve. « D'abord, il faut que tu te rappelles ce songe à ton réveil, et te convaincre de sa réalité.

— Oh, je me souviens toujours de mes rêves, tu devrais le savoir. Tu as oublié que papa me renvoyait de la table du petit déjeuner parce que je les racontais, et que tu venais ensuite me consoler ? Et m'apporter une pâtisserie froide ?

— Je ne l'ai pas oublié. Tant mieux, tu retiendras donc ce que je vais te dire ; j'ai de mauvaises nouvelles, mais reste calme, autrement tu vas te réveiller et nous n'aurons pas le temps de discuter.

— Ah, zut, c'est ma dernière punaise, et il m'en faut encore deux !

— Tiens, en voici d'autres. » Je mis la main dans ma poche, souhaitai y trouver des punaises et en tirai une poignée. « Fixe ton poisson pendant que je parle. Yaril, il s'agit de notre cousine, Epinie ; elle est à Guetis avec son mari, Spic.

— Il y a une éternité que je n'ai pas de nouvelles d'elle ! Et je n'en aurai sans doute pas tant que la poste à cheval ne pourra pas passer à cause de la neige. Il paraît qu'elle était épaisse dans les collines, cette année. » Elle poussa de petits « han » d'effort en enfonçant les punaises dans le mur ; je m'efforçai de ne pas y prêter attention. Si je m'attachais exagérément à l'image de ma délicate petite sœur en train de fixer des êtres vivants aux murs du salon, cela me gênerait, et elle s'en rendrait certainement compte, peut-être au point de se réveiller. Elle se baissa pour ramasser un autre poisson.

« Oui, il y avait beaucoup de neige, et elle bloque les routes entre Guetis et l'ouest ; voilà pourquoi tu dois écrire à notre oncle Sefert à Tharès-la-Vieille, ou peut-être demander à notre père d'intervenir directement, si tu penses pouvoir le convaincre. L'hiver a été rude à Guetis, et Epinie et Spic sont dans une situation extrêmement grave. » Je pris une grande inspiration et tâchai d'insuffler le calme à ma sœur. « La citadelle de Guetis a été attaquée par les Ocellions, Yaril ; ils sont venus de nuit, avec des flèches et des épées, pour incendier les bâtiments ; une grande partie de la ville a brûlé et beaucoup de soldats ont péri. Epinie, Spic et leur enfant nouveau-né s'en sont tirés indemnes, mais depuis, ils souffrent du froid et du manque de nourriture. »

Elle me regardait, les yeux ronds ; le poisson agitait lentement la queue. « Ne peuvent-ils pas couper du bois pour se tenir chaud ?

— Ils ont les plus grandes peines à pénétrer dans la forêt ; un sortilège leur inspire la peur de s'y rendre.

— Attends, tu dis qu'ils ont un enfant ?

— Oui, et ça rend leur situation encore plus difficile. »

Elle hocha lentement la tête sans plus songer au poisson entre ses mains. « Que dois-je faire ? »

Je me contraignis à la patience. « Écris à oncle Sefert que tu as eu vent de l'attaque des Ocellions et des conditions épouvantables dans lesquelles vivent les survivants. Inutile de lui préciser comment tu l'as appris ; dis-lui seulement qu'il doit insister pour qu'on envoie immédiatement des vivres et d'autres approvisionnements à Guetis ; même s'il doit s'en occuper lui-même, qu'il le fasse. Et, si tu penses que notre père t'écoutera, recommande-lui de faire partir tout de suite tout le ravitaillement possible.

— Père ne va pas bien. » Le poisson qu'elle tenait cessa de se tordre ; il se transforma en poupée de chiffon qu'elle porta à sa joue comme en guise de réconfort. « Il règne une atmosphère étrange ici, Jamère. Il faut que tu rentres m'aider ; je ne sais plus quoi faire ! »

Je sentis l'émotion l'envahir ; j'ouvris les bras, elle s'y jeta, et je l'étreignis contre moi. J'étais un jeune étudiant, grand, fort, mince et aux cheveux blonds, bref, le Jamère qu'elle avait besoin de voir en cet instant et dont elle m'avait donné l'aspect ; elle voulait un héros prêt à voler à son secours.

« Ma chérie, je ferai ce que je pourrai. » Je me gardai d'ajouter que je ne pouvais rien pour elle. « Explique-moi ce qui se passe.

— Père a… changé. Physiquement, il va mieux, même s'il marche encore avec une canne ; il… Parfois, il a l'air de se rendre compte que maman, Posse et Elisi sont morts, mais à d'autres moments il s'enquiert d'eux ou s'exprime comme s'il venait de les croiser. Je suis lâche, Jamère : je n'ose pas le contredire et je me tais. Il parle aussi de toi, avec fierté ; il dit que tu es parti pour devenir soldat et que tu reviendras bientôt couvert de gloire ; c'est son expression : "couvert de gloire". J'aime l'entendre parler en bien de toi, et je me garde de lui rappeler qu'il t'a jeté dehors ; c'est plus facile.

— Couvert de gloire », répétai-je à mi-voix ; le rêve que caressait mon père pour moi, et le mien aussi il n'y avait pas si longtemps. L'espace d'un instant, mon esprit vagabonda ; mes espoirs d'autrefois me faisaient mal, mais je les touchai néanmoins et les regrettai.

« Jamère, fit Yaril, le visage contre ma poitrine, tu es vraiment là, n'est-ce pas ?

— C'est de la magie, Yaril ; je suis présent dans ton rêve, aussi réel qu'on peut l'être dans un rêve. Physiquement, je me trouve loin de toi, mais mon cœur t'accompagne.

— Oh, Jamère ! » Elle se serra davantage contre moi. « Reste ; reste et aide-moi, même si tu dois n'être qu'un fantôme qui me vient en rêve la nuit. Je me sens si seule, si perdue ! Et l'oncle de Caulder me fait peur. »

Ma gorge se noua. De toutes les trahisons dont je m'étais rendu coupable envers les miens, celle-ci me laissait le goût le plus amer et le sentiment de honte le plus aigu : ma petite sœur courait un danger, et je ne pouvais rien faire. Dans ma lâcheté, je ne voulais pas en savoir davantage ; néanmoins, je demandai d'un ton compassé : « Que fait-il, Yaril, pour t'effrayer ainsi ?

— Il se conduit bizarrement, Jamère. Lui et Caulder séjournent chez nous depuis bien longtemps, bien au-delà de la durée d'une visite normale. Je crains pour ma réputation auprès des voisins, car ils savent tous que père n'est plus celui qu'il était et que je ne puis me prévaloir d'aucun chaperon dans cette maison d'hommes ; Caulder s'en rend parfaitement compte et en éprouve une profonde humiliation ; il ne cesse d'exhorter son oncle à partir. Il dit avoir trouvé quelque courage et vouloir retourner chez son père pour exiger qu'il se charge lui-même de demander officiellement ma main ; cela a provoqué une grande dispute avec son oncle, qui a tenu des propos cruels ; il lui a rappelé que son père l'a déshérité et que lui-même se saigne aux quatre veines pour lui, qu'il est comme son père à présent, qu'il a fait la demande de mariage, et qu'il ne voit rien d'inconvenant à demeurer si longtemps dans une résidence qui reviendra un jour à Caulder. »

Certaines de ses paroles me faisaient l'effet de coups de poignard. Caulder Stiet hériterait des propriétés des Burvelle de l'est ; son fils premier-né deviendrait le seigneur Burvelle de l'est, si mon père en présentait la requête au roi, mais ce serait un Stiet par le sang. Un moment, la colère me fit bouillir ; mon père eût pu me désigner comme fils héritier s'il l'avait voulu : de nombreux nobles aux abois avaient demandé aux prêtres d'élever un fils militaire au statut d'héritier. Mais, avant que mon courroux ne pût se muer en amertume, les propos de Yaril détournèrent mon attention.

« J'ai entendu une partie de sa réponse à Caulder. Il lui a dit qu'il ne devait pas se comporter comme un sot, qu'ils ne devaient pas partir avant qu'il n'ait déchiffré la carte que tu leur as envoyée. Il pose sans cesse des dizaines de questions à tout le monde, à moi, au journalier, quasiment à quiconque sait parler, à propos d'une ligne de crête ou d'un lit de rivière asséché ; il passe son temps à étudier ton plan, mais refuse que personne le voie ou l'interprète. Il a une obsession : découvrir l'endroit où tu as ramassé le caillou que tu as donné à Caulder. Je lui ai montré tous ceux que tu avais collectionnés – tu croyais qu'on les avait jetés, n'est-ce pas ? Mais je les avais mis de côté. Je les trouvais intéressants, mais il a décrété qu'il s'agissait de minéraux sans valeur et les a repoussés. »

Je revis la carte que je lui avais envoyée ; je l'avais griffonnée à la va-vite, de mémoire, sans guère me soucier ni de précision ni d'échelle. À l'époque, je n'y avais vu qu'un moyen de mettre un terme à ses lettres insistantes. « Le sergent Duril pourrait y jeter un coup d'œil ; il reconnaîtrait la zone que j'ai dessinée. Dis à l'oncle de Caulder de la lui montrer.

— Le sergent lui a proposé à plusieurs reprises de la regarder, mais l'autre refuse toujours. Duril perd patience de plus en plus, car il dit qu'il lui fait gaspiller son temps à sillonner la région sans but alors qu'il devrait s'occuper de ce qui ne va pas dans la propriété.

— C'est quelqu'un de bien ; garde-le près de toi, Yaril, le plus près possible et, si jamais tu te sens en danger, va le voir et dis-le-lui. »

Le choc vint sans prévenir ; dans le cas contraire, je n'eusse peut-être pas trouvé meilleure conclusion. Avec une traction brusque, ma conscience fut arrachée à celle de ma sœur ; Fils-de-Soldat me rappelait. « Pas tout de suite ! lui criai-je. Ce n'est pas juste ! Je n'ai pas fini ! »

Un événement étrange se produisit alors. Mon père, se redressant dans son lit, m'agrippa les mains. « Jamère ? Jamère ? Où es-tu, mon garçon, où es-tu ? As-tu besoin de moi ? Où es-tu, mon fils ? »

J'eus l'impression d'un cauchemar. Il était blême et vieilli, et la magie l'avait rongé comme les vers gâtent un fruit. Dans la dimension où je me trouvais, je voyais distinctement les attaques qu'elle lui avait portées au corps, au cœur et à l'esprit. Je compris soudain qu'il l'avait contractée par mon biais ; elle m'avait infectée et je la lui avais transmise ; et, comme dans le cas de Buel Faille, elle l'avait réduit à se plier à sa volonté.

« Père ! criai-je. Soyez fort ! Protégez Yaril ! »

Et je lui fus arraché aussi.

En un clin d'œil, je me retrouvai dans le corps de Fils-de-Soldat. Cette fois, le mur qu'il avait dressé entre nous avait disparu, et je percevais à nouveau ses pensées et ses sentiments. Je me crus plongé dans un ouragan : colère, désespoir, humiliation et défaite le frappaient de toutes parts, et me frappaient donc aussi ; il était victime d'émotions si puissantes qu'il me fallut un peu de temps avant de prendre conscience de mon environnement.

Il faisait nuit noire et l'air était froid ; sur la peau de mon double perlait du serin, dont les gouttes glacées contrastaient violemment avec les larmes brûlantes qui coulaient sur ses joues. Il se pencha sur son ventre, enfouit son visage dans ses mains et pleura comme un enfant qu'on vient de gronder. Je crus qu'il avait vu ce que la magie avait fait de mon père et qu'il en éprouvait autant d'horreur que moi. Je tirais un étrange réconfort de le voir pleurer ; si j'avais eu la maîtrise de mon enveloppe physique, j'eusse réagi de la même façon. « Il n'était pas lui-même quand il me maltraitait, dis-je, hésitant. La magie devait m'ôter tout soutien pour m'obliger à me rendre où elle le voulait. Je n'ai pas à le reprocher à mon père, je n'ai pas à le haïr.

— Je le sais bien ! Je ne l'ai jamais haï, je ne lui ai jamais fait de reproche ! Je me rendais parfaitement compte de ce qui se passait ; ce qui m'étonne, c'est que, toi, tu n'aies pas compris.

— Alors que t'arrive-t-il ? » demandai-je enfin, non sans réticence. J'ignorais ce qui l'assaillait, mais la violence de ce qu'il subissait m'incitait à compatir à sa souffrance comme jamais auparavant ; nul ne devait éprouver un accablement aussi pitoyable. Il ne me répondit pas tout de suite, la gorge nouée par la douleur. Un long moment parut s'écouler ; au loin, j'entendis quelqu'un crier dans la nuit : « Opulent, où es-tu ? » Une autre voix lança une réponse inintelligible. Fils-de-Soldat garda le silence. Sa respiration rauque emplit mes oreilles tandis que, par un effort de volonté, il calmait ses sanglots. J'attendis qu'il s'apaisât.

Au bout d'un moment, il se redressa lentement. « Nous n'avons pas pu la protéger, murmura-t-il. Hier, les ouvriers sont revenus sur le chantier, et ils ont entrepris de déblayer les débris de l'hiver et de réparer les derniers dégâts que tu as commis ; bientôt, les haches et les scies commenceront à mordre dans l'ancienne forêt. Les ouvriers ne prennent plus de drogue. Tu connais le meilleur moyen de combattre la terreur, Jamère ? C'est la haine. Je l'ai suscitée chez les intrus, et elle est maintenant plus forte que la peur instillée par Kinrove. Ils vont dévorer les arbres comme des termites ; ils vont détruire notre forêt, foncer tout droit dans les montagnes et les traverser. Ils sont décidés à nous trouver, et, lorsqu'ils y arriveront, ils ont l'intention de nous tuer tous.

— Comme tu avais l'intention de les tuer, eux, dis-je.

— Oui. » Il prit une grande inspiration et releva les épaules. « Oui. »

Table

9456

Composition Nord Compo
Achevé d'imprimer en Slovaquie
par Novoprint
le 12 décembre 2010.
Dépôt légal décembre 2010
EAN 9782290027235

Éditions J'ai lu
87, quai Panhard-et-Levassor, 75013 Paris
Diffusion France et étranger : Flammarion